Kathrin Weßling

Nix passiert

Kathrin Weßling

Nix passiert

Roman

Ullstein

Besuchen Sie uns im Internet:
www.ullstein-buchverlage.de

MIX
Papier
FSC® C083411

ISBN: 978-3-96101-038-7

Innengestaltung: deblik Berlin
Gesetzt aus der Quadraat Pro powered by pepyrus.com
Druck und Bindearbeiten: CPI books GmbH, Leck

Für mich.

Juli

#1

Du hast mir das Herz nicht gebrochen, nein, das wäre dir ja zu wenig, das ist ja nicht doll genug, nicht krass genug, da muss die Faust her, mit der Faust hast du reingeschlagen, mitten rein, denn nur, was zertrümmert wird, zerschlagen und vernichtet, ist erledigt für dich, da gibt es kein Pardon, kein »Entschuldigung, war nicht so gemeint«, nicht mal die immer nicht ganz so ernstgemeinte Variante von »Entschuldigung«: »Sorry, echt.« Nein, hier gibt es kein Pardon, keine Rücksicht, keinen Zweifel. Deine Worte sind eine Herzvernichtungswaffe, alles verseucht und tot danach, kontaminiertes Gebiet, das keiner je wieder betreten kann. Du hast alles versaut, du hast alles vergiftet, du dummes Stück Scheiße, ich hasse dich, ich hasse dich, ich hasse dich, ich vermisse dich so sehr.

#2

Ich schau ständig, ob ich irgendwo ihre Beine sehe. Die mochte ich am meisten, diese Beine. Die waren so elegant und sehnig, seltene Beine waren das. Sind es noch. Die sind ja noch an Jenny dran. Nur ich kriege die eben nicht mehr zu sehen. Ich kriege den ganzen Jenny-Körper nicht mehr zu sehen. Denn der Jenny-Mensch hat beschlossen, dass unsere Beziehung vorbei ist, dieses Arschloch einfach, Jenny, du dummes Arschloch. Entschuldigung. Ich befinde mich in Phase zwei des Liebeskummers: »Aufbrechende Gefühle«.

Da schwankt man ständig zwischen Wut, Trauer, Enttäuschung und so anderem Wahnsinn, weil man aus Phase eins raus ist, in der man einfach leugnet, dass man verlassen wurde. Zur Belohnung kriegt man alle schlechten Gefühle, die es gibt, in die Fresse geschleudert. Toll, danke, supernice. Leugnen ist natürlich auch keine Option, denn das ist ja leider ein wenig geisteskrank, so zu tun, als sei man noch in einer Beziehung mit jemandem, der aber nicht mehr in einer Beziehung mit einem ist. Das kann man schon bringen, aber dann ist man halt verrückt. Weil ich das nicht sein will, nicht DAS auch noch, habe ich mich vor den Spiegel gestellt und gesagt:

»Okee, also Alex, Jenny hat dich verlassen. Du bist verlassen worden. Das ist jetzt so. Okay, das wollte ich dir nur kurz sagen, nicht, dass du nachher so tust, als wüsstest du das nicht, ne? Also ciao dann.«

Dann habe ich mich sehr lange angestarrt, so direkt in die Augen, in mein Innerstes sozusagen, damit ich mir das einpräge: Ich bin verlassen worden. Dann habe ich versucht, zu weinen, aber das ging einfach nicht, egal, wie fest ich gepresst habe, egal, wie oft ich geblinzelt habe, da kam einfach keine einzige Träne und dabei löst Heulen doch die Anspannung, glaube ich, und dann würde sich meine Brust nicht mehr so anfühlen, so, als würde Jennys Faust noch da drinstecken, weil sie so doll zugeschlagen hat, dass sie stecken geblieben ist und ihren Arm aus meiner Brust gar nicht mehr herauskriegt. So fühlt sich das an, ich laufe mit Jennys Arm in der Brust durch Berlin und keiner sieht's außer ich.

Jetzt gerade habe ich eine Menge Gefühle, die sich anfühlen wie Risotto. Alles eine einzige Matsche, alles auf einmal und am Ende noch Parmesan drüber. Mein Parmesan ist Angst. Angst verleiht dem Gefühlsmatsch einen ganz besonderen Geschmack, das ist quasi dann ein ganz besonderes Drei-Gänge-Menü. Erster Gang: Trauer. Zweiter Gang: Alle anderen miesen Gefühle, die es gibt. Zum Nachtisch gibt es Panikattacken. Und Angst oben drüber gestreut. Einfach geil, so ein Leben, oder, da hat man gleich so richtig Bock auf die Liebe, oder? Ich würde am liebsten alle Gefühle auskotzen, deshalb muss ich auch ständig würgen. Weil ich die eigentlich alle nicht haben will, aber Jennys Faust hält die fest in mir und lässt die nicht los, deshalb habe ich diesen Scheißarm in der Brust und dieses Risotto aus Gefühlen. Ekelhaft.

Ich schaue ständig auf mein Smartphone, ob sie geschrieben hat. Keine Ahnung, warum ich das mache. Also doch, natürlich weiß ich, wieso: Ich will, dass sie schreibt, dass sie mich vermisst und zurück zu mir will. Keine Ahnung, warum Leute Hoffnung so geil finden. Hoffnung ist einfach das Letzte. Hoffnung macht, dass man glaubt, dass die Person, die einem in ungefähr dreizehntausend Wörtern gesagt hat, dass sie einen nicht mehr liebt, es sich anders überlegt und dann vor der Tür steht und in dreizehntausendunddrei Wörtern sagt, dass das doch alles nicht so stimmt und dass sie einen doch liebt, sorry, Kommando zurück.

Es gibt bestimmt Statistiken darüber, wie oft so was passiert, ich bin mir aber sicher, ohne je eine gelesen zu haben, dass die Wahrscheinlichkeit so bei unter einem Prozent liegt. Trotzdem verbringt man Stunden damit, darauf zu warten, dass das Unwahrscheinlichste eintritt, Tage verbringt man so, Wochen, Nächte, Arbeitsmeetings, immer schnell aufs Handy schielen, selbst, wenn man doch Vibration eingestellt hat und es spüren würde, wenn eine neue Nachricht kommt, aber nein, hat man ja vielleicht ausnahmsweise nicht gemerkt und das Display leuchtet auf, leer und hell oder, noch schlimmer: da, oh, eine Nachricht – bloß leider nicht von ihr. Man verschwendet sich also an diese dumme Hoffnung, diese Ein-Prozent-Hoffnung, und wird ganz irre dabei, weil einfach nix passiert, es passiert einfach nichts, außer dass Zeit vergeht und genau das dann am Ende das ist, was hilft, auch wenn man es nicht glaubt, auch wenn man es schon tausendmal erlebt hat. Hoffnung stört da wirklich nur, Hoffnung ist wie eine Wand aus Frischhaltefolie, mit der man eine Lawine aufhalten will. Hoffnung ist wirklich so ein Dreck.

Am schlimmsten an der Hoffnung ist, dass sie den Arm in der Brust fixiert, da kann man so fest dran ziehen, so richtig heftig dran rütteln, wenn da noch Hoffnung ist, bewegt sich die Faust keinen Millimeter, ganz im Gegenteil: Die versteinert und bleibt.

Ich will die Scheißhoffnung nicht, aber die ist leider einfach irgendwie da, hat sich reingeschlichen wie resistente Keime in eine Wunde, die ich ja nun mal mit mir herumtrage. Plötzlich war die Hoffnung da. Überall: Jenny meldet sich bestimmt wieder, die kommt zurück. Die merkt, dass sie einen Fehler gemacht hat, und dann kommt sie angekrochen, aber dann bleibe ich erst mal hart und sage so was wie: »Das fällt dir jetzt ein? Dafür ist es zu spät!« – wobei ich ganz genau weiß, dass es dafür natürlich nicht zu spät ist, klar nehme ich sie zurück, sie müsste sich noch nicht mal entschuldigen, ich bin so bedürftig und verletzt, so jämmerlich und voller Sehnsucht, dass ich nur noch Linderung will und sie ist die Medizin, sie soll mich heilen, sie soll kommen und die Bepanthensalbe für diese monströse Wunde sein. Und obwohl ich weiß, dass das wahrscheinlich nicht passiert, checke ich manisch ständig mein Telefon, ob sie jetzt endlich zurückkommt, 17:01 Uhr: nee, noch nicht. 17:08 Uhr: nein. 17:10 Uhr: immer noch nicht. 17:14 Uhr: nope. 17:17 Uhr: leider nein, leider nicht.

So was kann sich ja innerhalb von Millisekunden ändern, so stelle ich mir das jedenfalls vor, so hab ich das in meinem Kopf inszeniert: Jenny auf Station, sie läuft über den stinkigen Krankenhausflur, bleibt plötzlich stehen, runzelt die Stirn, sagt tonlos »Fuck« oder »Oh mein Gott, ich bin so eine Idiotin«, und dann dreht sie auf dem Absatz um, rennt los, eine Kollegin ruft ihr hinterher: »Jenny, was ist denn los?«, und Jenny ruft, ohne auch nur ein minibisschen langsamer zu laufen: »Ich muss einen schrecklichen Fehler wieder gutmachen!«, und dann ist sie auch schon im Fahrstuhl verschwunden. Klar, man könnte jetzt sagen: Alex, das klingt wie eine Szene, die man so immer im Film sieht oder im ZDF. Aber ich sag nur: ein Prozent. Ein Prozent ist immer noch mehr als nichts.

Manchmal wünsche ich mir nur deshalb, dass sie zurückkommt,

damit ich sagen kann: Nee, sorry, ich bin über dich hinweg. Einfach für den Effekt, einfach für das geile Machtgefühl, wenn ICH nein sage und ihren Arm aus meiner Brust ziehe und ihr damit ins Gesicht schlage, ha ha, wie gut wäre das? Passiert natürlich nicht, aber ich hoffe es trotzdem, weil ich ja auch einfach sehr viel Zeit hab, die muss man ja mit etwas verbringen, wieso dann nicht damit. Ich meine, zwischen den Daily Tasks wie Selbsthass, Panikattacken und das Smartphone checken hab ich noch einen Time-Slot frei für irre Hoffnung auf Dinge, die niemals passieren werden. Keine Ahnung, wann ich endlich ein Gefühlsburnout habe und mein Gehirn keinen Bock mehr auf diese Qual hat, aber erfahrungsgemäß kommt irgendwann immer der Tag, an dem man begreift, dass kein Gedanke Liebeskummer heilt. Weil ein gebrochenes Herz keine komplizierte Aufgabe ist, die man lösen kann, denkt man nur lange und ehrgeizig genug darüber nach. Kein einzelner Gedanke wird es je sein, der heilt. Es gibt keine richtige Lösung, weil Liebeskummer ein Problem ist, das sich selber löst, eine Gleichung, die man einfach in Ruhe lässt und eines Tages schaut man wieder hin und sieht, dass die Aufgabe verschwunden ist und das Ergebnis ist man selber, so einfach ist das, so banal, so schwer zu ertragen, dass man da wirklich nicht viel machen kann.

Denn man will ja was tun, damit man das Gefühl hat, wenigstens zu irgendwas nützlich zu sein – und nicht einfach nur so ein erbärmliches Opfer, so ein Verwundeter, so ein bemitleidenswerter Idiot. Deshalb macht man Sport, weil Bewegung helfen soll, und man macht Yoga vielleicht oder meditiert, man beginnt eine Therapie, man beschäftigt sich mit sich selbst, man MACHT unheimlich viele Sachen, einfach, um nicht fühlen zu müssen, dass all das nicht die Fäden sind, mit denen man das verwundete Herz zusammenflickt, weil es von alleine heilen muss, einfach nur durch Zeit. Im Grunde sind all diese manischen Aktivitäten nichts anderes, als diese Zeit mit IRGENDWAS zu füllen, weil den ganzen Tag im Bett liegen und die Decke anstarren irgendwann auch körperlich unangenehm wird, also muss man raus, raus, raus, Hauptsache, man verlässt den Kopfknast, in dem man in Endlosschleifen immer wieder das Gleiche denkt, das eigentlich in wenigen Sätzen zusammengefasst wär:

Ich wurde verlassen, aua, es tut weh, ich werde aber nie erfahren, was genau die andere Person fühlt, weil wir hier ja nicht in einem magischen Hexenzirkel sind, zum Glück kommt aber ja fast jeder fast immer über Liebeskummer hinweg, aber natürlich sind das ganz eklige Gefühle, die ich jetzt aushalten muss, aua, aua, aua, es war einfach alles so schön, ach, ach, ach, ich vermisse die Person so sehr, sie ist so ein Arschloch, wie kann sie mir das antun, ach, aua, ach, hier noch mal alle wunderschönen Momente eurer ganz, ganz großen Liebe im Schnelldurchlauf, tut's weh, na da haben wir doch gleich auch noch den Film mit den Best-Of-Situationen, in denen du dich wie der letzte Idiot verhalten hast, deshalb hat dich die andere Person auch verlassen, logisch, wer will schon mit so einem Menschen zusammensein, aua aua aua, ach ach ach.

Viel mehr geht da ja nicht ab im Kopf, den man sich langsam und nach und nach, Tag für Tag, Stunde um Stunde so wund wie das Herz denkt, denn warum nicht immer und immer wieder die gleiche Scheiße erinnern und leiden wie ein Hund dabei, ist doch Fun, an den guten Sex zu denken, an ihre Augen, an ihre Achseln, ihren Bauchnabel, ihre Muschi und diese Beine, die ich nie wieder anfassen darf und die gleichzeitig Tausende Kilometer im Kreis durch meinen Kopf laufen.

#3

Es muss was passieren. Es muss unbedingt irgendwas passieren, weil es so nicht weitergeht. Es ist Hochsommer und ich liege seit Tagen schwitzend und heulend auf meinem Bett und stehe nur auf, um mir neuen Whiskey Sour zu mixen. Den trinke ich meistens in zwei Zügen aus und dann fühl ich wieder einskommafünf Stunden nicht so viel. So kann man auch seine Tage verbringen, ich hab damit jedenfalls die letzten fünf ganz gut rumgekriegt. Mir ist schon klar, dass das nicht ideal ist, dass es zum Beispiel gesundheitlich ein bisschen problematisch ist, dass ich diese grotesk großen Maxi-Packs Zigaretten an einem Tag aufrauche, das sind ungefähr vierunddreißig Zigaretten in den siebzehn Stunden, in denen ich leider wach bin. Dazwischen trinke ich vor sechzehn Uhr bedenkliche Mengen Kaffee, von dem ich massives Herzrasen bekomme, was wiederum Panikattacken auslöst, wogegen ich dann so ab nachmittags mit dem Saufen anfange. Ich hab mehrfach versucht, mir einen runterzuholen, aber es geht einfach nicht. Also es geht schon, aber danach bin ich noch trauriger als vorher, also lass ich das lieber. Ich dusche nur im Dunkeln, weil ich meinen eigenen Körper gerade nicht mehr mag. Ich will gar nicht sehen, wie der aussieht, weil ich ja im Grunde nicht mal Ich sein will. Ich wär gern so ein Kopf in einem Tank, so ein bisschen wie bei Futurama, einfach kein Körper mehr und damit auch kein Herz. Oder eine Lobotomie. Na ja: Zumindest in den ganz schlimmen Momenten denke ich so was.

Davon gibt es gerade einige. Manchmal tut es so weh, dass ich mich auf meinem Bett winde und hin- und herwerfe, weil der Schmerz in der Brust vernichtend ist. Es brennt. Ich kriege keine Luft. Ich brülle in mein Kopfkissen, dass sie zurückkommen soll, obwohl ich weiß, dass das das Schlimmste wäre, weil sie mir nun mal das verdammte Herz gebrochen – und es nicht verdient hat, mit mir zusammenzusein. Das versuche ich mir einzureden, weil so was ja Menschen mit Würde und Selbstliebe sagen würden, oder? Dass es das Pech der anderen Person ist. Nicht das eigene. Ich glaube das nullkommanull, weil die Wahrheit ist, dass ich sehr sicher nie wieder glücklich werde, weil ich nie wieder einen so tollen Menschen wie sie treffe und deshalb für immer alleine bleiben muss und sie ist nur mich los, aber ich bin quasi die Liebe meines Lebens los. Wer hat da jetzt wohl mehr verloren? Alles ist sehr extrem gerade, das sehe ich ein. Aber das sind eben momentan die Maßstäbe, das habe ich mir ja nicht ausgedacht, da kann ich ja nun wirklich nix für, ich war schließlich nicht derjenige, der mir das Herz zu Staub zerschlagen hat.

Schlimm sind auch die Momente, in denen ich kurz wegnicke und dann wieder aufwache und für eine Sekunde nicht weiß, was passiert ist und nichts fühle – und dann bummmm, der Kopf wird geflutet, Vorhang auf für die Horrorshow. Das sind so Minuten, in denen ich meinen Kopf in meine Hände lege, mich zusammenrolle und so sehr heule, dass ich manchmal Angst habe, damit nicht mehr aufhören zu können. Das Schluchzen tut weh, ich huste, ich kriege Kopfschmerzen und wehre mich dagegen wie gegen einen externen Schmerz, den ich verhindern könnte. Es geht nicht. Ich kämpfe gegen mich selbst, gegen mein Gehirn, das auf Jenny-Entzug ist und einfach nur wild um sich schlägt.

Einige meiner Freunde, der Sascha zum Beispiel, sagen, dass es doch gut ist, dass ich so krasse Gefühle habe, also so leide, weil das ja zeigen würde, dass ich Jenny auch wirklich geliebt habe. Ja, witzig, denke ich dann, echt super interessant, aber das Ding ist: Das wusste ich auch schon vor dem Schmerz. Miri schreibt in unserer WhatsApp-Gruppe, dass ich jetzt die Möglichkeit habe, zu wachsen und neue Dinge über mich zu lernen. Ich möchte ihr gerne schreiben, dass ich schon echt ganz schön viel über mich weiß und dass das alles kein Jochen-Schweizer-Event ist, bei dem ich mich ganz neu spüre, weil das so eine geile Experience ist. Es ist leider einfach eher wie in einem Escape Room, in dem ich so lange eingesperrt bin mit all meinen Ängsten und all meiner Trauer und einfach allem, was so richtig schlimm ist, bis die Zeit die Tür von selber aufmacht und ich raus kann. Das Einzige, was ich dabei lerne, ist, wie wahnsinnig man jemanden vermissen kann. Klar bin ich da eines Tages drüber hinweg. Dann habe ich gelernt, dass ich auch so was schaffen kann. Aber wozu brauche ich diese Erkenntnis? Damit ich die in meinen Grabstein meißeln lassen kann? »Er überlebte Jenny – aber den Krebs nicht. Tja schade lol«.

Daniel sagt, dass ich wieder daten soll. Miri findet das gar keine gute Idee, weil ich mich nicht ablenken, sondern auf mich konzentrieren soll. Sascha sagt, dass ich genau das ja wohl in Vollzeit in den letzten Tagen getan habe und man ja sieht, was das gebracht hat. Sport, sagt er, mach Sport, Junge, das hilft und macht, dass du geil aussiehst. Aha. Ich finde es ein bisschen niedlich, dass sie sich um den bestmöglichen Behandlungsplan für mich streiten. Das ist natürlich sehr lieb. Trotzdem haben am Ende alle Unrecht. Ich will zwar dringend Ablenkung, aber ein Date ist wirklich einfach nur eine grauenhafte Idee. Ich glaube, Sascha sieht das alles so, weil er noch nie richtig geliebt hat. Der ist immer nur ein Jahr mit den Frauen zusammen und die sind immer mindestens fünf Jahre jünger und himmeln ihn an. Weil er ein Narzisst ist und es nicht erträgt, wenn seine Freundin ihn kritisiert, verlässt er sie dann immer irgendwann. Logisch, dass Dating in Saschas Welt eine wirklich gute Idee ist, weil der Wechsel ja fliegend sein muss, da kann man auf keinen Fall länger als zwei Wochen wegen einer traurig sein.

Ich aber weiß leider, wie es laufen würde, ich sehe es sehr deutlich vor mir. Schon beim Installieren von Tinder bekäme ich einen Heulkrampf, weil ich Jenny genau dort vor einem Jahr kennengelernt habe. Und da ist dann auch bestimmt noch der Chat von uns. Und dann müsste ich den öffnen, um den zu löschen. Und dann wäre die ganze Erinnerung wieder da und das wäre schon eigentlich der Punkt, an dem ich nicht mehr kann, aber ich muss mir ja ein Date organisieren, also halte ich es irgendwie aus und dann matche ich irgendeine, die nicht ist wie Jenny und alles tut weh.

Ich weiß nicht, wie andere Menschen das schaffen, einfach weiterzumachen, back to Tinder, back in the game. Ich bin einfach nur wie gelähmt und will die ganze Scheiße nicht fühlen, ich will einfach taub sein und mich an nichts erinnern, ich will mein Leben zurück, dieses Leben, in dem es keine Jenny gab und kein »wir« und in dem ich glücklich war.

Denn es ging mir sehr, sehr gut, bevor ich sie getroffen habe. Daran erinnere ich mich genau.

Ich war dreißig, der Sommer fiel über Berlin her, wie er es immer tut: plötzlich und heftig, die Straßen heiß, die ganze Stadt vibrierte, war wach, so was von wach, so angespannt, dass man es fühlen konnte. Ein einziger Blick konnte eine Schlägerei oder eine große Liebe auslösen, alles war in diesen Juninächten möglich. Im Winter davor hatte mich eine Lethargie erfasst, wie ich sie bereits kannte, aber wie das so ist mit diesen Dingen, hatte ich erfolgreich vergessen, dass ich das überleben würde. Ich hatte mich krankgemeldet, lag wochenlang im Bett, dachte darüber nach, was ich mit meinem Leben anfangen sollte, und betrank mich jeden zweiten Tag. Irgendwann aber ist auch die größte Schwere langweilig, die sich immer selbst wiederholt, das fällt einem dann irgendwann auch wieder ein und dann muss man etwas beschließen, denn mit Beschlüssen fängt ja alles immer an. Also hatte ich mir einen Plan gemacht und der bestand eigentlich nur darin, mindestens viermal die Woche Sport zu machen, keinen Alkohol mehr zu trinken und allgemein ein sehr gesunder, sehr erwachsener Mensch zu sein. Zumindest war das meine Vorstellung davon. Ich ging wieder zur Arbeit und hatte kontinuierlich an Gewicht verloren, ich sah blendend aus im Frühling und fühlte mich großartig. Die Panikattacken, die ich seit Dezember regelmäßig gehabt hatte, verschwanden und auch die Schlafstörungen waren weg. Sport ist scheiße, aber leider macht er wirklich exakt all die Dinge, die man ihm zuschreibt und so dachte ich, wie jeder sehr faule Mensch, der es plötzlich schafft, regelmäßig in so ein Fitnessstudio zu gehen, dass das der Turning Point sei, weil ich nun, mit dreißig, endlich begriffen hatte, wie geil Crosstraining war und von nun an nie wieder keinen Sport machen würde und deshalb permanent davon redete, als sei das einfach mal die krasseste Offenbarung, die es so noch nie gegeben hatte, höret meine Worte, ihr Jünger. Wie Leute, die mit Yoga anfangen, musste ich einfach ständig sehr ausschweifende Monologe darüber halten, wie toll Sport sei und dabei meine Sätze so formulieren, dass sie implizierten, dass es echt arm und ziemlich bemitleidenswert war, nicht viermal die Woche gegen irgendeine dämliche Maschine zu kämpfen, die in einem voll klimatisierten, aber trotzdem immer eklig riechenden Fitnessstudio herumstand. Dabei kämpfte ich natürlich gegen meinen Körper, aber der war ja am Ende auch bloß eine Maschine aus Fleisch.

Durch den unablässigen Wechsel zwischen Trainingseinheiten und Muskelkater hatte mein Gehirn Urlaub. Ich musste quasi niemals so richtig nachdenken, denn irgendwas tat immer so weh, dass es mich davon ablenkte, mir zu viele Gedanken zu machen. Also meldete ich mich bei Tinder an, hatte einige gute und einige schlimme One-Night-Stands und dann traf ich Jenny und war so verliebt wie seit Jahren nicht. Und wäre das hier ein Artikel in einem Online-Medium, würde sich nun der Kreis schließen und Alexander lebte glücklich, entgegen aller Tinder-Unwahrscheinlichkeit, bis ans Ende seines Lebens mit Jenny in einer Drei-Zimmer-Altbauwohnung. Die Geschichte würde sich sehr gut machen, weil sie beweisen würde, dass es das doch gibt, diese große Liebe, diesen Wahn, aber auf die gute Art, versteht sich, bei der sich zwei Menschen treffen und sich heillos verlieben und ein Team bilden, eine Bande sozusagen und dadurch ist der ganze abgefuckte Online-Dating-Shit legitimiert, ein Prozent eben, ein Prozent reicht doch, weil alle immer glauben, dass sie so unfassbar besonders sind, und weil sie das glauben, sind sie auch dumm genug anzunehmen, dass sie eben diese ein Prozent sind, Milliarden Schneeflocken, Milliarden ganz besonders gesegnete Individuen. Genau das glaubte ich natürlich auch, als ich sie kennenlernte, denn ich war nicht nur Software-Engineer, sondern halt auch einfach einer der besten Menschen der Welt. Die wiederum drehte sich um mich, wie das bei uns Menschen so üblich ist und also glaubte ich, dass Jenny und ich uns finden *mussten*, konnte gar nicht anders sein, denn zwei so außergewöhnliche Personen mussten natürlich zueinanderfinden, ganz logisch, weil vorherbestimmt.

So was lieben die Leute, das macht Hoffnung und wie gesagt:

Keine Ahnung, warum, aber etwas, das nur theoretisch und mit großer Wahrscheinlichkeit unwahrscheinlich möglich ist, scheint für die meisten besser zu ertragen zu sein als die Realität, die aus Müll runterbringen und Rechnungen bezahlen und irgendwann sterben besteht.

Aber weil das kein Artikel ist, liege ich auf meinem Bett und heule die Kissen voll, na herzlichen Glückwunsch.

Es ist nicht so, dass ich nicht gerne hätte, dass es so weitergeht, denn ich habe eigentlich wirklich absolut keine Kraft für etwas anderes. Weil alles andere ja jetzt ohne sie ist und ich keine Ahnung habe, wie sich das jemals wieder gut anfühlen sollte. Ich bin ehrlich: Ich wäre sogar mit »okay« zufrieden, meine Ansprüche sind gerade wirklich sehr, sehr niedrig. Aber nichts fühlt sich okay an, weil dieser Arm mit der Faust dran in der Brust ständig im Weg ist. Der erinnert mich unablässig daran, dass ich nicht mehr heil bin, nicht mehr ich selber, sondern so ein Typ Anfang dreißig mit einem gigantischen Krater im Brustkorb.

Eine der wenigen Beschäftigungen, die noch gehen, ist der extreme Konsum von Trash-TV. Am liebsten schaue ich Sendungen, in denen Menschen die Liebe finden sollen. Je schlimmer das alles ist, desto lieber ist es mir. »Die Bachelorette« ist okay, aber diese eine Show, bei der Singles zusammen in einem Hotel sind und die einzige Aufgabe ist, dass sie am Ende des Tages mit jemandem in einem Bett zusammen schlafen, ist wirklich besonders gut. Ich mag den Gedanken, dass selbst solche Obertrottel wie die jemanden finden können. Dann ist es für mich vielleicht auch möglich. Na ja. Außer, ich bin einfach zu schlau. Das kann ja sein, dass mich deshalb niemand will, weil ich einfach zu klug bin. Damit können die meisten Menschen ja nicht gut umgehen. Ich kann mich aber leider nicht dümmer machen. Deshalb habe ich versucht, mich schöner zu machen, und das hat ja offensichtlich funktioniert, wie man an Jenny sieht. Bloß halt nicht lang. Also muss ich mich offenbar doch dümmer machen und mit Trash-TV fange ich an.

Mein Telefon liegt neben dem Bett, es bleibt stumm. Ich habe Instagram und Facebook deinstalliert, damit ich mir nicht anschauen muss, was Jenny jetzt so macht. Natürlich habe ich sie gleich nach der Trennung überall entfreundet, aber ihr Instagram-Account ist öffentlich und ich weiß genau, wie das laufen würde, nämlich so, dass ich, wenn sie nichts postet, unablässig denken würde »Aha, die ist bestimmt gerade bei jemand anderem«, und wenn sie was posten würde, würde ich denken »Aha, die ist bestimmt gerade mit jemand anderem unterwegs«. So oder so wäre in meinem Kopf großes Drama und es ist ja nicht so, als hätte ich davon nicht schon genug in mir drin, da brauche ich diesen Social-Media-Mindfuck nicht auch noch.

Ich habe hin- und herüberlegt, ob ich nicht einfach ganz viele Bilder und Stories posten soll, die alle so ein bisschen andeuten, dass es mir extrem gut geht und da eventuell, hier, siehst du, Jenny, guck, guck, auch schon eine andere ist, ha, so schnell geht das nämlich! Aber auch dafür bin ich zu erschöpft und was hätte ich auch davon? Sie kommt ja nicht zurück, nur weil sie denkt, dass sie ersetzt wurde. Ganz im Gegenteil. Leider kennt sie mich auch so gut, dass sie weiß, dass das eh nicht so wäre. Ich will keine andere und das ist das ganze Problem. Ist es und war es. Ich wollte sie zu sehr und sie wollte nur eine Version von mir, die ihr gut gepasst hat. Das hat sie mich immer spüren lassen, damit ich das ja nicht vergesse. Da war immer dieses Damoklesschwert über mir, das hin- und herschwang und mir mitteilen sollte: ein Fehler und Herz ab, Junge.

Ich hätte es wissen müssen und das sage ich nur, weil ich es natürlich wusste, aber nicht wissen wollte und es einfacher ist, wenn man so tun kann, als hätte man einfach keine Ahnung gehabt. Aber es ist nicht so, dass wir glücklich gewesen wären. Obwohl ich glaube, dass Jenny meistens ganz okay glücklich war und ich panisch versucht habe, sie glücklich zu machen und aus dem Okay wieder das »wahnsinnig verliebt« vom Anfang herauszuholen. Denn das war ziemlich schnell weg. Zumindest bei ihr. Ich wurde eigentlich nur immer verliebter und sie immer distanzierter. Wenn man will, dass jemand ganz verrückt nach einem ist, dann muss man es wie Jenny machen: erst all in und dann langsamer Rückzug.

Ich hätte es wissen müssen, als sie mich nicht sehen wollte, weil sie mal »ihre Ruhe« bräuchte.

Ich hätte es wissen müssen, als ich nicht mehr neben ihr schlafen konnte, weil ich das Gefühl hatte, dass meine Anwesenheit wie eine zu warme Decke mitten im Sommer war – sie wühlte sich förmlich von mir weg, ich lag neben ihr und fror fürchterlich, obwohl es warm war. Es war, als würde ihr Körper plötzlich meinen abstoßen, als störte sie meine bloße Existenz, dass ich atmete und *da* war. Kurz bevor sie mich verließ, bin ich einmal mitten in der Nacht aufgestanden und stand eine halbe Stunde in ihrem Badezimmer und redete leise mit mir selber. Ich versuchte mich zu beruhigen, mir zu sagen, dass alles in Ordnung sei, dass ich Gespenster sah, dass ich mir das nur einbildete, diese Abstoßungsreaktion auf mich. Dass das Herzrasen, das ich neuerdings neben ihr spürte, einfach nur Stress war. Dass ich es überdramatisierte. Dass doch eigentlich alles wie immer war. Aber da war dieser stille Alarm in mir, der unablässig klingelte, wenn ich in ihrer Nähe war. Der dazu führte, dass ich neben ihr plötzlich schwitzte oder fror, dass ich stiller wurde, aus Angst, etwas Falsches zu sagen, dass ich Angst hatte, Angst. Als wäre da eine Bedrohung, etwas, das ich nicht sehen und begreifen konnte, aber ich spürte es, ich hatte diesen Geruch in der Nase, diese Ahnung. Ich stand vorm Spiegel und redete lautlos auf mich ein. Ich sagte mir, dass ich ein verdammter Lappen war, ein Angsthase, ein Verrückter. Dass ich Geister sah und diese Geister schwebten um meine Freundin und das muss man sich mal vorstellen, dass einer so was denkt, ha ha, du verrückter Freak. Irgendwann hatte ich mich beruhigt, aber die Anspannung ging nicht weg, ich legte uns beide zusammen neben sie. Vor Anspannung war mein Atmen unruhig, je mehr ich versuchte, normal zu atmen, desto schlimmer wurde es, ich kriegte kaum noch Luft und lag steif wie ein Brett da und betete, dass sie einfach schläft, dass sie nichts merkt, aber sie sagte: »Warum bist du so unruhig, das nervt«, und ich sprang aus dem Bett und sagte: »Ja, du hast recht, ich nerve mich schon selber, ich zieh mich an und fahr nach Hause, du musst ja morgen früh raus und ich ja auch, schlaf weiter, einfach, schlaf«, und dabei meinte ich eigentlich: »Wieso ist alles plötzlich so beschissen zwischen uns, wieso fühlt es sich nicht mehr an wie vor zwei Wochen, vor zwei Monaten, was ist passiert, was habe ich nicht mitbekommen, was ist hier schiefgelaufen, Jenny, sag mal, oder sag einfach, dass ich nicht gehen muss, dass ich bei dir bleiben kann, sag es jetzt, bitte sag es einfach, dann ist alles gut«, aber Jenny sagte nichts, sie murmelte nur »Okay«, drehte sich um und war weg.

#4

Wenn man will, dass der andere trotzdem bleibt, spricht man ständig von all den fantastischen Dingen, die man noch zusammen machen will – man sagt aber nicht »Ich weiß, ich bin kalt und scheiße zu dir, trotzdem will ich mit dir in den Urlaub fahren, weil es da noch diesen Funken Hoffnung in mir gibt, der glaubt, dass es vielleicht weitergeht«, man sagt: »Ich will mit dir in den Urlaub fahren.«

Das »Trotzdem« ist das ganze Geheimnis, das man für sich behält, die eine wichtige Information, die man nicht sagt, die alles anders machen würde, alles anders als geplant.

Ja, ja, sie wollte all diese Dinge mit mir unternehmen und machen, alles planen, alles besprechen, »nächstes Wochenende, wenn wir Zeit haben«, und ich Trottel dachte, dass das zeigt, dass alles okay ist, dass ich mir keine Sorgen machen muss. Dabei füllte der ewige Konjunktiv nur die Stille zwischen uns, das Präsens, in dem ich neben ihr saß und an die Vergangenheit dachte, daran, wie schön es mal gewesen war.

Und Jenny war ein einziger nicht konkretisierter Plan. Sie schlug ständig Unternehmungen und Reisen vor, die wir machen würden, irgendwann. Ich dachte, dass das was mit dem Willen zu tun hätte, mit ihrem Willen und meinem, eine gemeinsame Zukunft zu gestalten, wie man so sagt. Aber eigentlich gestalteten wir so nur unsere Gegenwart, die wir zuschmissen mit Ideen und Vorstellungen, damit wir nicht spüren mussten, dass zwischen uns gerade alles nur Leere war und Stille.

Einer dieser Pläne war, an diesem Wochenende meine Eltern zu besuchen. Heute ist Mittwoch und am Freitag wollten wir fahren. Das ist ungünstig, weil meine Eltern noch immer denken, dass wir sie besuchen kommen, aber Jenny das nicht mehr denkt. Der Einzige, der das jetzt ausbaden muss, bin natürlich ich, weil ich denen jetzt sagen muss: ÜBERRASCHUNG, IHR LERNT MEINE FREUNDIN DOCH NICHT KENNEN, DIE HAT NÄMLICH SCHLUSS GEMACHT HA HA. Deshalb gehe ich auch seit einer Woche nicht mehr an mein Telefon, wenn einer von denen anruft. Ich weiß nicht, warum es mir so schwerfällt zuzugeben, dass wir getrennt sind. Aber ich kann es einfach nicht sagen. Ich schaffe das noch nicht. Ich kann es schreiben, ich kann es tippen. Aber sagen kann ich es nicht. Und wenn es jemand anderes sagt, zieht sich alles in mir zusammen, aua, denke ich, aua, aua, aua. Und dann, wie bescheuert das klingt: »getrennt«. Das Wort ist so wenig für das Soviel an Schmerz. Man kann auch räumlich getrennt sein oder den Zeigefinger vom Flutschfinger-Eis trennen. Man kann sich von alten Klamotten trennen und eine Trennwand aufstellen, man kann Lebensmittel auf einem Fließband voneinander trennen mit diesem Ding, das keinen Namen hat oder tausend, keine Ahnung. Aber Jenny und ich sind nicht zwei verschiedene Einkäufe, wir sind nicht »getrennt«, wir sind »explodiert«. Trotzdem muss ich es so sagen, denn ich kann ja schlecht am Telefon in den Hörer heulen »Jenny und ich sind explodiert«, das versteht meine Mutter nicht und mein Bruder auch nicht. Das versteht niemand.

Es ist nicht so, dass meine Eltern sich großartig in meine Beziehungen einmischen würden, aber man kann sagen, dass sie vermutlich ein Fest geschmissen haben, als sie erfuhren, dass ich eine Freundin habe. Das habe ich so stolz verkündet, als hätte ich Krebs geheilt. Ich wusste, dass sie es kaum glauben konnten, weil eigentlich niemand mehr damit gerechnet hätte, dass ich bereit sein könnte, mich auf eine einzulassen, mich zu binden, bis in alle Ewigkeit, amen. Im Gegensatz zu meinem verheirateten Bruder, der vor einiger Zeit sogar Vater wurde und jetzt mit seiner perfekten kleinen Familie den perfekten kleinen Kleinstadttraum lebt und meine Eltern mit einem Enkelkind beruhigte, dass ihre Gene doch nicht mit den beiden komischen Typen aussterben, die sie in die Welt gesetzt haben, hatte ich getan, was in Berlin so üblich war – behauptet, ich sei beziehungsunfähig. Das funktionierte immer, weil das die schönste Abfuhr der Welt ist, da kann echt keiner meckern. Man sagt nicht »Ich bin nicht verliebt in dich«, man sagt: »Ich bin beziehungsunfähig«, was nichts anderes bedeutet als: »Ich bin unfähig, eine Beziehung mit dir zu führen, weil ich nicht verliebt in dich bin.« Denn das mit dem Verlieben wollte mir seit Jahren nicht gelingen und je mehr ich es zu erzwingen versuchte, desto weniger war ich in der Lage gewesen, überhaupt noch etwas zu fühlen. Die Frauen kamen und gingen, ich brach ihnen das Herz und nachdem ich in einem Sommer gleich zwei Menschen derart verletzt hatte, dass ich mich wochenlang schämte, hatte ich beschlossen, nicht mehr zu daten. Das hatte zu der großen Lethargie des Winters geführt, aber immerhin hatte ich niemanden mehr mit mir selber verletzt. Und dann kam Jenny, yeah.

Meine Eltern konnten zunächst kaum glauben, dass ich nun eine Freundin hatte, deshalb erwähnten sie genau das sehr oft: »Wie geht es deiner Freundin, Alex?«, »Und, bei dir und deiner Freundin alles klar?«, »Unbekannte Grüße an die Freundin!«. Sie sprachen dabei das Wort »Freundin« ungefähr so aus, wie man einen großen Geldgewinn betont. So, als könnte das eventuell auch alles nicht echt sein, als könnte das auch sofort wieder weg sein, schade. Eigentlich ging es ihnen damit wie mir: Ich konnte es die ersten Wochen auch nicht so recht fassen. Jedes Mal, wenn ich erwähnte, dass ich »eine Freundin« hätte, fühlte sich das wie ausgedacht an, wie eine Lüge, wie etwas, das eigentlich nicht real sein konnte. Ich hatte so viele Jahre diesen Satz nicht gesagt, dass ich ihn beinahe verlernt hatte. So, wie man irgendwann auf Englisch träumt und so dumme Sachen sagt wie »Oh, wie war noch mal das German word dafür, sorry guys, ich lebe schon so long in America«, so hatte ich eben jahrelang nur »Single« gesagt und jetzt musste ich mich an »Paar« gewöhnen. Es ist nicht so, dass es mir nicht gefiel, denn ich platzte vor Stolz darauf, eine so attraktive und smarte Freundin zu haben. Ich gab mit ihr an, ich war mir sicher, dass mich jeder Kerl um sie beneidete und dachte: »Wie hat dieser Bursche nur eine so heiße Freundin abgekriegt?« Aber genau das war eigentlich das Problem: Das fragte ich mich nämlich auch. Ich bin nicht hässlich, ich sehe sogar eigentlich ziemlich gut aus. Aber Jenny war schön. So auf die klassische Art. Eine, nach der sich Männer umdrehen. Und das machte mir Angst. Es besorgte mich eigentlich von Anfang an, weil es mir nicht wahrscheinlich vorkam, dass ich nach all den Jahren des Singleseins plötzlich eine so heiße Freundin hatte. Aber zum Glück gewöhnt man sich ja an sehr viel und nach ein paar Monaten hatte ich mich daran gewöhnt, dass diese wunderschöne Frau meine Partnerin war, dass sie über mich sagte, dass ich ihr Freund sei, und ich sagen durfte, dass sie meine Freundin ist. Alle hatten sich irgendwann daran gewöhnt, sogar meine Eltern. Nur mein Bruder betonte immer wieder, welch absurdes Glück ich hätte, *so eine abgekriegt* zu haben.

Dabei war das Besondere an ihr nicht ihr Äußeres. Es war das

Gefühl, das ich mit ihr hatte, ja, ja, ich weiß, das klingt so abgedroschen, aber so war es nun einmal.

Es ist, als müsste ich jetzt durch das Negativ genau dieses Gefühls durch – tausend Höllen, Alter, tausend Höllen. Nicht mal im Schlaf kriege ich eine Pause, weil ich ständig von ihr träume. Vorgestern Nacht, wie sie mir gleich zwei neue Typen präsentiert, beide, wie es sich für diese Art Traum gehört, gesichtslos. Mein Unterbewusstsein ist so unkreativ und faul, das ist wirklich schon lächerlich. Heute Nacht habe ich geträumt, dass sie heiratet. Ihr ganzer Instagram-Kanal war eine einzige Hochzeitscollage. Das passiert vermutlich vor allem deshalb, weil ich mich weigere, sie zu stalken. Ich will das nicht sehen. Ich will nichts davon sehen. Wenn ich ehrlich bin, wäre es mir am liebsten, wenn sie nicht mehr existieren würde oder wenigstens in einem anderen Land wäre. Dann müsste ich mich nicht zu Hause einsperren und hätte nicht ständig diese diffuse Angst, ihr zu begegnen. Ich weiß nicht einmal, wovor ich da genau Angst habe. Es ist ja nicht so, als wäre sie eine Königskobra und jede Begegnung mit ihr potenziell lebensgefährlich. Andererseits wäre mir jede noch so eklige Schlange gerade lieber als sie. Denn weil ich ständig Angst davor habe, schleiche ich immer nur kurz vor Ladenschluss aus dem Haus, renne durch den Supermarkt, schmeiße irgendwas in meinen Korb, Hauptsache schnell wieder nach Hause, dahin, wo es sicher ist, ins Camp Alexander. Weil ich nicht schaue, was sie bei Facebook oder Instagram so treibt, weiß ich eben auch nicht, wo sie gerade ist und was sie macht. Aber mir ist ein Überraschungsangriff immer noch lieber, als das Kopfgeficke, wenn ich sehe, wie viel Fun sie jetzt ohne mich hat. Seit wann benutze ich Kriegsmetaphern? Seit wann ist das alles so eine unglaubliche Katastrophe? Und wann hört das auf?

Ich schreibe Daniel und frage ihn, ob er sich mit mir betrinkt. Er antwortet sofort und sagt: »Klar, bin in Kreuzberg, komm rum«, und ich bin genervt. »Das geht nicht, Daniel, da arbeitet die, die könnte da rumlaufen mit ihrem neuen Freund.« Daniel fragt, woher ich wissen würde, dass sie einen neuen Freund hat. Ich sage wahrheitsgemäß, dass ich das nur vermuten würde. Dann frage ich mich augenblicklich, ob die Frage so gemeint war, dass Daniel schon weiß, dass Jenny eine neue Beziehung hat und nur nachhorchen wollte, woher ich es erfahren habe. Es ist Zeit für eine Sprachnachricht, denn wenn man Liebeskummer hat, darf man sogar Sprachnachrichten verschicken.

»Ey Daniel, ohne Scheiß, sag mir bitte nicht, dass du der noch bei Insta folgst. Und jetzt Sachen weißt, die ich nicht weiß.«

Er antwortet: »lol«.

Neue Sprachnachricht: »Alter, willst du mich verarschen, folgst du der oder nicht?«

Daniel: »Nein. Glaub nicht.«

Ich starre mein Telefon an und bin neidisch. Er glaubt nicht. Ich wünsche mir so sehr, dass ich er sein könnte. Dass Jenny mir so egal sein könnte, dass ich nicht mal WEIß, ob ich ihr noch folge. Ich hasse Daniel. Ich hasse Jenny. Ich hasse Social Media.

Neue Sprachnachricht: »Ich kann das wirklich nicht. Also alles. Bitte entfolge der und bitte komm in den Wedding, ich kann hier nicht weg, sie kann überall sein, in der ganzen verdammten Stadt kann die sein, ich will die nicht sehen.«

Daniel: »Alter.«

Daniel: »Seriously?«

Daniel: »Seit drei Wochen hängen wir nur bei dir ab, weil du dich weigerst, deinen Stadtteil zu verlassen. Komm klar. Dann Bier.«

Daniel: »IN KREUZBERG.«

#5

»Du bist hier immer willkommen!«, sagt meine Mutter am Telefon, während ich meine Lippe blutig beiße, damit ich nicht weine. Nachdem meine Eltern seit zwei Wochen erfolglos versucht haben, mich zu erreichen, musste ich sie so langsam endlich mal zurückrufen und ihnen eine Ausrede auftischen. Also hielt ich mir die Nase zu und sagte, ich hätte Grippe gehabt. Schlimme Grippe, fast gestorben quasi, auf jeden Fall nicht in der Lage gewesen, auch nur ans Telefon zu gehen, knapp überlebt, puh! Meine Mutter glaubte mir kein Wort, aber was soll sie machen, die fünfhundert Kilometer zwischen uns sind wie eine warme Welle, auf der all meine Lügen dahinsurfen, langsam, gemächlich, ich schaue ihnen dabei zu, hey, na Jungs, wie geht's euch da draußen? Gerade habe ich vorsichtig gefragt, ob sie nicht Lust auf Besuch hätten.

Denn Daniel hat recht: Ich lebe wie ein Terrorist im Untergrund, weil die Jenny-Kobra überall lauern könnte. Wäre ich ein Prepper, ich hätte mich wahrscheinlich seit vier Wochen zu Hause verbarrikadiert. Aber weil ich erstens kein Geld habe und zweitens krankgeschrieben bin (Danke, Dr. Holiday-Hausarzt für vier Wochen!), kann ich nicht einfach nach Spanien fliegen und mich weinend an den Strand legen. Also bleiben nur meine Eltern. Das Problem ist nur: Sie wissen noch immer nichts von der Trennung.

Also muss ich ihnen das als Besuch bei der lieben Familie verkaufen. Meine Mutter ist skeptisch.

»Und was willst du dann hier die drei Wochen machen?«, fragt sie so, als wollte ich ein geheimes Methlabor in ihrem Wohnzimmer einrichten.

»Zeit mit euch verbringen!«, sage ich so fröhlich ich kann, obwohl allen Beteiligten klar ist, dass sich das sowieso bei einem Besuch nicht vermeiden lässt und also implizit ist und zweitens, dass wir noch nie so richtig gut im Zeit-miteinander-Verbringen waren, weil wir uns wie jede anständige Familie im Grunde nicht leiden können, aber eben verwandt sind, was uns dazu zwingt, regelmäßig so zu tun, als würden wir uns dafür interessieren, was der andere sagt, denkt und macht. Vielleicht übertreibe ich auch ein bisschen, denn meine Eltern sind eigentlich sehr nett. Bloß haben wir uns eben nichts zu sagen. Mein Leben in Berlin ist für sie eigentlich gar nicht so weit weg von einem Methlabor in ihrem Wohnzimmer, denn bei ihrem ersten und einzigen Besuch in meiner Wohnung mussten sie über Harry, den Hausjunkie steigen, der sich gerade eingepisst hatte und meine Mutter musste ein bisschen würgen und mein Vater fragte, ob ich nicht mal den Krankenwagen rufen wolle und ich sagte, nein, nein, Harry schläft immer bei uns im Hausflur, so lange er sein Blech wegräumt, ist das okay für alle, keine Sorge. Seitdem denken meine Eltern, dass ganz Berlin etwas ist, was man bei RTL 2 in einer dieser »Reportagen« als Stadt sieht, die quasi ein einziger, großer »Brennpunkt« ist und ich ständig kurz davor bin, erschossen zu werden oder ausgeraubt oder drogenabhängig.

»Aber hier kann man doch nichts unternehmen«, sagt meine Mutter und ich zweifle einen Augenblick an meinem Vorhaben, denn da hat sie leider recht.

Das Haus meiner Eltern liegt in einem alten Teil der Kleinstadt, in der ich aufgewachsen bin. Dieser Teil befindet sich trotzdem am äußeren Rand der kleinen Gemeinde, aber weil dahinter nur noch Wald und Sumpf ist, hat sich die Stadt in diese Richtung nicht weiter ausgedehnt. Durch die Lage am Wald entsteht der Eindruck, man befände sich nicht in einer kleinen Stadt, sondern irgendwo auf dem Land, was eigentlich auch gar nicht so falsch ist, denn dass Braus offiziell eine Kleinstadt ist und nicht bloß ein Dorf, das hat es ausschließlich der Tatsache zu verdanken, dass dort gerade einmal viertausend Menschen zu viel leben, als dass es noch Dorf genannt werden dürfte. Braus hat nicht einmal zehntausend Einwohner, liegt aber so nah an der Autobahn, dass sie es irgendwie geschafft hat, dass nicht alle Jungen sofort wegziehen und nur die Alten bleiben. Es gibt ein Gymnasium und eine Berufsschule und sehr viele Discounter und eine Spielothek, nein: sehr viele Spielotheken.

Es gibt Gaststätten und Schankwirtschaften und es gibt einen historischen Marktplatz, in dessen Mitte sich eine gigantische Stein-Statue des Stadtvaters Christoph Braus befindet, die seit jeher für viel Amüsement sorgt, weil Christoph Braus einen Gegenstand, der wohl ein Stab sein soll, hält, als sei es sein eigener Penis. Mit beiden Händen umklammert er etwas, das waagerecht von ihm absteht und viel zu lang und dünn für einen menschlichen Penis wäre, aber trotzdem ein wenig verfänglich aussieht. Es handelt sich dabei übrigens eigentlich um den Stab, den er in den Boden rammte, damals vor gefühlt einer Million Jahren, und dabei sprach: »Hier werden wir siedeln!« Tolle Geschichte, höchstwahrscheinlich ausgedacht, weil es keine Belege gibt und jene, die existieren, beginnen, als schon gesiedelt wurde, aber eine Stadt ohne Gründungsmythos ist irgendwie peinlich, da nimmt man eben, was man sich ausdenken kann und so ein Stab und so ein Spruch, das klingt doch nach was.

Es gibt außerdem sehr viele Kindergärten, weil die Menschen in Braus sehr viele Kinder kriegen, von denen die meisten dann irgendwann wegziehen. Deshalb stehen ebenfalls sehr viele Altenheime über die Stadt verteilt so herum in all ihrer Tristesse – und es werden immer mehr. Weil man die ganze traurige Angelegenheit von Altenheimen, die ja eigentlich Sterbeheime sind, wenn man mal ehrlich ist, irgendwie von außen nicht sehen soll, malt man die billig hochgezogenen Neubauten fast immer mit irgendeiner schrecklichen Farbe an, wie Gelb zum Beispiel. Oder man lässt die Maler Aphorismen auf die Häuserwände schreiben (Hesse oder so), die allesamt aussagen, dass Altsein vor allem Weisesein bedeutet und super ist und gar nicht schrecklich und Altenheime Orte voller Sonnenschein und lieber Menschen sind, die alle wirklich nur das Beste wollen für dich und dein Alzheimer. Ein wenig ist es mit den Heimen wie mit den Friseuren: Man fragt sich, ob so wenige Menschen wirklich so viele Friseure brauchen, aber am Ende ist dort immer was los. Zumindest vermute ich das, denn als ich das letzte Mal vor fünf Jahren meinen einzig verbliebenen und nun toten Großvater im Heim besucht hatte, wirkte eben dieses nicht gerade schlecht gefüllt. Mein Opa machte deshalb dann auch relativ schnell das Zimmer frei, wie meine Tante Susanne es ausdrückte, und danach musste ich zum Glück nie wieder so einen Bau von innen sehen, denn noch deprimierender als das Industriegelände der Stadt ist nur das Altenheim, das dort steht.

Braus ist so wenig katholisch, dass es nur ein paar Kirchen gibt, aber das macht nichts, denn dafür gibt es ja die große Brauerei.

Hier huldigt man sowieso lieber dem Bier, als irgendeinem Gott, der auch nichts mehr daran ändern könnte, dass die Brauser sich sehr wohl darüber im Klaren sind, dass ihre Stadt völlig bedeutungslos ist. Man kennt das Bier, das dort gebraut wird, aber dass *Braus Bräu* den Namen dieser Kleinstadt trägt, das wissen nur wenige. Würde man versuchen, diesen Ort mit einem Adjektiv zu beschreiben, so fiele einem wohl einfach lediglich das Wort »durchschnittlich« ein, denn Braus ist derart langweilig und charakterlos, dass das Einzige, das überdurchschnittlich zu sein scheint, der Bierkonsum ist. Und damit will sich nun wirklich keine Stadt brüsten, zumindest keine außerhalb von Bayern.

Damit die Brauser aber zumindest auf *irgendwas* stolz sein können, gibt es das Winterbierfest und das Sommerbierfest und dazwischen Schützenfeste, Zeltpartys und hin und wieder ein Konzert einer mittelerfolgreichen, zumeist deutschen Band in der Diskothek. Die Bands machen entweder Metal oder Popmusik, noch viel häufiger aber machen sie sich des unverzeihlichen Verbrechens an der Musik schuldig und touren als Cover-Bands zuverlässig die großen Städte vermeidend durch die Republik, rotzen ihre Schulband-Songs raus und trotzdem ist immer ausverkauft, weil gute Lieder immer die sind, die man ganz laut mitsingen kann – das zumindest ist der Brauser Kanon. Das Leben der Brauser, es ist ein einfaches, ein stadtgewordener deutscher Durchschnitt, was man ziemlich angenehm oder aber sehr langweilig finden kann. Eine Brauser Jugend ist zumeist Letzteres, weswegen es einen Großteil der Abiturienten in die dreißig Kilometer entfernte Großstadt zieht. Wenige bleiben, einige kommen zurück, die meisten, so wie ich, sind froh, wenn sie der Enge entfliehen konnten. Zumindest sagen das die offiziellen Zahlen. Inoffiziell behauptet man gern, dass die Stadt attraktiv genug sei, um zu bleiben. Denn es gibt ein Freibad und vier Cafés, es gibt einen Golfplatz, ein Museum. Es gibt genug Arbeit, genug Geld, genug Steuereinnahmen, genug Gewerbe und genug Baufläche. Es gibt einen Mietpreisspiegel, der lachhaft niedrig für Menschen ist, die in einer großen Stadt wohnen, und es gibt sehr, sehr viel Natur, die sogar so sehenswert zu sein scheint, dass drei große Hotels und viele kleine Pensionen die meiste Zeit ausgebucht sind. Das liegt wohl vor allem auch an der Nähe zu einem See, der sehr groß und sehr schön ist und nicht nur von den Brausern geschätzt wird, sondern auch von jährlich um die einhundertvierundzwanzigtausend Touristen, was erstaunlich ist, wenn man bedenkt, dass der See zwar sehr groß und sehr schön ist, aber eben wie der ganze Rest von Braus auch nichts Außergewöhnliches zu bieten hat.

Man könnte die Stadt also durchaus als einigermaßen angenehmen Geburtsort empfinden, so alles in allem, aber mir ist das nie gelungen. Als ich mit neunzehn mein Abitur hatte, wollte ich einfach nur noch weg. Es war mir völlig egal, wohin, Hauptsache weit weg von hier und diesem Gebräu, von dem Scheißsee und der Scheißlangeweile. Man muss also sagen: In Braus geht nicht besonders viel, meine Mutter hat völlig recht.

Und wenn nicht viel im Außen passiert, passiert bei mir erfahrungsgemäß umso mehr im Inneren. Das ist der Grund, warum ich von Datingshows zu Promi-Big-Brother gewechselt bin. Jeden Tag schaue ich stundenlang alte Folgen und »den Bewohnern« zu, in meinem abgedunkelten Zimmer.

Meine Matratze liegt auf dem Boden an der hinteren Wand, da, wo ohnehin kaum je Licht hinkommt, und ich habe die Bettwäsche einen Tag, nachdem Schluss war, gewechselt. Das Bett roch zwar nicht nach ihr, aber sie hatte ein paar Tage zuvor darin gelegen und allein der Gedanke, dass ich ein Haar finden könnte oder ein kleiner Quadratzentimeter des Kopfkissens doch ihr Parfum aufgesaugt hatte, machte mich wahnsinnig. Eine Woche hatte ich noch in der Firma durchgehalten, wie ein Zombie auf den Bildschirm gestarrt, ständig Fehler im Code gemacht, bis ich schließlich nach dem ersten Wochenende ohne sie zusammengebrochen war und jetzt noch drei Wochen Zeit hatte, zu sterben oder zu heilen, das ließ ich mir noch offen. Weil ich wusste, dass ich meinen Hauptwohnsitz für die nächsten Wochen in meinem Bett anmelden würde, tauschte ich erst die Kopfkissenbezüge aus, am nächsten Tag die Oberbetten und am dritten Tag schaffte ich es heulend, das Laken zu wechseln, auf dem noch ein winziger Blutfleck war von ihr, weil sie ihre Tage gehabt hatte, als sie das letzte Mal bei mir übernachtet hatte. Am liebsten hätte ich das Bett einfach abgefackelt, die ganze Wohnung, weil alles mich an sie erinnert. Im Internet habe ich gelesen, dass man alle Erinnerungen an die Person wegschmeißen oder zumindest in eine Kiste stecken soll. Haha, dachte ich, dann werfe ich einfach meine Wohnung mit mir zusammen in den Restmüllcontainer im Hinterhof, dann ist die Sache erledigt. Ständig rät mir irgendwer, loszulassen. Das Internet, meine Freundinnen und Freunde. Ratgeber. Aber wie soll das gehen, wenn Jenny doch ein Teil von mir ist? Soll ich mich ausschaben, wie bei einer Nasennebenhöhlen-Operation oder einem Schwangerschaftsabbruch? Wie lässt man jemanden los, wie soll so was denn gehen?

Keine Ahnung, wie die Gefühlswelt von normalen Menschen aussieht. Vermutlich nicht wie meine. Ich habe den Verdacht, dass die meisten Menschen weder so stark lieben wie ich, noch so stark leiden. Deshalb sind all diese Tipps einfach der letzte Dreck. Ist ja toll, wenn andere Menschen nur die süße Postkarte mit dem lustigen Spruch drauf, die am Kühlschrank hängt, an die Liebe erinnert. Die kann man dann natürlich sehr gut abnehmen und in eine Kiste stecken oder in der Duschwanne verbrennen. Mich hingegen erinnert meine ganze Existenz an die Liebe, also müsste ich mich selber wegschmeißen oder verbrennen und das ist, bei aller Liebe, eine selbst für meine Verhältnisse zu extreme Reaktion auf eine Trennung von jemandem, mit dem ich gerade mal ein Jahr zusammen war.

Dieses »war« macht mich fertig. Dieses Präteritum. Alles ist jetzt nur noch Vergangenheit und ich würde Jenny am liebsten ständig fragen: »Sicher? Bist du dir wirklich sicher, dass du das so willst? Sicher, dass du mich nicht mehr liebst? Sicher? Ganz, ganz sicher? Überleg noch mal, Jenny, nein, länger, überleg länger, denk mal daran, wie toll ich bin, was ich alles kann, wie schlau ich bin. Sicher, dass du das nicht mehr willst?« Aber ihr Schweigen ist eine immerwährende Antwort auf meine nie gestellten Fragen. Sie will nicht mehr, sonst hätte sie sich längst gemeldet und gesagt, dass sie alles bereut. Sie hätte mich aus der Promi-Big-Brother-Hölle geholt, sich in mein Bett gelegt, wir hätten gemeinsam geheult, weil wir so scheiße zueinander gewesen sind (na ja: ICH hätte geheult, weil Jenny vermutlich so getan hätte, als sei ihr alles egal, so wie immer) und dabei hätten wir Weißweinschorle aus Pappbechern getrunken, wie bei unserem ersten Date. Aua, aua, aua. Jede Erinnerung ist aus Stacheldraht, wie soll ich jemals wieder glücklich werden, wenn mich schon Weißwein an sie erinnert, wenn sogar einfach nur am Leben zu sein sich wie Selbstverletzung anfühlt?

»Das ist mir egal, ich freue mich, wenn es ein bisschen ruhiger ist. Die Stadt ist ja so anstrengend, Mama, weißt du ja.« Nuschle ich in den Hörer jetzt, während ich hoffe, dass sie nicht merkt, wie verzweifelt das klingt.

Meine Mutter kneift die Augen zusammen, das spüre ich, ohne es zu sehen. Mama, denke ich, jetzt sei eine gute Mutter, sei eine normale Mutter, die sich freut, dass ihr Sohn zu Besuch kommt, jetzt sei hier nicht so scheiße, das gibt es doch nicht.

»Wann willst du denn kommen?«, fragt sie.

»Morgen«, sage ich. Das ist strategisch unklug, weil es überstürzt wirkt, aber ich schwöre, ich halte es hier nicht mehr aus, ich will weg von der Matratze und von dem Gefühl, dass selbst bei fast vier Millionen Einwohnern in dieser Stadt jederzeit die Möglichkeit besteht, sie aus Versehen zu sehen. Ich will sie nie wiedersehen, wenn ich sie nicht mehr absichtlich sehen darf.

»Ich komme mit dem Auto. Ihr müsst euch nicht stressen. Ich fahre abends los und bin gegen frühen Morgen da. Okay?« Ich stelle keine Frage, ich mache einen Punkt. Sie ist meine Mutter, sie hat mich zu lieben und jederzeit gern bei sich zu haben und sich immer zu freuen, wenn ich vorbeikommen will. Ich habe eine Gold-Membercard-Mitgliedschaft für diese Familie, jederzeit All-Access, darum geht es doch bei Verwandtschaft, oder nicht?

Als wir aufgelegt haben, gehe ich in die Küche, um drei Zigaretten hintereinander zu rauchen und dabei erst mal eine Stunde zu heulen. Es ist so bitter, dass alles, was mir mit Anfang dreißig bleibt, die Flucht zu meinen Eltern ist. Denen ich nicht einmal sagen kann, dass Jenny mich verlassen hat. Ich starre auf den Berg Schmutzwäsche, der mittlerweile die Waschmaschine überragt und sich bereits einige Wäschestücke auf sie ergossen haben. Daneben steht das dreckige Geschirr, daneben die leeren Flaschen. Endlich angekommen, denke ich, endlich am tiefsten Punkt. Und dabei weiß ich ja schon, dass das nicht stimmt, denn man kann wirklich ganz schön lange fallen und fallen, bis man aufprallt. Und ehrlich gesagt geht das sogar mehrfach, wenn man zu früh versucht, aus dem Loch zu kriechen. Dann rutscht man ab und fällt wieder auf die Schnauze. Immer und immer wieder. Ich muss packen. Ich muss mich erinnern, wo ich das Auto abgestellt habe. Ich muss hier weg. Ich muss hier einfach nur noch weg, weg, weg.

Immer noch Juli

#6

Die Straßen sind um diese Zeit leer. Es ist, als wäre ich gefangen in einem Computerspiel, in dem meine einzige Aufgabe ist, in einem Tunnel geradeaus zu fahren, der niemals endet. Manchmal zischen Straßenschilder vorbei, die Ortsnamen tragen, die ich alle kenne und zu jedem gibt es eine Geschichte, eine Person *von früher*. Es ist, als würde ich durch ein Wurmloch rasen, bis ich schließlich an dem Punkt wieder hinausgeschleudert werde, an dem alles anfing. An dem *ich* anfing zu sein. Ich kenne jede Ausfahrt, jeden Kilometer. Die Ausfahrten sind wie Efeu, das aus dem einen Punkt, an dem meine Existenz begonnen hat, herauswächst. Ranken über Ranken, überall alles voll mit diesen Scheiß-Gedanken-Ranken.

Im Radio läuft der Sender, der seit zwanzig Jahren die gleichen zweihundert Lieder spielt. Dazwischen die Moderation, die sich niemals verändert. Der Moderator sagt: »Die Straßen sind wie immer um diese Uhrzeit frei. Fahren Sie vorsichtig und kommen Sie gut durch die Nacht.« Danach das Beste der 80er, 90er und 2000er. Ein einziges Klischee. Jeder Song ist generisch, man summt und summt und singt mit und denkt einfach nicht nach. Genau darum geht es. Einfach nicht nachdenken.

Ich wünschte, ich würde so funktionieren wie meine Mutter, die morgens das Radio immer besonders laut aufdreht und dazu ein bisschen die Hüften schwingt, während sie sich wie jeden Tag ein Brötchen mit Frischkäse und Honig zubereitet. Wie oft habe ich ihr dabei zugesehen und nicht verstanden, warum ihr das solche Freude bereitet. Warum sie dabei so glücklich aussieht. Jetzt weiß ich es. Es ist die Glückseligkeit der Gleichgültigkeit eines Moments, in dem man nichts denken muss. Einfach summen und das Gleiche wie jeden Morgen machen, das Gleiche wie jeden Tag. Ich denke, so in etwa fühlt sich Freiheit an. Wie nichts denken zu müssen. Oder ist es das Gegenteil?

Noch zwanzig Kilometer und ich frage mich, warum ich mich noch nicht gefragt habe, ob ich umkehren soll. Ich weiß gar nicht, was ich hier eigentlich mache, was ist das für eine Scheißidee, Alex, Junge, man, wieso kannst du nicht mal so viel Energie für das Durchhalten von schlauen Ideen aufbringen, wie du sie bei solchen Dummheiten plötzlich an den Tag legst? Wieso bringst du solche Kräfte auf, wenn es darum geht, dich wie ein Trottel von der einen Misere in eine noch viel größere zu bringen, aber wenn es darum geht, eine Beziehung zu ...

Jenny. Ihr Gesicht erscheint im Tunnel und ich kann nicht einfach durchfahren, weil es sich mit dem Auto zusammen bewegt. Es ist jetzt da, ganz nah, auf der Frontscheibe. Ich wünschte, ich würde sie auf der Straße vor mir sehen, dann könnte ich sie in Gedanken einfach überfahren, wie bei GTA. Viele Menschen mit Suizidgedanken sagen, dass sie sich eigentlich nicht umbringen wollen, sondern nur den Teil in sich töten, der so wehtut, und genau so geht es mir mit ihr auch. Ich will sie eigentlich nicht wirklich überfahren, ich will nur, dass ihr Bild weggeht, dass ich wieder klar denken kann, am liebsten, um ehrlich zu sein, dass sie einfach gar nicht mehr in mir existiert. Ich will sie löschen, vernichten aus mir, damit ich weitermachen kann, auch wenn ich nicht mal weiß, womit. Aber das hier, das ist einfach Tierquälerei, denn ich bin ein verwundetes Tier, halbtot liege ich auf der Straße, während die Erinnerungen und die Sehnsucht nach Jenny in den Vorwärtsgang schalten und über mich drüberfahren, in den Rückwärtsgang und noch mal, vorwärts, rückwärts, vorwärts, bis ich nur noch ein Haufen Matsch auf einer verlassenen Straße bin. Bei dem Gedanken muss ich laut lachen, weil das ja schon sehr dramatisch ist, was ich da denke, ein bisschen übertrieben, ich weiß. Aber was ist Liebeskummer anderes, als das Aushalten sehr vieler extrem unangenehmer Gefühle, Entschuldigung, dass ich da mal einen schwachen Moment habe. Oder zehn. Oder tausend. Oder ein einziger, schwacher Moment bin.

Die Klingel ist im Zwielicht der Straßenlaterne kaum zu erkennen, und obwohl ich sie tausendmal gedrückt habe, tausendmal davorstand, tausendmal weiß, wo sie ist, treffe ich sie mit meinen zittrigen Fingern einfach nicht. Einen Moment lang überlege ich, einfach umzukehren, die ganze Sache ist so was von dämlich, so was von demütigend, wenn ich mir das jetzt so überlege. Vielleicht will das Universum einfach nicht, dass ich die Klingel finde, es schreitet endlich mal ein und meldet: Alexander, du hast schon sehr viele, sehr dumme Dinge in deinem Leben getan, aber das hier werden wir nicht zulassen, das hier wirst du nicht machen. Und ich, Alexander, bin nur zu dämlich, um richtig zuzuhören, wenn das Universum mich ein einziges Mal auf einen Fehler hinweist. Ich könnte einfach umkehren, wieder nach Berlin fahren, ciao Braus, ciao Leute. Oder im Wald leben, als Aktivist gegen Braunkohle. Ich könnte meine Wohnung untervermieten an Touristen und damit so viel Geld machen, dass ich zwei Monate verreisen kann, vorher lasse ich mich kündigen, dann bekomme ich auch Arbeitslosengeld und dann mache ich so eine Digital-Nomad-Sache, einfach ein bisschen an einem thailändischen Strand Bullshit in mein MacBook Pro tippen und abschicken und »Rechnung anbei, LiGrü aus Photang, Alex«.

Meine Mutter öffnet verschlafen die Tür, »Ding dong«, sage ich und sie antwortet »Hattest du nicht gesagt, dass du einen Schlüssel hast, Alex?«

»Tolle Begrüßung, Mutter, ich freue mich auch, dich zu sehen«, sage ich, umarme sie und rieche ihren Schlaf, den Geruch ihrer Haut, der so ähnlich wie meiner sein muss. Wären wir hier bei Proust, folgte jetzt ein sehr langer Abschnitt darüber, welche Welt an Erinnerungen sich nun auftut, aber ehrlich gesagt wird mir einfach nur sehr übel. Das Red Bull und die Müdigkeit haben sich zu einer sauren Suppe im Magen vermischt und kriechen mir den Hals hinauf. Ich schlucke und lasse meine Mutter los, sie dreht sich einfach um, murmelt: »Ich geh mal wieder schlafen, bis nachher«. Und geht mit schweren, langsamen Schritten die alte Holztreppe hinauf. Zurück bleibe ich und denke »Na, das ist ja schön, Familie, so wichtig einfach, ein Ort, an dem man aufgefangen wird und immer willkommen ist«, und seufze. Meine Mutter bleibt stehen und beugt sich über das Geländer zu mir herunter: »Ach, Alex, ich hab vergessen zu erwähnen, dass dein Vater das Gästezimmer gerade für seinen Ebay-Handel nutzt, da steht alles voll. Du musst bitte in Timos altem Zimmer schlafen.«

»Im Keller?«, frage ich ungläubig.

»Ja, wo denn sonst?«, fragt meine Mutter kopfschüttelnd und geht die letzten Stufen hinauf. Weil ich sehr neugierig bin und Red Bull auf eine sehr unangenehme Weise wach macht, lasse ich meine Tasche im Flur stehen und betrete das Gästezimmer.

Meine Mutter hat nicht übertrieben, der ganze Raum steht voller Kartons, dazwischen große Müllsäcke mit Kleidung, zumindest nehme ich das an. Mein Vater handelt seit ein paar Monaten neben seiner Arbeit mit Survival-Ausstattung: Zelte, Funktionskleidung, so was. Würde morgen die Zombie-Apokalypse ausbrechen, ich müsste es nur bis zu meinen Eltern schaffen und wir könnten sofort in einem Camp die Zivilisation neu aufbauen. Mein Vater jedenfalls ist sich ziemlich sicher, dass ein Stromausfall (Russland!), ein Zombie-Virus (China!) oder einfach eine Atombombe (Russland, China, Amerika) früher oder später dafür sorgen wird, dass jemand all dieses Zeug brauchen wird, jemand und er, also wir. Die ganze Geschichte wäre irgendwie besser, wenn er wenigstens einen Bunker gebaut hätte oder etwas Ähnliches, dann hätten wir ihm dabei zuschauen und ein bisschen ablachen können, aber so weit gehen seine Vorbereitungen noch nicht. Stattdessen stelle ich im Keller fest, dass der Lebensmittelvorrat mittlerweile unsere gesamte Familie und die halbe Nachbarschaft mindestens ein halbes Jahr lang versorgen könnte. Ein bisschen wünsche ich mir, dass jetzt bald wirklich was Schlimmes passiert, denn wenn die Menschheit ausstirbt, stirbt Jenny mit und all meine Probleme sind gelöst und ich kann hier einfach im Keller bleiben, für immer.

Timos Zimmer ist eigentlich nur ein Raum mit Bodenfliesen und mit dem alten Doppelbett meiner Eltern. Timo hat bei seinem Auszug vor vielen Jahren alle Möbel mitgenommen und der Raum stand lange ganz leer. Jetzt haben meine Eltern daraus offenbar ein Ersatz-Gästezimmer gemacht, obwohl ich mir ziemlich sicher bin, dass sie eigentlich nie Gäste haben und noch nicht einmal eines benötigen. Aber weil ja in diesen kleinen Städten einfach so grotesk viel Platz ist, überall, gerade in den Einfamilienhäusern, macht man eben aus dem ein oder anderen Zimmer ein Gästezimmer, ist ja egal. Es fühlt sich trotzdem merkwürdig an, in diesem Raum zu liegen, weil das eigentlich das territoriale Timo-Gebiet ist und ich mich fühle, als würde ich gerade seine Rolle übernehmen, als sei eben das falsche Kind im falschen Bett im falschen Raum. Die Sonne geht langsam auf und das rosagraue Licht eines Sommermorgens dringt durch die hochgelegenen Fenster zur Straße, die auch nur deshalb Fenster heißen, weil sie eben aus Glas sind. Eigentlich handelte es sich um Licht-Schlitze, wie das eben bei Kellern so ist. Ich liege da, knallwach und todmüde, schließe die Augen und bin mit einem Mal sehr froh, nicht in meinem alten Zimmer zu schlafen. So fühlt es sich an, als sei ich nur Gast, nicht, als würde eine ältere Loser-Version von mir auf die jüngere treffen, wieder im alten Zimmer, alle Träume kaputt, alles gegen die Wand gefahren. In Timos Zimmer kann ich der erwachsene Alexander bleiben, der auch alles kaputt gemacht und an die Wand gefahren hat. Aber wenigstens schaut ihm dabei nicht der jüngere zu mit diesem Blick, der sagt: »Wie konntest du unser Leben bloß so versauen, du Idiot.«

#7

Ich will nicht wie du sein, okay, Jenny? Ich erwische mich selber immer wieder dabei, dass ich es versuche, weil es geil sein muss, wie du zu sein. So egoistisch, so narzisstisch, so komplett bei sich. Denn es ist ja so, dass die Welt einem vor allem deshalb so große Probleme macht, weil da andere Menschen sind und die sind immer das Problem. Wenn man aber nur um sich selber kreist und einem alle anderen komplett egal sind, ist alles ziemlich easy, oder Jenny? Aber Menschen wie du haben nie gute Gesellschaften aufgebaut, Menschen wie du sind nur Blutegel. Deshalb will ich nicht du sein, ich will auf keinen Fall so ein glitschiges, blutsaugendes Vieh sein, bah.

Aber

.

.

.

.

.

.

.

.

.

Was will ich sein? Was bin ich noch ohne dich? Bin ich der Wirt? Hast du mir mein Leben ausgesaugt, du miese kleine Zecke? Oder hab ich es dir freiwillig vor die Füße geschmissen?
Ich weiß es nicht. Ich fühle mich leer und allein, manchmal starre ich minutenlang ohne einen einzigen Gedanken zu haben in die Luft. Es ist, als müsste ich mich erst wieder auffüllen mit Inhalt, um nicht mehr in mich zusammengefallen wie ein Kokon zu sein, aus dem der Schmetterling raus ist. Und der Schmetterling ist dann natürlich Jenny oder so. Alles ist schief und schräg, auch die Metaphern, die mir ständig einfallen, als müsste ich immer neue Beispiele dafür suchen, wie ich es mir selber erklären kann, was da mit mir geschieht. Da ist *no light, no light.*

You are the hole in my head
You are the space in my bed
You are the silence in between
What I thought and what I said

You are the night-time fear
You are the morning when it's clear
When it's over you'll start
You're my head, you're my heart

No light, no light in your bright blue eyes.

Leider, leider fällt durch das Loch in meiner Brust alles Helle, alles Gute und Schöne einfach wieder aus mir heraus. Drin bleibt nur der Dreck. Der infiziert die Wunde und die heilt so nie ab. So lange ihr Arm und ihre Faust in mir stecken, hab ich keine Chance auf Heilung, ist einfach so. Ich weiß, ich gehe allen auf die Nerven mit diesem Gejammer, deshalb erzähl ich nix. Niemandem mehr.

Ich erzähle nicht von den Heulattacken jede Nacht, sobald ich im Bett liege und der Film losgeht. Ich erzähle nix davon, wie sehr ich mich zwingen muss zu essen, dass ich mir eine App installieren musste, damit ich überhaupt mal Wasser trinke, dass ich mir Erinnerungen ins Telefon gespeichert habe, damit ich nicht komplett vergesse, Nahrung zu mir zu nehmen. Ich sage nichts von der Panik, für immer alleine zu bleiben, von dem Bedürfnis, ständig loszurennen und so lange zu laufen, bis ich kotzen muss. Davon, dass das nicht geht, weil ich wegen der Dehydrierung und wegen des wenigen Essens kaum Energie habe und es in letzter Zeit nur mit einer Pause im zweiten Stock in meine Wohnung im vierten geschafft habe. Ich erzähle niemandem mehr von dem Gefühl, nicht richtig atmen zu können, weil die Faust mir alles abdrückt, weil alles wund ist und mein Körper so voll Cortisol und Adrenalin, dass die Anspannung mir die Muskeln steif und hart werden lässt. Ich kriege keine Luft, ich kriege einfach keine Luft. Ich würde am liebsten den ganzen Tag schreien, wie so ein Irrer, aber das ist das Problem mit so hochfunktionalen Bekloppten wie mir: Für den richtigen Irrsinn reicht's dann leider auch wieder nicht.

In der letzten Zeit habe ich angefangen, Yoga zu machen und zu meditieren. Ich habe gelesen, dass das helfen soll, die Anspannung abzubauen und wieder mehr zu sich selber zu finden, obwohl ich eigentlich gar nicht weit weg von mir bin, ich wurde ja einfach nur besetzt von einer fremden Macht namens Jenny, das heißt, ich bin immer noch ich selber, bloß eben verwüstet. Trotzdem muss ich diese Anspannung loswerden, das Gefühl, dass mein Körper so hart und gleichzeitig instabil ist, dass er einfach durchbrechen kann, wenn ich mich zu weit nach vorne lehne oder mir einen zu schweren Rucksack aufsetze. Also mache ich »Yoga with Adriene«, weil alle es mit Adriene machen, zumindest in meiner WhatsApp-Gruppe. Und es läuft richtig gut. Ich meine, abgesehen von den Heulkrämpfen, wenn ich in mein Solarplexus-Chakra atme. Das ist nämlich ziemlich nah am Herzen, so über dem Bauchnabel, da, wo der Magen sitzt und da steckt ja, wie wir jetzt alle langsam nicht mehr hören können, Jennys Arm drin. Deshalb ist da quasi Stau im Solarplexus, großer Energieflussstaudamm, dieser Arm.

Wenn ich versuche, diesen Stau aufzulösen, dann wird es schlimm. Aber irgendwie muss man ja von »schlimm« zu »gut« kommen und das geht nur über »besser«. Ich glaube nicht, dass Yoga mich heilen wird, aber ich glaube, dass es immer noch besser ist, als in Embryonalstellung im Bett zu liegen und zu weinen. Also lieber beim Yoga weinen.

Meine Mutter klopft und kommt herein, als ich gerade die große Krähe versuche. Weil ich das alles noch nicht besonders lang mache, also im Grunde seit zwei Wochen, sehe ich bei absolut allen Positionen so aus, als hätte ich einen epileptischen Anfall.

Den Laptop mit dem Video habe ich auf das Bett gestellt, während ich auf den kalten Fliesen die Übungen mache und mir ständig die Finger wegrutschen, weil ich so schwitze. Eventuell sind es auch meine Tränen, die hier alles schwierig machen, aber ganz ehrlich: Ab einem gewissen Punkt ist das auch schon egal. Meine Mutter sieht mich an, schaut auf den Laptop und dann wieder zurück zu mir und sagt: »Oh, Entschuldigung.« Ich falle einfach auf die Seite, rolle mich auf den Rücken und sage: »Es ist nur Yoga, Mama.« Sie lacht sehr laut.

»Klar, Yoga.«

»Ja, ich mache das jetzt regelmäßig. Es hilft mir dabei, entspannter zu sein. Solltest du auch mal probieren!«

Sie schüttelt den Kopf, immer noch grinsend, sie hält mich sowieso für völlig bescheuert, das ist nichts Neues.

»Frühstück ist fertig, Papa hat sogar Brötchen geholt.«

Ich seufze. Dann eben heute kein »Yoga mit Adriene«, ist ja nicht so, als würde ich nicht mit großer Wahrscheinlichkeit sowieso heute noch mehrfach emotional heimlich zusammenbrechen, da kann ich ja wenigstens auf diesen einen Zusammenbruch verzichten. Auch wenn das natürlich superschade ist, weil Yoga ja echt so viel bringt und ich ja schon so viel entspannter bin, Namaste Bitches.

»Guten Morgen«, sagt mein Vater, als er mich im Türrahmen entdeckt. Dann setzt er sich an den runden Eichentisch in der wahnsinnig großen Küche, dreht den Kopf und sagt: »Du darfst dich auch setzen, Alex, ich beiße nicht.« Und Alex setzt sich hin, weil Alex auch nicht weiß, was er sonst machen soll. Und so sitzen wir da, mein Vater und ich, an einem Samstagmorgen in Braus, am Frühstückstisch meiner Eltern.

»Wo ist Mama denn jetzt wieder hin?«, frage ich und mein Vater räuspert sich und antwortet: »Sie besorgt noch Milch.« Dann schweigen wir. Ich würde gerne meinen Kopf auf den Tisch legen und weinen. Ich würde Papa gerne erklären, was passiert ist. Aber ich sitze nur dumm da und frage, ob ich die Butter haben kann. »Wartest du bitte? Deine Mutter holt noch Milch.« Mein Vater deutet mit dem Kopf auf die Tischplatte, auf der Marmelade, Brötchen und Honig stehen und ein Brett mit Käse. »Oh«, sage ich und mein Vater schaut hoch, hebt die Hand, als wolle er abwinken, legt sie dann aber auf meine. Das ist etwas, das er noch niemals getan hat, deshalb erschrecke ich für einen Augenblick und ziehe sie ein paar Zentimeter zurück. Die Hand meines Vaters verharrt nun allein auf der Tischplatte.

»Was genau verschafft uns denn die Ehre, Alex?«, fragt mein Vater. »Nix!«, sage ich und versuche, zu lächeln. »Ich wollte euch nur besuchen. Freut ihr euch etwa nicht? Wollte ja schon vor zwei, drei Wochen kommen, aber weil ich ja krank war ... na ja.« Mein Vater nickt, als verstünde er, wovon ich rede, dann fragt er: »Und was ist mit deiner ... deiner Freundin? Der Jennifer? Was ist mit der?«

»Die ist nicht ... hier«, sage ich und muss fast lachen, weil das wohl die offensichtlichste Erklärung für die Abwesenheit von jemandem ist. Easy: Der Grund ihrer Abwesenheit ist ihre Abwesenheit, logisch, oder?

»Das sehe ich, Alexander.«

»Ihr geht es nicht so gut. Sie hat ... Grippe. Ich habe sie angesteckt. Sommergrippe. Geht gerade wieder rum in Berlin, haben alle, echt *alle*. Ist so ein Killervirus, bestimmt irgendwie mutiert in der U8 und jetzt verseucht er alle und rafft uns dahin, haha.« Mein Vater starrt mich mit leerem Blick an. Okay, okay. »Sie wollte eigentlich mit, aber es war alles so spontan.«

»Sie hat Grippe?«, fragt mein Vater.

»Ja. Grippe.«

»Und dann bist du jetzt nicht bei der Jenny, sondern hier? Kümmert man sich bei euch in Berlin nicht um seine Partnerin, oder wie ist das?«

»Ja, na ja, sie mag es nicht, wenn jemand in ihrer Nähe ist, das nervt sie, also wenn sie krank ist.«

»Aha«, sagt mein Vater.

»Ja«, sage ich.

»Wo bleibt die Mama nur?«, fragt mein Vater.

Ich weiß nicht, wo die Mama bleibt. Aber ich bete seit einer

Minute und zwölf Sekunden dafür, dass die Mama genau jetzt zur Tür hereinkommt, ich die Brötchentüte von der Anrichte nehmen kann, sie auf den Tisch lege und ein fröhliches Lied anstimme, damit wir hier nicht mehr über die Jennifer und ihre Nicht-Anwesenheit weil Abwesenheit sprechen müssen. Vielleicht würde auch alles außer dem Lied reichen, einfach alles wäre besser, als mit meinem irritierten Vater am Frühstückstisch zu sitzen, an dem es an allem fehlt, an Milch und an Antworten auf Fragen, die ich nicht habe, weil ich eben selber auch nicht so richtig erklären kann, was hier los ist, außer eben, dass die Jennifer keinen Bock mehr auf mich hat.

Ich bitte meinen Vater um den Lokalteil der Zeitung, während er sich dem Sportteil widmet. Ich kann kaum lesen, was da steht, meine Augen brennen immer noch sehr vom Schlafmangel und vom Heulen und der Geruch der Zeitung ist immer noch der gleiche wie immer. Bitte, denke ich, bitte lass mich aus diesem Alptraum aufwachen. Haha, alles nur geträumt, ich sitze gar nicht hier und meine Mutter kommt auch nicht gerade rein und sagt: »Na, habt ihr euch gut ohne mich amüsiert?«, so, als wären mein Vater und ich beste Freunde, die Spaß haben, wenn die Alte aus dem Haus ist. So, als hätten wir jemals über *irgendwas* richtig reden können.

Leider ist aber alles echt, willkommen im Leben, Alexander, und meine Mutter setzt sich in diesem neuen, echten, geilen, fancy Leben leider auch an den Frühstückstisch, nachdem sie die Brötchentüte aufgerissen und in die Mitte gelegt hat und dann noch einmal aufgesprungen ist (»huch, ich habe die Milch im Kofferraum vergessen!«), verschwunden und wieder aufgetaucht ist, na, da ist sie ja, die Milch, dann kann es ja jetzt endlich losgehen, das Familienfrühstück, wie sich das gehört für Happy People wie uns.

Natürlich war meine Mutter mit dem Auto Milch holen, denn hier macht man alles mit dem Auto, alles andere ist irgendwie ehrenlos. Manchmal sieht man eine Gruppe älterer Herrschaften auf Fahrrädern, aber das sind alles Elektroräder und da geht es nicht um schlichte Besorgungen, sondern um einen Ausflug an den See oder ähnlich aufregende Dinge. »Grüß Sie!«, wird dann allerseits gerufen, »schönes Wetter, oder?«, klingeling, jetzt aber schnell weiter. Wenn ich meinen Vater fragte, wer das jetzt war, sagte er fast immer: Keine Ahnung, so Leute, kennt man halt. Aha. Grüß Sie, ihr Kennt-man-halt-Leute.

Wenn man in der Großstadt einfach fremde Menschen grüßt, ist man ein Irrer. Wenn man auf dem Land Fremde auf Elektrofahrrädern *nicht* grüßt, ist man asozial.

Meine Mutter sagt »uff«, als sie sich setzt, und starrt meinen Vater und mich an. Mein Vater nickt, meine Mutter nickt auch, na dann ist ja alles geklärt. Schweigend essen wir unsere Brötchen, mit Aufschnitt oder Käse, mein Vater einfach mit beidem, scheiß auf Diäten und Cholesterin. Meine Mutter guckt böse, weil mein Vater ungefähr einhundertdreißig Kilo wiegt, also nicht nur dick ist, sondern wirklich fett. Er isst laut, meine Mutter schlürft laut, mein Kopf ist wie eine Echokammer, in der sich alle Geräusche vertausendfachen. Richtig gute Idee, hierher zu fahren, denke ich, richtig, richtig gute Idee.

Und dann passiert es natürlich doch. »Alex, was haben dein Vater und du denn jetzt besprochen?« Meine Mutter kratzt mit dem Messer Butter vom Teller und das Geräusch fühlt sich an, als würde sie mit einer Glasscherbe durch mein Gehirn schneiden, direkt da, hinter den Augäpfeln, ritschratsch. Ich starre das Messer an, sie legt es beiseite. Danke, Mama.

»Dem Alex geht es gut. Der will uns nur besuchen«, sagt mein Vater.

»Ja, dem Alex geht es gut, Mama!«, sage ich. »Wollte euch nur mal spontan besuchen. Ist das jetzt verboten oder was, haha?«

»Nicht gleich so heftig werden. Das kannst du doch auch nett sagen, oder, Alexander?«, sagt mein Vater.

Wenn mein Vater meinen Namen so sagt, so ganz ausgesprochen und langsam, dann weiß ich, dass der Alexander jetzt was machen muss, denn die Stimmung ist ganz, ganz übel und mein Vater wird gleich ein bisschen unbequem werden. Okay. »Ja, natürlich kann ich das!«, sage ich zornig und rücke mit dem Stuhl vom Esstisch ab. Es gibt ein schlimmes, lautes Geräusch, das nur Stühle machen können, und mir wird schlecht.

Meine Eltern schauen erschrocken, weil ich offensichtlich ein wenig aggressiv wirke, und ich denke, super, erst mal schön Aggression hier reinbringen, das ist immer eine großartige Grundlage für Gespräche, in denen man seinen Eltern eigentlich sagen sollte, dass man verlassen wurde, nicht weiterweiß, mit Anfang dreißig wieder so infantil und hilflos wie mit zwölf.

»Ja, also Überraschung, ich wohne wieder bei euch, wenn das okay ist«, sage ich.

Meine Mutter reißt die Augen auf. Mein Vater beißt sich auf die Lippe, eine Angewohnheit, die ich, wie ich gerade bemerke, von ihm übernommen habe. Ach, die DNA, schön, da wird alles weitergegeben, Tradition, Geisteskrankheiten und eben auch Zwänge. Es läuft also alles richtig gut.

»Wie jetzt?«, fragt meine Mutter.

Ich lache künstlich. »Jetzt guckt doch nicht so. War ein Scherz. Ich brauche gerade nur eine kleine Auszeit. Mehr nicht.«

»Warum?«, fragt meine Mutter und ich denke: Ja, das ist eine gute Frage, das wüsste ich auch gerne, vielleicht eben die Jenny anrufen, die kann das bestimmt beantworten, die superschlaue Jenny, die weiß ja immer alles.

»Es war alles ganz schön viel in letzter Zeit irgendwie.«

»Was?«, fragt meine Mutter.

»Der Job. Die Großstadt. Ich dachte, ich kann bei euch vielleicht mal durchatmen.«

»Wie?«, fragt meine Mutter.

»Na ja, ein bisschen bei euch sein. Ein bisschen spazieren gehen. So was in der Art. Was man eben hier so macht. Du hast doch gesagt, ich sei immer willkommen. Jetzt spanne ich eben ein bisschen aus bei euch«, sage ich.

»Aha«, sagt meine Mutter und piekst dann mit dem Zeigefinger in den Oberarm meines Vaters. »Hast du gehört? Bei uns kann man gut Urlaub machen. Das hat der Alex dir vorhin also gesagt?«

Mein Vater schaut mich an und ich weiß, dass ich jetzt was sagen muss, damit ich im Team bleibe. Schweigen wäre Verrat. Deshalb sage ich: »Das habe ich dem Papa nicht gesagt. Wir haben über Politik gesprochen. Kennst uns ja, immer am Puls der Zeit, immer nur die ganz wichtigen Themen. Sorry Mama. Können wir jetzt weiteressen? Oder soll ich lieber wieder fahren?«

Meine Mutter atmet tief ein und aus, dann steht sie auf, geht um den Tisch herum und umarmt mich von hinten. »Schön, dass du hier bist«, sagt sie und drückt mir einen Kuss aufs Haar. »Ja, oder?«, sage ich und erkenne meine eigene Stimme nicht. Falsch und grotesk. So klingt die. Falsch und grotesk und kein bisschen mehr wie ich.

#8

Als ich aufwache, ist es dunkel. Ich erschrecke mich fürchterlich, weil ich keine Ahnung habe, wo ich bin und wie spät es ist. Ich richte mich auf und sehe eine Tischlampe, taste nach dem Schalter und finde den Knopf. Licht. Der Keller. Timos Zimmer. Es ist 0:23 Uhr. Es ist alles wahr. Das war kein Traum. Na herzlichen Glückwunsch.

Ich schleppe mich die Treppe hinauf, weil meine Beine eigentlich nicht laufen wollen. Ich fühle mich, als hätte ich einen schweren Kater, dabei habe ich vor allem einfach wahnsinnigen Hunger. Ich taste mich durch das dunkle Treppenhaus, Stufe für Stufe, weiter, immer weiter. Und dann stehe ich im dunklen Wohnzimmer. Niemand ist hier, alles ist still. Meine Eltern schlafen im ersten Stock, ich muss nicht leise sein. Aber ich versuche es trotzdem, weil ich im Grunde hoffe, dass ich gar nicht hier bin. Und wer kein einziges Geräusch macht, der ist vielleicht auch einfach gar nicht da.

Im Kühlschrank finde ich das kalte Mittagessen: Kartoffelbrei, Bohnen, Braten. Ich greife danach, ziehe die Frischhaltefolie ab, stelle den Teller in die Mikrowelle, höchste Stufe, schnell, schnell. Wie gern würde ich meinen Kopf da mitreinlegen, ich wäre die moderne Sylvia Plath. Wie gern würde ich mich selber garen, bis mein Blut kocht und mir das verdammte Hirn explodiert und alles vorbei ist, ciao bella ciao, keinen Bock mehr auf diese falsche Welt, in der nichts mehr stimmt.

Ich starre den Teller an, der sich im gelben Licht der Mikrowelle friedlich dreht, und frage mich, wie schlimm es ist, dass ich so was denke: nicht mehr da sein zu wollen. Will ich das? Will ich tot sein? Hatte ich solche Gedanken schon mal? Ja. Hatte ich. Wie jeder. Ich hatte sie, damals, in der schlimmen Zeit, ich hatte sie im ersten Jahr des Studiums, als ich völlig allein in der Stadt war und dachte, dass ich es niemals schaffen würde, das Leben zu führen, von dem ich geträumt hatte. Ich hatte sie, als zwei Jahre lang keine einzige Frau mit mir schlafen wollte und ich mich sehr, sehr einsam und sehr, sehr abstoßend gefühlt habe. Ich hatte sie so oft. Aber hatte ich sie auch schon mal so deutlich, waren sie schon mal so laut?

Die Mikrowelle macht einen »Ping«-Ton, aber keinen angenehmen, keinen informativen, sondern einen schrillen. Als würde sie einmal durch die leere Küche brüllen: ESSEN IST FERTIG, HM LECKER LECKER MICROWAVE-FOOD DU KLEINER GOURMET. Ich glaube, Mikrowellen haben nur deshalb diesen nervig-lauten Ton, weil sie sich gedacht haben: Klar sind wir keine Sterneköche, klar töten wir alle Nährstoffe, aber ihr könnt uns mal mit eurem Smoothie-Shit und eurer Bowl, jetzt erst recht, jetzt machen wir hier richtig Alarm, *wenn schon scheiße, dann so, dass die ganze Welt es sieht*. Ich verbrenne meine Hände, fluche, schiebe den heißen Teller vorsichtig auf einen neuen, kalten Teller, balanciere den kalten Teller mit dem heißen Teller darauf zum Esstisch, laufe zurück, ziehe ein Messer und eine Gabel aus der Besteckschublade und schlinge das ganze Essen in wenigen Minuten in mich hinein. Offensichtlich will ich zumindest nicht genug sterben, um nicht mehr zu essen.

Und nun sitze ich da, am Esstisch, dessen äußerer Rand fast im Dunkeln liegt, weil die Lampe über dem Tisch lediglich einen schwachen Lichtkegel auf die Platte wirft. Ich sitze da und habe Bauchschmerzen und Alles-Schmerzen und wünschte, dass jetzt etwas passieren würde. Dass die Tür aufgeht und meine Mutter im Rahmen steht und sagt: »Alex, was machst du denn so spät hier?« Und dann setzt sie sich zu mir und legt ihre alte, weiche Hand auf meine und sagt: »Erzähl mal.« Und dann erzähle ich. Ich erzähle alles, weil ich so gut mit meiner Mutter über alles sprechen kann, weil wir uns so vertraut sind, so gut kennen, weil wir alles voneinander wissen und es keine Geheimnisse gibt. So etwas sagen solche Familien doch: »Wir haben keine Geheimnisse voreinander!«, und dabei gucken alle glücklich, weil es das Schönste auf der Welt ist, sich wirklich jeden Scheiß zu erzählen, oder? Erzähl alles, ach, so befreiend, das tut gut! Und dann weine ich dabei vielleicht auch, und meine Mama sagt ganz oft »Lass es einfach raus« und »Ja, sprich dir einfach alles von der Seele« und »Ach Mensch« und nickt sehr viel, weil sie alles so gut versteht. Und wenn ich fertig bin mit dem Weinen, wenn ich endlich ganz müde meinen Kopf auf ihre Hand lege, dann sagt sie: »Ach, Alex, das tut mir sehr leid, das ist ja wirklich schlimm, aber weißt du, es gibt Höhen und Tiefen und du bist so ein starker Mann, du bist so eine *Persönlichkeit*, du bist ein großartiger Mensch, du schaffst das, weil du alles schaffst, hörst du, Alex, ALLES.« Und dann umarmt sie mich und macht mir eine Wärmflasche und einen Tee und bringt mich ins Bett und deckt mich zu und bevor sie das Licht ausknipst, sagt sie noch: »Und morgen ist alles wieder gut, morgen machen wir einen schönen Plan, das schaffen wir, weil wir doch alles zusammen schaffen.« Ja, zusammen schaffen wir alles. Gute Nacht, Mama.

Aber es kommt keine Mama und es kommt auch sonst niemand. Nichts passiert. Nur das Essen gluckert in meinem Bauch, das Essen, das mich am Leben hält, obwohl ich nicht mal weiß, ob ich das will: am Leben sein. Ich sitze einfach da, am Esstisch meiner Eltern, an dem ich all die Jahre saß und das war dann eben der Esstisch. Es war ganz normal, dort zu sitzen, denn ich kannte ja nichts anderes. Und hätte ich diese traurige, jämmerliche Gestalt gesehen, die ich ein paar Jahre später sein würde, ich hätte gesagt, dass das niemals mein späteres Ich sein kann, nein Leute, da habt ihr euch gewaltig vertan, das ist nicht *Future Alex*, das kann gar nicht sein, denn der zukünftige Alex wird glücklich sein und einen tollen Job haben und eine superheiße Freundin, der wird nicht heulend am Tisch seiner Eltern sitzen, auf keinen Fall, Error, Error, Abbruch, Abbruch der Simulation.

Der leere Teller vor mir glänzt fettig im Licht der Lampe und ich schiebe ihn langsam vor und zurück. So ein Teller macht wirklich ein schrecklich unangenehmes Geräusch auf einem Tisch. Aber das Geräusch überdeckt die Gedanken, die noch schrecklicher sind. Man muss eben Prioritäten setzen. Und wenn im eigenen Leben nichts mehr wichtig ist, kann es von enormer Wichtigkeit sein, die halbe Nacht an einem Esstisch zu sitzen, einen Teller mit dem Zeigefinger vor- und zurückzuschieben, bis an den Rand des Tisches, bis an den alleräußersten Rand, bis nur noch ein Millimeter den Unterschied macht zwischen Vollständigkeit und alles in Scherben.

#9

Das mit lebensverändernden Entscheidungen ist so: Es ist so lange alles gut, bis man es durchgezogen hat. Und dahinter wartet ein riesiges, furchtbares Nichts. Man weiß nicht, wo man sich befindet. Es ist alles durcheinander, totales Chaos, keine einzige bekannte Variable außer jenen, die eh immer da sind: der Atem, der Herzschlag, Augen auf, Augen zu. Wenn man sich sehr auf diese Entscheidung gefreut hat und ein wenig Zeit vorab hatte, kann man sich einen Plan machen. Man kann sich sagen: Wenn es geschafft ist, wird es anders als vorher sein, aber das ist gar nicht schlimm, denn anders ist interessant und aufregend und anders ist quasi das Gefäß für all den geilen Scheiß, den man erleben kann. Sich selber kann man da auch erleben, ganz neue Seiten, wie man so sagt, toll, so spannend, oder?

Wenn es sich um eine schlimme Entscheidung handelt (solche wie: Ich packe meine Sachen und haue einfach ab, weil meine Freundin mich verlassen hat) oder um eine, für deren Vorbereitung man keine Zeit hatte (solche wie: Ich packe meine Sachen und haue einfach ab, weil meine Freundin mich verlassen hat), dann kann man nur hoffen, dass die Erleichterung lange genug anhält, bis sich alles geordnet und zusammengefügt hat und aus dem Chaos etwas so Banales wie Alltag entstehen konnte, an dessen Strukturen man sich orientieren kann, in dessen Rahmen man leben kann, ohne sich ständig panisch umzugucken, weil man all diese Reize verarbeiten muss und sowieso eigentlich wirklich gar nicht will, dass das gerade alles passiert.

Es ist schlichtweg so, dass es unmöglich ist, *während* einer Veränderung einschätzen zu können, ob das gerade der Anfang von etwas ganz Tollem ist oder das Ende. Das ist das Wesen von Veränderung und das macht es für einige manchmal so wunderbar und für den Rest so furchtbar.

Ich liege in meinem Bett und starre die Decke an und versuche mich an den Jungen zu erinnern, der das zwanzig Jahre lang fast jeden Tag getan hat: eine Decke in diesem Haus anstarren. Ich wünschte, ich könnte mit ihm sprechen und ihm sagen, welche Entscheidungen er besser nicht treffen soll. Ich wünschte, ich könnte noch mal er sein. Ich wünschte, ich könnte mit ihm weinen und mit ihm sein und gleichzeitig auch er sein und wissen, dass alles, wirklich alles vorbeigeht und dass kein schlimmes Gefühl für immer gleich stark bestehen bleibt. Ich wünschte, ich könnte es mir gerade selbst sagen.

Stattdessen liege ich einfach da und kann nicht aufstehen. Es erscheint mir wirklich beinahe unmöglich, dieses Bett jemals zu verlassen, denn dann müsste ich mit dem Tag anfangen und mit dem Tag anzufangen würde bedeuten, mit diesem neuen Leben anzufangen und das ist mir wirklich too much jetzt, das möchte ich nicht, nein danke. Also bleibe ich liegen, hungrig und mit diesem ekelhaften Geschmack im Mund und warte auf gar nichts und auf alles. Es ist immer wieder erstaunlich, wie das Gehirn einfach in diesen Zustand verfällt, in dem es sich selber betäubt. Man kann, so wie ich, einfach daliegen und wissen, dass man irgendwann irgendwie was tun muss (weiterleben zum Beispiel), aber dass das nun wirklich nicht gerade jetzt sein muss.

Ich bin nicht einmal bereit dazu, mich zu fragen, worauf ich warte. Das ist mir alles zu anstrengend, ich will einfach gerade nur am Leben bleiben oder zumindest nicht aktiv sterben und das reicht mir schon. Es sind die kleinen Dinge, nicht wahr?

Es klopft. Ich erschrecke fürchterlich, gerade habe ich mich noch gefragt, ob Masturbation etwas wäre, das ich tun könnte und ob es der Sinnlosigkeit entsprechen würde, die ich mir selber verordnet habe. Sinnlos waren vergeudete Spermien, aber sinnlos war Lust nicht, ein Zwiespalt.

»Hallo?«, sagt die Stimme meiner Mutter und ich denke: »Gut, dass man manche Entscheidungen hinauszögert«, und sage dann: »Ja, hallo.«

»Darf ich reinkommen?«, fragt meine Mutter und ihre unsichere Rücksichtnahme rührt mich fast zu Tränen. Es ist ihr Haus, ich bin ihr Sohn, sie hätte eigentlich das Recht, einfach reinzukommen (was sie auch hin und wieder macht, wenn sie vergisst, dass ich nicht mehr zehn Jahre alt bin und in meinem Zimmer spiele) und das Recht, mich hinauszuwerfen, sie hätte so viele Rechte, aber natürlich ist sie nicht übergriffig, natürlich respektiert sie meine Privatsphäre meistens, natürlich klopft und fragt sie.

Ich kann mich nicht an den Moment erinnern, als sie mit dem Klopfen und Fragen begann, eines Tages muss es aber so weit gewesen sein, irgendwann zwischen Kind und Teenager, aber wann bloß wusste sie, dass es so weit war? Oder hatte sie es gar nicht selber herausgefunden, sondern ein Wutanfall von mir hatte ihr klargemacht, dass aus »ihrem Kind« eine eigene Person geworden war, die genau so viel Recht auf Privatsphäre hatte, wie alle anderen Menschen auch?

Meine Mutter betritt das Zimmer und ich sehe ihr an, dass sie für einen Moment überlegt, ob sie direkt zum Fenster gehen und es öffnen soll. Das liegt nicht nur am Geruch im Zimmer, der übel sein muss, sondern ist eine reflexhafte Geste, die für meine Mutter existenziell zu sein scheint. Wenn sie in einen kleinen Raum kommt oder – noch ärger – in den privaten Raum einer Person eindringt, dann geht sie als Erstes zum Fenster, reißt es auf, die Entschuldigung schon beim Öffnen vor sich hinmurmelnd, »Tschuldigung, ich brauche immer frische Luft, ich mach auch gleich wieder zu.« Erst, nachdem ich meine erste Panikattacke hatte und fortan sofort augenblicklich Beklemmung empfand, wenn ich mich in einem Raum befand, den ich nicht jederzeit verlassen konnte, verstand ich endlich, was meine Mutter dazu zwang. Aber das ist ein anderes Thema.

Meine Mutter aber reißt sich überraschend zusammen, vermutlich auch, weil die Fensterschlitze ohnehin nichts an der beklemmenden Atmosphäre eines Kellerzimmers ändern, sie setzt sich direkt auf den Rand meines Bettes, legt eine Hand auf mein Bein und sagt: »Alex, wie hast du geschlafen?«

»Okay«, sage ich und wage es nicht, ihr in die Augen zu schauen. Keine Ahnung, wofür ich mich schäme, vermutlich für meine ganze Existenz.

»Magst du vielleicht mal aufstehen? Was frühstücken? Hast du Hunger?«

Ich schüttle den Kopf. Was soll ich bloß sagen? Wie soll ich erklären, dass ich gerade nichts essen will, dass ich nicht leben will, dass das das Gleiche ist, dass ich doch auch nicht weiß. Meine Güte, was für ein Lappen ich bin, die Dramaqueen hat angerufen und will ihre Gedanken zurück.

»Du kannst aber nicht den ganzen Tag im Bett liegen«, stellt sie fest und da ist kein Vorwurf und keine Gemeinheit, es ist für sie lediglich das Aussprechen einer Tatsache, denn in ihrer Welt geht so etwas nur, wenn man Krebs hat oder tot ist, aber ansonsten ist Den-ganzen-Tag-im-Bett-Bleiben für sie etwas schier nicht Denkbares, denn man steht eben auf und macht irgendwas mit dem Tag und wenn es nur so etwas Simples ist wie dreimal am Tag etwas zu essen, morgens zu duschen, sich vernünftig anzuziehen und dann den Rest des Tages vor sich hinzustarren, aber dann bitte mit Socken und Hose an und nicht so verwahrlost im Bett wie Leute, die so sind wie ich, was sie natürlich nicht weiß, denn am Telefon lüge ich seit Jahren herum, wie erfolgreich und top-strukturiert ich sei.

»Ich kann nicht, Mama«, jammere ich und weiß schon im gleichen Moment, dass ich natürlich doch kann und dass ich auch werde, denn jetzt ist es eh zu spät.

»Warum kannst du nicht?«, fragt meine Mutter unbeeindruckt.

»Ich weiß es nicht. Ich fühle mich so … schwer.«

»Wie, schwer? Was soll das bedeuten?«

Ja, was soll das bedeuten? Wie kann man sich gleichzeitig so leer und so schwer fühlen, wie kann man gleichzeitig so dumpf und voller Schmerz sein, wie geht das?

»Ich weiß es auch nicht, Mama. Vielleicht werde ich wieder krank.«

»Wenn du es selber nicht mal weißt, dann kannst du ja auch aufstehen und dir beim Frühstück überlegen, was du damit meinst. Komm, zack, zack.« Sie reißt die Decke von meinen Beinen, und es wird plötzlich sehr kalt, »Maaaaaan«, schreie ich und sie lacht, ich versuche, die Bettdecke zurückzuziehen und sie wirft sie in eine Ecke und dann muss ich auch kurz lachen, weil sie noch immer die alte Mama sein kann, die verschmitzt zwinkert und einem in den schlimmen Momenten einfach die Decke wegnimmt und aus dem Zimmer geht und wenn man gerade dabei ist, das Oberbett frierend wieder zurückzuholen, steht man sowieso schon und dann kann man auch gleich weitermachen mit dem Stehenbleiben, Wachsein, Am-Leben-Bleiben.

Das Haus meiner Eltern ist ein kleines, zweistöckiges Fachwerkhaus mit einem sehr großen Garten, der zur Hälfte aus Rasen besteht und zur anderen aus Gemüsebeeten und Rosensträuchern. Ein winziges Gewächshaus steht am Rand, in dem meine Mutter viel Zeit verbringt und das Gemüse aufzieht, das den Boden im Garten oder die Temperaturen draußen nicht verträgt. Im Sommer müssen meine Eltern kaum Gemüse oder Obst im Supermarkt kaufen, alles ist reichlich im Garten vorhanden.

Auf der Rasenfläche und auf der Terrasse stehen ab dem Frühjahr Gartenmöbel aus schwerem Holz, die erst im Herbst wieder in den Schuppen geschleppt werden. An eben jenem Tisch sitzt meine Mutter, als ich hinaus auf die kleine Steinterrasse trete und der Geruch des Gartens mich für einen Moment in eine Zeitmaschine schmeißt, durchschüttelt und ich tausend Augenblicke im Schnelldurchlauf sehe, in denen ich genau hier stand. Keine Ahnung, ob das eigene Leben an einem vorbeizieht, wenn man stirbt, aber meine Zeitmaschine springt auch schon beim vertrauten Geruch des Waldes und des Gartens an. Vielleicht sterbe ich aber auch gerade, das kann man ja nie so genau wissen.

Meine Mutter sitzt auf einem der Holzstühle und sieht ein bisschen tot aus, wie sie so bleich und dünn ihr Gesicht in die Sonne hält, und der Gedanke an die Endlichkeit meiner Mutter erschreckt mich dermaßen, dass ich sofort wieder im Hier und Jetzt lande, ausgespuckt von der Zeitmaschine, willkommen im Leben, lassen Sie uns über den Tod sprechen.

Meine Mutter öffnet plötzlich die Augen, als habe sie gespürt, dass ich hier stehe und sie beobachte, dreht den Kopf zu mir, winkt und ruft: »Setz dich zu mir, es ist so herrlich, aber bring bitte einen Kaffee mit!«, und dann grinst sie und dreht sich wieder um.

In der Küche ist noch heißer, frischer Kaffee in der Kanne, sie wird welchen gemacht haben, als ich mich anzog und sie mich im Bad hören und sicher sein konnte, dass ihr mieser Deckentrick mich tatsächlich dazu gebracht hatte, aufzustehen.

Mit zwei dampfenden Tassen gehe ich barfuß über die Steinterrasse und den saftigen Rasen, denn anders als in Berliner Parks kümmert sich hier jemand um die Befeuchtung der Grünanlage und das Gras wirkt fast künstlich, so dicht und gesund ist es.

»Wo ist Papa?«, frage ich, als ich mich setze. »Arbeiten?«, sagt meine Mutter und ich denke, natürlich ist er das, ihr beider Leben ist ja noch immer das gleiche, bleibt auch erst einmal das gleiche, denn nur mein Leben ist ja jetzt ein anderes, bloß wissen sie das noch nicht.

Schweigend trinken wir unseren Kaffee, meine Mutter hält ihr Gesicht in die Sonne, die Vögel zwitschern, der Wald riecht nach Wald und nicht nach Stadt und es könnte alles einfach sein, es könnte einfach so bleiben, meine Mutter, der Kaffee, der Wald, der Sommer, sonst nichts.

Irgendwann räuspert sie sich und sagt dann, ohne ihre Augen zu öffnen oder mir ihr Gesicht zuzuwenden: »Ich muss gleich einkaufen, du kommst ja mit, denke ich.«

Und ich schüttle reflexartig den Kopf. Auf keinen Fall. »Auf gar keinen Fall«, sage ich und schüttle immer weiter den Kopf, nein, nein, das mache ich nicht.

Meine Mutter richtet sich auf, zieht die Augenbrauen zusammen und schaut mich ernst an. »Natürlich wirst du das. Was willst du denn sonst hier machen? Den ganzen Tag im Bett liegen?« Das ist ein guter Punkt. Natürlich gibt es keinen Ersatzplan, wenn Plan A bedeutet, dass man erst mal nicht mehr weitermacht und zwar mit gar nichts, und sie kennt Plan A ja nicht und kann deshalb auch nicht ahnen, dass es keinen Plan B gibt, logisch.

Ich schließe für einen Moment die Augen und stelle mir vor, im Urlaub zu sein. So etwas macht man ja auch zum Beispiel bei einer Meditation: sich einen sicheren Ort vorstellen. Mein sicherer Ort ist eine Lichtung, eine riesige Wiese umrahmt von unendlich vielen Hektar Wald, so viel, dass die komplette Menschheit viele Stunden weit weg ist. Da liege ich in der Mitte im Gras und atme ein und atme aus, natürlich in den Bauch, weil das ja so entspannend sein soll. Hach, schön, dieses Vogelgezwitscher, diese Natur einfach. Bis ich auf meiner eingebildeten Wiese liegend meinen Kopf zur Seite drehe und Jenny neben mir liegt. Sie liegt einfach ganz still da, hat die Augen geschlossen, lächelt ein bisschen. Wie schön sie ist, unfassbar. Ich starre sie an und denke, dass ich nie wieder jemanden so lieben kann, dass ich nie wieder eine finde, die so perfekt ist. Ich reiße die Augen auf und bin zurück im Garten meiner Eltern, keine Jenny hier. Zum Glück, denke ich und dann: Warum bist du nicht hier? Warum sitzt du nicht gerade mit meiner Mutter und mir hier und dann gehen wir für sie einkaufen und unterwegs zeige ich dir all die Dinge, die mich zu dem gemacht haben, der ich bin, und das ist der Typ, den du liebst. Ich zeige dir das Gymnasium und den Spielplatz, die Innenstadt, die Kneipe. Ich zeige dir alles, weil es dich so sehr interessiert, weil du mich so magst und alles, alles, alles von mir wissen willst. Lächerlich, denke ich, einfach lächerlich. Jenny ist nicht hier und selbst wenn sie es wäre, würde sie sich nur sehr wenig für mich interessieren und die meiste Zeit launisch sein und ich wäre damit beschäftigt, sie bei Laune zu halten, denn Jennys

Liebe ist keine einfache, keine, die so da ist, es ist eine, um die man immerzu kämpfen muss, ich zumindest, ich musste das. Sie wäre genervt von meiner Mutter, genervt von meinem Vater, sie wäre überfordert oder so etwas, würde sagen: »Mich stresst das gerade total, ich bin überfordert damit, Alex, meine Güte.« Das hat sie immer so gesagt: »meine Güte«, und ich hatte mich so sehr daran gewöhnt, dass ich die Respektlosigkeit dieses ständigen Genervtseins kaum noch wahrgenommen hatte. Eine Beziehung wie ein einziges großes Stockholmsyndrom. »Aber dazwischen war es doch immer so schön mit uns!«, schreit mein Gehirn reflexartig und schickt sofort ganz viele, ganz tolle Erinnerungen an die wenigen Momente, in denen ich mich geliebt und geborgen gefühlt habe. Denn so funktioniert der ganze Trick, so geht die *Magic*: Jemanden, von dem man weiß, dass er einen aufrichtig liebt, die meiste Zeit wie Dreck behandeln, aber hin und wieder wie aus dem Nichts total nett zu ihm zu sein, um sicherzugehen, aus einem erwachsenen Menschen ein kleines Kind zu machen, das ständig verzweifelt nach Liebe und Anerkennung brüllt. Und ich bin in dem Fall das Kind. Das Baby. So nannte sie mich immer: »Baby«. In guten wie in immer schlimmen Zeiten, bis dass du mich verlässt.

Eine Stunde später laufen meine Mutter und ich zum Supermarkt. Sie hat mich gezwungen, meine Jogging- gegen eine Stoff-Hose zu tauschen und sich geweigert, das Auto zu nehmen. »Frische Luft wird dir guttun«, hatte sie gesagt und das war einer ihrer Sätze, die keinen Widerspruch duldeten. Ich kannte das schon: Nahrungsaufnahme, frische Luft, etwas zu tun zu haben, das waren die drei apokalyptischen Reiter meiner Mutter, die sie schickte, wenn sie das Gefühl hatte, da muss ein ganz großes Problem jetzt bekämpft werden.

Der Weg zum Supermarkt dauert zwanzig Minuten, denn meine Mutter möchte nur in diesen einen speziellen, in dem sie schon so lange einkauft, dass es auch nicht schlimm wäre, würde sie irgendwann erblinden. Sie kennt die Preise auswendig, jede Verkäuferin beim Namen, sie weiß, was im Angebot ist und welche Aushilfe gerade mal wieder besonders unmotiviert die Regale einräumt und wessen Tochter das ist.

»Da werden die Augen machen, wenn die sehen, dass ich mit dir unterwegs bin«, sagt sie nun und schaut mich von der Seite an. Ein bisschen stolz, ein bisschen besorgt.

Ich gebe zu, dass ich mich nicht unbedingt in meinem vorzeigbarsten Zustand befinde, aber wenigstens habe ich mir »etwas Richtiges« (Zitat Mama) angezogen und sehe nicht aus wie »ein Penner« (Zitat Mama), der mit einer Wodkaflasche in der Hand neben ihr hertrottet (Wunschtraum von Alexander). Trotzdem schäme ich mich, die alte Scham, da ist sie wieder. Ich würde so gerne aufrecht gehen, Kopf gerade, Brust raus, weil ich so ein Erfolgstyp bin. Ich wünschte, meine Mutter wäre stolz auf mich, weil ich so gut geraten bin. Ich wünschte, alle in Braus würden sehen, wie toll ich bin. Aber meine Mutter tut so, als würde sie meinen jämmerlichen Zustand gar nicht richtig wahrnehmen. Wenn sie wüsste, welches Gemetzel in meinem Herzen gerade stattfindet, würde sie verstehen, dass allein die Tatsache, dass ich nicht von morgens bis abends besoffen bin, schon eine herausragende Leistung ist, für die ich eine Auszeichnung bekommen sollte.

Wir laufen durch verlassen wirkende Straßen, die ich alle so schrecklich gut kenne. Hier habe ich Fahrradfahren gelernt, hier bin ich über die kleine Mauer gesprungen, gestolpert und habe mir den kompletten Unterschenkel aufgerissen, was mein Vater tatsächlich einfach mit den Worten quittierte: »Ach, klar sieht man da den Knochen, der ist ja auch direkt unter der Haut, aber der muss jetzt nicht wegen so einer Lappalie ins Krankenhaus, Lena.« Hier habe ich das erste Mal gekifft, den ersten Kuss bekommen, auf der Bank da vorne beim Spielplatz hat mein Bruder mir das Rauchen beigebracht.

»Wie geht's Timo?«, frage ich und meine Mutter nickt, als sei das die Antwort. »Na ja, wie immer eben. Dem Timo geht's ja immer gut.« Aha denke ich, dem Timo geht's ja immer gut. Nicht wie dem Alex, dem es immer nicht ganz so gut geht. »Die Marina und er überlegen, ob sie noch mal schwanger werden. Ich fänd das ja sehr gut. Die haben ja wirklich genug Platz im Haus. Und ein zweites Enkelkind wäre schön.«

Da ist kein Vorwurf in ihrer Stimme, als sie diesen Wunsch äußert, kein doppelter Boden, kein verstecktes »Von dir werden wir ja eher besser keines erwarten, wie wir alle wissen, lol«. Aber ich spüre, dass sie sich alle Mühe gibt, es harmlos klingen zu lassen, dass sie weiß, dass sie ihren Tonfall kontrollieren muss und die geringste Abweichung zu einer Verletzung führen könnte, obwohl ich nie geäußert hatte, dass ich mir Kinder wünsche. Sie nahm es einfach an und ich hatte mir bisher keine Gedanken darum gemacht. Vor allem wohl deshalb nicht, weil ich nie lange genug mit einer Frau zusammen gewesen war, um konkrete Pläne zu schmieden. Mein Leben, eine einzige Erfolgsstory.

»Wie geht's denn Marina und der Kleinen?«, frage ich, weil es besser ist, mir anzuhören, wie geil alles im Leben meines Bruders läuft, statt darüber nachzudenken, welche Vollkatastrophe meines ist.

Meine Mutter strahlt jetzt, wie alle Großeltern strahlen, wenn es um die Enkel geht. Die eigenen Gene, Generationen über Generationen, Faszination Natur, fünf Sterne, gerne wieder.

»Anni spricht immer noch nicht so viel, aber ein bisschen was kann sie schon brabbeln und sie ist immer so fröhlich, irre, dieses Kind ist so ein glückliches Kind, immer am Lachen, immer voller Energie, es ist einfach so schön, das alles mitzuerleben. Du siehst sie heute aber sowieso, der Timo kommt noch später vorbei, der freut sich schon auf dich!«

Mir wird sehr kalt und sehr schlecht. Der Timo kommt noch vorbei. Ja, natürlich. Natürlich kommt mein Bruder, denn natürlich haben ihm meine Eltern Bescheid gegeben, dass ich hier bin. Und natürlich will der Timo dann auch wissen, was ich hier mache. Vielleicht erhoffen sich meine Eltern, dass der Timo dann mit dem Alex so einen Bruder-Talk führt, weil sie mir noch immer nicht abkaufen, dass alles super ist und ich hier nur mal ein bisschen »abchillen« will, wie man so bei uns in der Großstadt sagt.

Meine Mutter zieht einen der Einkaufswagen, die vor dem Markt in einem Unterstand stehen, zu sich, die Kette, die sich durch den Euro im Schlitz gelöst hat, klackert laut gegen das Hartplastik, mit Schwung dreht sie das ganze Gefährt zu mir und sagt: »Komm, los.« Ich schüttle den Kopf. »Ich warte draußen, okay. Du hast auch keinen Stress. Ich kann auch lange warten.« Sie lacht und sagt, dass ich mich nicht so kindisch benehmen soll. Mit gesenktem Kopf trotte ich hinter ihr durch die eklige Heißluftschleuse, hinein in den Vorraum des Supermarktes.

Wie lange bin ich nicht hier gewesen? Zehn Jahre? Länger? Wie war es, das letzte Mal hier zu sein, als ich noch in Braus gewohnt habe? Wusste ich da, dass es das letzte Mal für eine lange Zeit sein würde? Was habe ich hier besorgt? Wer war ich da? Aber es ist keine Zeit für solche Gedankengänge, denn meine Mutter brüllt meinen Namen durch die Obst- und Gemüseabteilung. Es geht um wichtige Dinge: Äpfel oder Bananen?

»Ich mag keine Bananen. Noch nie, Mama.«

»Ich kann mir auch nicht alles merken«, sagt sie gleichgültig.

»Oh, guten Tag, Herr Kommissar, mein Sohn ist verschwunden, huch, nicht gut! Oh, er hat eine verschlüsselte Botschaft hinterlassen, die erste Frage ist: Was ist seine Lieblingsfarbe? Puh, weiß ich nicht. Ersatzfrage: Apfel oder Banane. Uff, weiß nicht. Ach, jetzt werde ich den Alex niemals befreien können? Na ja, ich kann mir ja nicht alles merken, tschüss, Herr Kommissar.«

Gerade, als meine Mutter antworten möchte, fällt ihr Name. »Grüß dich, wie geht's dir denn?«, eine Frau steht plötzlich neben uns, umarmt meine Mutter, stößt dabei fast einen Korb mit einzelnen Erdnüssen um, lacht: »Huch, na ja!«, und schaut dann mich an. Ich schaue zurück. Meine Mutter schaut zwischen der Frau und mir hin und her. Dann seufzt sie in meine Richtung, so, als hätte ich mich gerade wirklich sehr dumm benommen und sagt: »Das ist mein Sohn, Alexander. Erinnerst du dich?«, und die Frau lacht laut und schlägt mit ihrer rechten flachen Hand auf meine Brust und sagt: »Oh, der Alex, na das kann ich ja nicht wissen, du bist ja nun wirklich nie hier, meine Güte, bist du alt geworden!«

Meine Mutter schaut verlegen weg, es ist ihr sichtlich unangenehm, Partei ergreifen zu müssen, denn es stimmt ja, was die fremde Frau sagt, ich bin der, der abgehauen ist. Ich spüre die Hand der Frau auf meiner Brust, als läge sie noch immer dort, aber vermutlich hat sie einfach auf Jennys Arm geschlagen und jetzt ist wieder alles aufgerissen und eklig wund. Ich will etwas sagen, irgendwas zu meiner Verteidigung, aber ich kann nicht.

»Ja, also ... jetzt aber. Jetzt bin ich ja da. Erst mal für länger sogar!«, sage ich so begeistert ich kann und die fremde Frau reißt die Augen auf. »So, tatsächlich?«, fragt sie erstaunt und meine Mutter kneift die Augen zusammen und murmelt: »So, tatsächlich?«, und ich freue mich, dass ich es in sehr kurzer Zeit geschafft habe, die unangenehme Situation noch unangenehmer zu machen. Schön, wenn man wenigstens ein paar Talente hat.

»Ja, also, jetzt nicht Monate oder so«, sage ich. Ich würde der Frau gerne den Wagen in den Unterleib rammen, damit ich ganz schnell weglaufen kann. Wie im Film. Wir schweigen.

»Na ja, ich muss mal weiter, grüß lieb zu Hause, bis bald!«, sagt die Frau schließlich an meine Mutter gewandt. Zurück bleiben meine Mutter und ich. »Für länger?«, fragt sie, während sie ein bisschen aggressiv auf den Mangos herumdrückt, die sie eh nicht kaufen wird, weil sie findet, dass das Obst, das im Garten wächst, völlig ausreichend ist und wir nicht so einen »exotischen Kram« brauchen, na ja, außer, wenn eben der Herr Sohnemann zu Gast ist, da muss es dann auch vor der Ernte des Apfelbaums Äpfel geben oder Bananen, obwohl die alle eklig finden.

»Ja, denke schon. Mal gucken, oder?«, frage ich und begutachte sehr interessiert ein paar Litschis, die in einem Plastikkörbchen mit einer Plastikfolie drum herum verpackt sind, einfach weil echt niemanden diese Umwelt interessiert, wenn man schon Früchte isst, die Tausende von Kilometern ...

»Okay«, sagt meine Mutter und wir gehen weiter. Sie schickt mich quer durch den Markt, wir teilen uns auf. Ich muss die eine Hälfte der Liste erledigen, sie kümmert sich um den Rest.

Ich finde fast alles sofort, was erstaunlich ist, aber im Grunde stehen alle Dinge immer noch am exakt gleichen Platz wie vor zehn Jahren. Ich laufe vorbei an den Regalen und sie erzählen die Geschichte meines ganzen Lebens. Die Spielzeugabteilung, in der ich mit anstrengender Regelmäßigkeit alles Mögliche zu erquengeln versucht habe, und meine Mutter, die so gut wie nie nachgegeben hat. Vorbei an den Chips und Tiefkühlprodukten, die ich haufenweise heimlich aß, wenn meine Eltern nicht zu Hause waren. Die Rebellion des Kleinstadt-Jugendlichen: heimlich Pizza aufbacken. Die Alkoholabteilung mit dem widerlichen Sekt, den wir tranken, als ich fünfzehn war. Der Schnaps, den ich trank, als ich siebzehn war. Der Jägermeister, von dem ich die ganze Nacht gekotzt hatte. Und dann stehe ich in der Kühlabteilung und suche nach Joghurt. Als ich ihn einen Moment später in den Einkaufswagen meiner Mutter lege, lacht sie.

»Was soll das?«, fragt sie in einem Ton, als wäre ja wohl völlig klar, dass das nicht mein Ernst sein kann.

»Was soll was?«, frage ich irritiert.

»Soja-Joghurt? Willst du mich ärgern?« Sie greift danach und hält mir die Packung entgegen.

»*Normalen* Joghurt, bitte. Nicht diesen Quatsch.«

»Das ist normaler Joghurt. Oder bestimmst du jetzt, was normal ist und was nicht, Mutter?«

»Jetzt nerv nicht rum, Alexander, und hol den normalen Joghurt, den n o r m a l e n, den r i c h t i g e n.«

»Zu viele Milchprodukte sind wirklich total schädlich«, sage ich, einfach, um sie zu ärgern.

Meine Mutter atmet tief ein und wieder aus. Dann schaut sie mich mit einem sehr, sehr mitleidigen Blick an und sagt: »Niemand isst das hier, Alexander. Niemand. Du kannst den für dich mitnehmen, aber wir werden so was bestimmt nicht mal probieren.« Dann greift sie nach dem Wagen und schiebt ihn energisch Richtung Kühlabteilung, nimmt zwei der billigsten Joghurtbecher aus dem Fach ganz unten und geht zufrieden weiter. »Okay, cool, Mama!«, brülle ich durch den Laden und ihr hinterher, sie dreht sich nicht einmal um und tut so, als würde sie mich nicht kennen. Und eigentlich hat sie damit nicht einmal unrecht.

#10

Mein Bruder Timo ist ein hochgewachsener, mittlerweile etwas dicklicher einunddreißigjähriger Mann. Seine braunen Locken verleihen ihm einen sanften Ausdruck, der augenblicklich zerstört wird, wenn er den Mund aufmacht. Timo ist laut und seine Stimme übertönt alles. Sein Händedruck tut fast immer weh, und er lacht dann schallend und sagt so etwas wie »Ha ha ha, stell dich mal nicht so an, du Muschi!«, wenn man vor Schmerz das Gesicht verzieht. Timo ist wie ein menschgewordener Labrador – wild, ungestüm, direkt und wird erst bissig, wenn man ihm wirklich extrem zu nahekommt, sodass er sich verteidigen muss. Pech für mich, dass meine bloße Existenz für ihn schon ein einziges Zunahekommen ist.

Zunächst aber nimmt er mich in den Arm und hebt mich dabei ein wenig hoch, so, als sei ich der jüngere Bruder. Ich mache mich ganz steif und bewege mich nicht, warte einfach ab, bis Timo fertig ist. Dann stellt er mich wieder auf den Boden und lässt seine Hand auf meine Schulter herabsausen, bis sie mit einem dumpfen Klatschen darauf landet.

»Na, Alter, was treibt dich denn hierher?«, brüllt er und wartet die Antwort nicht ab. Er geht an mir vorbei, umarmt unsere Mutter, sie quietscht, er lacht, dann nimmt er aus dem Kühlschrank zwei Bier und sagt: »Alex, komm mit, ich will alles wissen.« Dabei zwinkert er verschwörerisch. Oh Gott, denke ich, bitte, falls du mich hörst, bitte lass meinen Bruder einfach verschwinden, so, als gäbe es ihn gar nicht, simsalabim, Timo? Welcher Timo? Nie gehört.

Ich trotte hinter ihm her und frage: »Wo ist denn Marina?« – in der Hoffnung, dass sie gleich um die Ecke biegt und mich erlöst. »Kommt gleich.« Das ist jetzt nicht wichtig für ihn, das verstehe ich sofort, jetzt ist wichtig, dass wir zwei Männer Männergespräche führen und Männergetränke dabei trinken und uns männermäßig dabei auf die Oberschenkel hauen oder so.

Im Garten gibt es eine kleine Bank, sie steht hinter dem alten Baum, der schon lange kaum noch Äpfel trägt, aber so langsam vor sich hinstirbt, dass sich das Fällen seit Jahren auf den immer nächsten Sommer verschiebt. Ich glaube, meine Eltern wollen den Baum gar nicht fällen, weil er so sehr zum Garten gehört und wie ein Kirchturm das Zentrum des Grundstücks bildet. Ohne ihn wäre alles anders und das kann ich wirklich sehr gut verstehen, jetzt, wo in meinem Zentrum statt Jenny nur noch ein Trümmerfeld herrscht.

Wir setzen uns auf die Bank und Timo öffnet unsere Bierflaschen mit den Zähnen. Ich kann nicht hinsehen, wie ich es nie konnte, wenn er das tat. Es schmerzt mich schon beim Zuschauen, außerdem finde ich die Geste peinlich und lache Daniel regelmäßig aus, wenn er das wie so ein Proll vor einem Späti macht. »Uuuuh«, sage ich dann, »du bist so ein krasser Kerl, so ein richtiger Mann, du kannst Bierflaschen mit deinen Zähnen öffnen, also kannst du bestimmt auch Krebs heilen und den Klimawandel verhindern, schaut ihn euch an, diesen Helden, dieser Typ schafft einfach alles!« In Wahrheit bin ich einfach nur sehr neidisch, weil ich Kronkorken nicht einmal mit einem Feuerzeug von der Flasche lösen kann, ohne mir dabei Quetschungen und Wunden zuzufügen, tja. Meine Stärken liegen eben einfach woanders, zum Beispiel im Trinken des Inhalts. Jeder hat ja so seine Leisten, nicht wahr?

Timo weiß, wie sehr mich dieses Gehabe nervt, deshalb wiederholt er die Geste mit Absicht immer wieder, tut so, als ginge die Flasche nicht auf, der verdammte Kronkorken, das ist aber auch ein Biest, Alex, haha, wie soll man die bloß jemals öffnen, eine echte Herausforderung, puh!

Endlich reicht er mir die geöffnete Flasche, lässt seine gegen meine klirren, trinkt ein Drittel auf einmal aus, macht »Aaaahhh« und schaut mich dann von der Seite an.

»So, Bruder. Dann leg mal los.«

Ich zucke zusammen. Ich weiß nicht, womit ich »loslegen« soll und befürchte, es hat etwas mit der Abwesenheit einer ganz bestimmten Person und mit der Anwesenheit meiner Person zu tun.

»Also, die Jessica ist krank. Habe ich gehört«, sagt Timo, weil ich schweige.

»Jenny.«

»Ach so ja, Entschuldigung. Also die Jenny. Was haste gemacht?«

»Was soll ich gemacht haben? Ich war nur im Labor, da muss dieser experimentelle Virus irgendwie an mir haften geblieben und dann ausgebrochen sein, und einen Tag später ist sie gestorben und wieder auferstanden und dann wollte sie mich fressen und alle haben sich plötzlich verwandelt, und da dachte ich, ich hau mal lieber schnell ab, das gefällt mir jetzt gerade nicht ganz so gut. Kennt man ja. Superdoofe Situation.«

»Aha.«

»Ja, meine Güte, sie hat halt Grippe. Was soll ich sagen. Ich habe gar nichts gemacht.«

Ich nehme einen großen Schluck aus der Bierflasche, verschlucke mich, huste, trinke noch mehr, noch schneller. Mir egal. Ich möchte jetzt sofort betrunken sein. Jetzt SOFORT.

Timo sagt nichts, wartet ab, bis ich alles ausgetrunken habe. Dann sage ich: »Ja, was denn?«, obwohl Timo gar nichts gesagt hat. Aber ich bin jetzt schon sauer. Ich weiß nicht, worüber und auf wen, aber ich bin einfach so scheißwütend.

»Kann ich nix für.«

Timo nickt und ich rieche seine Haare, die ein bisschen zu fettig sind und ich rieche das Waschmittel, mit dem seine Frau seine Hemden wäscht und ich könnte heulen, schon wieder.

»Ja. Schade«, sagt Timo.

»Ja. Schade«, sage ich, »läuft eh gerade nicht so gut bei uns.«

»Wie jetzt? Will die dich verlassen oder was?«, fragt Timo und ich schüttle den Kopf.

»Nein. Natürlich nicht! Es gibt eben manchmal Probleme. Aber nix Schlimmes. Es ist alles in Ordnung. Es ist nix passiert, Timo.«

»Ja, ist ja gut«, sagt er und rülpst. »Hast dich nicht so gut um die gekümmert in letzter Zeit oder wie?«

Ich drehe mich langsam zu ihm. »Doch ja, doch. Habe ich. Also nicht richtig. Aber schon irgendwie. Vorher halt. Wieso tun eigentlich alle so, als sei das meine Schuld, dass die Jenny nicht hier ist? Jeder wird mal krank, selbst so Arschlöcher wie du, Bruderherz. Also wieso reden wir hier die ganze Zeit über mich und was ich angeblich gemacht oder unterlassen habe?«

Timo lacht. »Weil Jenny uns egal ist, schätze ich. Geht ja um dich.«

»Das ist bestechend logisch, aber ändert nichts an der Tatsache, dass ich sie nicht mit irgendeinem geheimen Virus infiziert habe. Sie braucht mich nicht, ich bin ja nicht ihre Mutter. Ich bin jetzt bei euch und Jenny kümmert sich um sich. Alles ganz normal.«

»Ich weiß nicht, Alex. Ich kenne dich. Du bist ja jetzt nicht gerade der Typ, der sich ... Ich sage es mal vorsichtig ... viel Mühe gibt mit den Leuten oder Stärke ausstrahlt.«

»Bitte?«, frage ich und stoße mit dem Fuß aus Versehen die leere Bierflasche auf dem Boden um. Ich bücke mich, will nach ihr greifen, fasse daneben, falle fast nach vorne.

»Beruhig dich. Ich meine das ja nicht persönlich. Ist halt nur so, dass du jetzt nicht der große Kämpfer bist, oder? Und Frauen vermittelst, dass du auf sie aufpasst.«

Ich habe mich wieder gefangen, stütze meine Ellbogen auf den Knien ab und lege meinen Kopf in die Hände. Ich bin so unglaublich müde. »Keine Ahnung«, sage ich.

»Ja, ist halt so. Deswegen frage ich. Kann ja sein, dass du dich geändert hast. Aber hast du halt nicht, wie es scheint. Ist ja auch okay. Musst du ja selber wissen. Ist nur eben auch so, dass die Frauen es gut finden, wenn man sich um sie kümmert.« Mein Bruder, Beziehungsexperte und Frauenversteher.

»Ja.«

»Und jetzt? Was passiert jetzt?«, fragt Timo.

»Keine Ahnung«, sage ich und das ist die Wahrheit. Ich habe keine Ahnung, was jetzt passiert. Alles fühlt sich an wie ein Paralleluniversum, in dem es eine Alexander-Version gibt, die gar nicht ich ist und die hier offenbar aber alle kennen und zu der sie auch eine Meinung haben. Und die ist nicht gut.

»Willst du wieder bei Mama und Papa einziehen oder was?«, lacht Timo und verstummt, als ich nicht augenblicklich »Nein, nein!« sage.

»Moment mal, ist das dein Ernst? Du willst hier wieder einziehen?« Er richtet sich auf und starrt mich angespannt an. Seine Augen werden dann immer zu kleinen Schlitzen, wie die Fenster in seinem Kellerzimmer. Bedrohlich sieht das aus und ist es auch, das weiß ich nur zu gut.

»Nein. Ich will hier nur ein paar Tage ausruhen. War alles ein bisschen viel in letzter Zeit. Kein Grund, jetzt hier so panisch zu werden.«

Er zieht scharf die Luft ein und beißt sich auf die Lippe, während er langsam mit dem Kopf nickt.

»Hmmm, ja, okay: Nein«, sagt er.

»Was? Ich will doch nur ein paar Tage bleiben. Wochen. Eine oder drei.«

»Nein. Das machst du nicht. Auf keinen Fall.«

»Und das bestimmst du, weil ...?«

»Weil ich das sage. So einfach. Du wolltest damals hier unbedingt weg und jetzt, wo es in deiner ach so tollen Großstadtwelt mal nicht so läuft, wie du es gerne hättest, willst du schön ins gemachte Nest zurück und Mama und Papa sollen es richten, die haben ja nichts anderes zu tun, als sich um dich zu kümmern, wie früher, wie immer. Nein. Einfach nein. Das wird nicht passieren.«

»Das ist nicht deine Entscheidung, Timo«, sage ich und stehe auf.

Timo erhebt sich ebenfalls und so stehen wir uns gegenüber, starren uns feindselig an. Einige Dinge ändern sich nie. Schön.

»Ich sag dir jetzt mal was. Und ich sage das nur einmal. Papa wird sechzig und wir waren uns nicht mal sicher, ob du auch nur zu seinem Geburtstag kommst. Du warst die letzten zehn Jahre quasi nicht anwesend und wir haben das akzeptiert. Wir haben das so hingenommen. Dass du eben mit dieser Stadt und mit so Leuten wie uns nichts am Hut haben willst. Ist okay, haben wir gesagt, schade, aber muss man mit leben. Jeder, wie er's braucht. Natürlich war Mama traurig, dass du dich so selten gemeldet hast und Papa auch. Aber wir haben das schon hingekriegt. Wir sind ja eine Familie. Aber glaub ja nicht, dass du jetzt hier auftauchen kannst und alles ist, als wäre nie was gewesen. Du kannst hier nicht einfach hinkommen und glauben, du gehörst noch dazu. Tust du nicht, Alex. Hast du auch nie so richtig, wenn man es mal genau nimmt. Du gehörst nicht hierher. Also wirst du hier nicht bleiben. Erst recht nicht bei Mama und Papa wohnen, als seien die dein Hotel. Auf gar keinen ...« Er wird unterbrochen von einem lauten Kinderschrei, einen Augenblick später wackelt seine Tochter an der Hand seiner Frau Marina um die Ecke. »Papa«, sagt Anni und Marina lässt sie los. Anni wankt auf Timo zu und umarmt seine Beine, er hebt sie hoch und lacht. Marina nimmt mich in den Arm, auf die Art, wie man Menschen umarmt, die man umarmen muss, aber denen man eigentlich auf keinen Fall zu nahekommen will. »Na?«, sagt sie und es klingt nicht wie eine Frage.

»Na«, sage ich und es klingt nicht wie eine Antwort.

»Seid ihr schon wieder am Streiten?«, fragt Marina und schaut gespielt halb belustigt, halb streng.

»Nein, Quaaaaatsch, wer streitet denn hier? Wir? Niemals!«, sagt Timo und kitzelt Anni. Sie lacht ausgelassen, während mich Marina ausdruckslos ansieht.

»Komm, wir gehen mal zu Oma und Opa, okay?«, fragt Timo Anni und geht, ohne die Antwort abzuwarten, an mir vorbei. Anni tut so, als sei ich gar nicht existent. Marina bewegt sich keinen Millimeter, sie starrt mich noch immer an.

»Was war los?«, fragt sie schließlich.

»Timo findet es nicht gut, dass ich hier bin. Und noch nicht so genau weiß, wann ich fahre.«

»Das ist ein Scherz, oder?«, sagt sie und lächelt nicht.

»Du und hier länger bleiben als drei Tage? Bist du krank oder was?«

Ich schüttle den Kopf.

»Okay. Überraschend. Aber man lernt ja nie aus«, sagt Marina und sieht mich an wie jemanden, den sie für kurzzeitig unzurechnungsfähig hält, von dem sie aber überzeugt ist, dass er sich schon wieder einkriegen wird. Kopfschüttelnd dreht sie sich um und läuft durch den Garten zurück und ich hinter ihr her.

»Was ist denn dein Problem jetzt?«, frage ich wütend und sie dreht sich erschrocken um.

Gerade, als sie etwas sagen will, höre ich die Stimme meines Vaters, der fragt: »Gibt es ein Problem?«

Plötzlich steht er vor uns und umarmt Marina, dann wendet er sich wieder mir zu. »Alex?«, fragt er.

»Ich lasse euch mal besser kurz alleine«, sagt Marina und entfernt sich mit schnellen Schritten vom Krisenzentrum.

Mein Vater schaut ihr irritiert hinterher und dann fragend mich an.

»Ich, also ... ich ... keine Ahnung. Die beiden stressen irgendwie rum, weil ich hier zu Besuch bin. Ist das wirklich so ein Problem?«

»Oh, ach so, das ist kein Problem, natürlich«, sagt mein Vater und sieht erleichtert aus.

»Ich meine, für länger, Papa.«

»Wie meinst du das?«

»Ich würde gerne erst mal bei euch ... bleiben. Nur für eine Weile.«

»Ja, ein, zwei Wochen, oder?«, fragt mein Vater verwirrt.

»Ja. Ein, zwei Wochen. Vielleicht auch drei oder vier. Maximal.«

»Also das ist ja nun Quatsch, Junge. Was willst du denn so lange hier?«

Mein alter Vater schaut mich ratlos an. Und ich denke, dass das eine vernünftige Frage ist, aber trotzdem die falsche. Die einzig richtige Frage wäre keine gewesen. Keine einzige Nachfrage. Denn so ist das doch in den guten Familien, in den intakten Familien, in denen, von denen man träumt. Man sagt: Überraschung, bin wieder hier! Und alle sagen: Ach toll, hier ist dein altes Zimmer, alles wie immer, mach es dir bequem.

Ich habe bei den seltenen Telefonaten mit meinem Vater doch immer mal wieder darüber gesprochen, wie sehr mir das Landleben fehlt. Der Wald. Die Natur. Das habe ich doch, oder? Und falls ich das versäumt habe, so müsste er sich doch trotzdem einfach freuen, dass ich mich entschieden habe, für einen Augenblick zurückzukehren und wieder ein Teil der Familie zu sein. Wir haben doch telefoniert. Immer mal wieder. Ich war doch nie ganz weg. Ich war doch immer auch ein Stück weit hier. An Weihnachten. Ich gehöre doch auch dazu. Ich bin doch auch Familie.

»Wieso freust du dich nicht?«, frage ich traurig. Das Bier macht mir die Zunge schwer und das Zusammenreißen. Vor meinem Vater zu weinen ist noch immer etwas, das ich mir nicht vorstellen kann. Es ist nicht so, dass ich das nie getan hätte. Aber so, wie ich nicht vor Timo weine, weine ich auch nicht vor meinem Vater. Das ist einfach so.

»Na ja, also wir freuen uns ja, dass du da bist! Wir kriegen ja so wenig von dir mit. Du hast ja dein eigenes Leben.«

Er sagt das, als meinte er nicht mich damit, sondern vor allem alle anderen: *WIR* haben doch unser eigenes Leben. Ich sehe ihm beim Fortgehen zu, dem alten Mann, sehe ich auch irgendwann so aus wie er? Und fänd ich das gut oder schlecht? Ich beobachte, wie er zehn Meter entfernt hinter Anni in Slow Motion so tut, als würde er rennen. Sie wankt im Kreis und lacht laut und ich frage mich, ob mein Vater das Gleiche auch vor vielen Jahren mit mir und Timo gespielt hat. Hat er überhaupt je mit uns gespielt? Ich habe keine Erinnerung daran.

Mein Vater lacht zusammen mit Anni laut und ausgelassen und ich weiß nicht, ob ich ihn je so glücklich gesehen habe wie in diesem Moment. Sein ganzes Gesicht ist eine einzige, sorglose Freude darüber, hinter Anni herzulaufen und so zu tun, als könne er sie nicht fangen. Meine Mutter steht mit Marina in der Terrassentür und beide beobachten das Schauspiel lächelnd. Es ist so banal. Es ist so unbedeutend. Es passiert tausend Mal an tausend Orten: Großeltern, die mit ihren Enkeln spielen. Und doch berührt mich der Anblick sehr und ich laufe zur Terrasse, laufe zu Anni, zu meinem Vater, zu Marina, zu meiner Mutter. Als ich vor ihnen stehe, blickt niemand auf und niemand mich an.

»Hey, lustiges Spiel!«, sage ich wie so ein Trottel und es interessiert niemanden.

Einen Augenblick stehe ich noch daneben, dann gehe ich ins Haus. In der Küche schneidet Timo Brot. Er hat den Küchentisch gedeckt. Als er mich bemerkt, dreht er sich um und fragt: »Isst du auch mit?« Ich schüttle den Kopf.

»Ja, habe ich mir gedacht«, sagt Timo und wendet sich wieder dem Brot zu. Pfeifend schneidet er den Laib auf und ich höre die anderen draußen lachen und spielen und das ist also damit gemeint, wenn Menschen sagen, dass sie sich zwischen vielen trotzdem einsam fühlen, obwohl es natürlich nicht das erste Mal ist, dass es mir so geht, aber so, wie man schlimme Schmerzen schnell vergisst, sobald sie weg sind, so kann ich mich in diesem Moment auch nicht an all die tausend Millionen anderen Male erinnern, und genau dieser Augenblick fühlt sich so schlimm an wie keiner je zuvor. Ich starre Timos Rücken an und sage: »Doch. Ich esse doch mit.« Timo zuckt nur mit den Schultern. Vielleicht, denke ich, hilft es ja, wenn ich allen die Wahrheit sage und alle erfahren, dass ich verlassen wurde, verraten und verlassen. Und dann verbünden wir uns gegen Jenny, so wie bei den Power Rangers wird aus einzelnen Teilen ein großes Ganzes, eine Monstermaschine im Kampf gegen die Ex. Aber das würde natürlich auch nichts nützen. Denn ich will sie ja nicht kaputt machen, ich will sie nur *in mir* zerstören, damit ich friedlich bis zum Rest meines Lebens ein einsamer Single sein kann, der sich völlig selbst genügt. Denn ich werde mich nie wieder verlieben, das ist schon mal klar, ist mir auch scheißegal, was die Statistik sagt, das tue ich mir nicht noch mal an, das mache ich nie wieder mit, fickt euch mit euren Hochzeiten und dem ganzen Drama, fickt euch mit eurer Romantik und euren Versprechungen, ich bin ab heute ein Stein, ein Stein an einem Strand, der die Menschen um sich herum Jahr um Jahr still beobachtet und immer nur denkt: Was seid ihr doch alle für Trottel. Ich bin ein Stein und mein Herz auch, ich werf es in den See oder ins Meer, egal, Hauptsache tief, und da bleibt es dann für immer, weil es niemand braucht, nicht mal ich, so ein komplett kaputtes Herz kann man nicht mal in einer Flohmarkthalle in Kreuzberg noch loswerden und ich meine, da kann man wirklich alles verkaufen, aber mein Herz ist Müll, Müll, Sondermüll.

#11

Die nächsten Tage vergehen immer gleich. Ich schlafe lange, frühstücke nur Kaffee, bei Sonnenschein rauche ich manchmal eine Zigarette dazu auf der Terrasse, bei Regen nehme ich den Kaffee mit in mein Zimmer. Ich starre die Wand gegenüber von meinem Bett an und warte darauf, dass es dreizehn Uhr ist. Dann gehe ich hoch in die Küche, esse mit meiner Mutter schweigend zu Mittag und räume das Geschirr in die Spülmaschine. Dann gehe ich wieder runter in meinen Keller, lege mich ins Bett und starre die Wand an. Wenn es achtzehnuhrdreißig ist, höre ich, wie mein Vater nach Hause kommt und gehe dann wieder in die Küche, begrüße ihn kurz, frage, wie der Tag war, und dann essen wir, ich räume mein Geschirr in die Spülmaschine und gehe zurück in mein Zimmer. Ich starre die Wand an und warte auf den Schlaf. Man könnte also sagen, dass ich durchaus eine Routine habe, auch wenn die darin besteht, mir ununterbrochen selber leid zu tun und damit allen auf die Nerven zu gehen, aber hey, wenigstens habe ich mit dem Trash-TV aufgehört. Es sind die kleinen Dinge.

Ich weiß, dass dieser Zustand nicht so bleiben kann und dass ihn jemand auflösen muss. Aber wie sähe die Auflösung aus? Kann es eine andere geben als »Okay, ich habe es mir anders überlegt, ich fahr wieder nach Berlin«? Und wenn das eigentlich keine Lösung ist: Wohin soll ich denn sonst?

Noch mal von vorne anfangen? Jenny vergessen, neuen Job suchen, neue Wohnung, so, wie das *normale* Menschen machen würden? Und dann wieder Tinder anschmeißen, irgendwelche Frauen daten, mit manchen schlafen, mit anderen nicht. Die immergleichen öden Dialoge führen. Zu viel trinken, um nicht zu spüren, wie sehr mich all das langweilt, wie gleichgültig mir die fremde Frau eigentlich ist. Interesse heucheln. So tun, als würde ich nach Gemeinsamkeiten suchen. All das hundertmal wiederholen, bis eine dabei ist, die ich lieben kann. Oder was auch immer ich darunter verstehe. Eine Beziehung aufbauen. Heiraten. Kinder kriegen. Im neuen Job ankommen. Kollegen kennenlernen. Aufsteigen. Mich vielleicht selbstständig machen. Mit dem Rad über Glasscherben fahren. Mich über Urin im Hausflur oder Spritzen auf dem Spielplatz ärgern. Auf die Politik schimpfen. Die Kinder großziehen. Und immer so weiter. Immer so weiter. Immer weiter. Irgendwann sterben. Scheiß auf Erfüllung. Es geht nicht um das Glück. Es geht auch ohne Sinn. Alles geht auch ohne Sinn. Ansonsten bleiben mir ja auch immer noch der Stein und das Meer.

Bis dahin warte ich. Auf das Essen, auf den Tag, auf den Morgen. Nachts schleiche ich mich heimlich ins Wohnzimmer, in dem sich die Minibar meiner Eltern befindet. Dann trinke ich aus jeder Flasche so viel ich in einem Zug schaffe. Whiskey, Gin, Korn, Rum. Manchmal muss ich so sehr würgen, dass mir die Luft wegbleibt, aber nach ein paar Minuten wird alles heiß und dumpf in meinem Kopf. Dann schenke ich mir noch ein Glas Wein ein, wenn mein Vater eine Flasche angebrochen im Kühlschrank stehen gelassen hat. Das trinke ich auf ex und dann wasche ich es ab, trockne es und stell es zurück ins Regal. Ich kann mir nicht vorstellen, dass meine Eltern nichts davon merken, aber auch darüber spricht niemand. Vielleicht wollen sie es auch nicht sehen und sprechen es deshalb niemals an. Also wasche ich weiter nachts das Weinglas ab und fülle manchmal ein bisschen Wasser in die Flaschen, aus denen ich getrunken habe.

Wenn es besonders schlimm ist, schleiche ich mich nachts aus dem Haus und laufe zu der einzigen Tankstelle in Braus, die bis drei Uhr morgens geöffnet ist. Am Nachtschalter kaufe ich Jägermeister und Jim Beam-Cola und trinke alles schnell direkt vor der Tanke aus. Dann laufe ich wieder nach Hause, durch die dunklen Straßen, höre Musik und genieße den Rausch, der alles so schön taub macht. Ich muss diese nächtlichen Ausflüge nicht rechtfertigen, denn offenbar bemerkt sie ohnehin niemand.

Ich weiß, dass all das nicht »gut« ist und dass es nichts besser macht. Ich weiß, dass ich zu viel trinke, dass ich den Mund aufmachen muss, dass man mit Alkohol nur äußere Wunden desinfizieren kann und nicht die inneren, dass man ein »Problem« hat, wenn man alleine trinkt, guten Tag, mein Name ist Alexander und ich bin süchtig, hey. Aber ganz im Ernst: Wäre ich in Berlin, würde ich stattdessen einfach jeden Abend in eine Kneipe gehen, mich alleine an die Theke setzen und mich da so lange volllaufen lassen, bis mich ein Free-Now-Fahrer noch rechtzeitig, bevor ich den Döner auskotzen muss, vor meiner Haustür ablädt, danke, geben Sie mir bitte eine Fünf-Sterne-Bewertung. Da würde all das wirklich niemanden interessieren und wenn doch, kann man einfach die Lokalität wechseln. Aber Männer, die an Tresen sitzen und auf Alkoholika starren, das ist nun wirklich nichts Besonderes in der großen Stadt.

Und immer mehr glaube ich, dass es vielleicht das einzig

Richtige ist, eben das zu tun: zu gehen. Zurückzugehen. Dann fällt mir aber wieder ein, dass ich mich ständig verstecken muss, ständig das Gefühl der Unsicherheit habe, der Angst, dass sie da irgendwo lauern kann, diese Bitch und ihr blödes Lachen, das sie mir bestimmt sogar schenken würde, wenn wir uns zufällig begegnen, *Heyyyy, Alex, voll schön, dich zu sehen*. Oder so was. Vielleicht würde sie mich auch einfach ignorieren, ihren neuen Boy an der Hand, mit dem ja alles so super läuft, während sie ihm zuflüstert: »Der komische Typ, der so guckt, das ist mein Ex, ja, ich weiß, superpeinlich, frag nicht, wir machen alle mal Fehler«, und der Fehler, das wäre natürlich ich dann. Neee, danke, dann lieber weiter im Keller hausen und abhassen und mir selber leidtun.

Am dritten Tag klopft es abends an meiner Tür. Es ist erst kurz vor fünf, trotzdem ist es mein Vater, der dasteht und sagt: »Ich hab heute früher Schluss gemacht. Wir beide gehen jetzt mal spazieren.« Er dreht sich um und geht die Treppe ins Erdgeschoss hinauf. Ich ziehe mir einen Pullover über und folge ihm. Wortlos hält er mir eine dünne Jacke hin, die ich überziehe und dann sagt er: »Nach dir«, öffnet die Haustür und lässt mich vorausgehen.

Die Luft ist kalt für einen Juliabend, es hat die letzten zwei Tage geregnet und die Straßen geben nicht mehr die Wärme ab, mit denen sie in den letzten Wochen die ganze Stadt aufgeheizt haben. Mein Vater geht langsam, gemächlich, so, als sei das hier gerade ein entspannter Spaziergang. Wir laufen Richtung Innenstadt, mein Vater raucht eine Zigarette, als er sie wegschmeißt, sagt er: »So.« Dabei bleibt er nicht stehen, sondern geht einfach weiter. Ich betrachte seine Schuhe, die schrecklich unmodern sind und muss ein bisschen grinsen bei dem Gedanken, dass er sie bestimmt wieder heimlich gekauft hat, ohne, dass meine Mutter dabei gewesen ist. Er findet, dass ihr Geschmack zu sehr von

Prospekten beeinflusst sei und von Trends hält er wirklich absolut gar nichts. Seine Schuhe sind durchgelaufen, aber sehr sauber, ich weiß, dass er sie einmal in der Woche putzt. Das ist ihm wichtig.

»Also wir spielen jetzt ein Spiel, okay?«, fragt er unvermittelt.

»Okay«, sage ich. Kann es echt kaum erwarten.

»Wir tun jetzt so, als würden wir hier nicht nebeneinander laufen, sondern als würden wir telefonieren. Weißt du, wie sonst. Das haben wir ja in den letzten Jahren auch gemacht, als du nicht hier warst. Stell dir vor, du hast mich angerufen, ja?«

»Ring ring«, sage ich.

»Ja, hallo Alex, das ist ja eine schöne Überraschung«, sagt mein Vater stockend. Offenbar findet er sein komisches Spiel selber etwas merkwürdig. Das wiederum gefällt mir so sehr, dass ich gleich viel mehr Lust habe, mitzumachen.

»Ja, oder?«, sage ich.

Mein Vater nickt.

»Ich kann dein Nicken nicht sehen, Papa. Wir telefonieren doch.«

»Ach so, ja stimmt. Also Sekunde ...« Er räuspert sich und sagt mit feierlicher Stimme: »Ja, sehr. Wie geht es dir so?«

»Nicht so toll«, sage ich.

»Oh, was ist denn los?«

»Ach, eigentlich nichts Wildes. Es ist nur, dass meine Familie mich nicht bei sich haben will und das ist wirklich nicht so schön, aber na ja, es gibt ja Schlimmeres. Krebs zum Beispiel. Oder? Wie ist das Wetter bei euch?«

Mein Vater bleibt abrupt stehen und schaut mich an. Seine grünen Augen sind glasig, sein Gesicht ist ganz eingefallen. Wieso ist mir das nicht vorher aufgefallen? Wie alt mein Vater geworden ist. Dabei feiert er doch bald erst seinen Sechzigsten.

»Wir wollen dich hier haben!«, sagt mein Vater entrüstet und ich sehe ihm an, dass er ehrlich überrascht ist, dass ich das Gegenteil angenommen und ausgesprochen habe.

»Ist das noch das Spiel? Weil, irgendwie wirkt es so, als würden wir gerade gar nicht mehr telefonieren, Papa.«

Er schüttelt den Kopf und seufzt. Dann geht er langsam weiter. Dabei hält er sich eine Hand an sein Ohr, sodass sein kleiner Finger und der Daumen einen Telefonhörer imitieren.

»Das klingt nicht gut. Warum wollen die dich denn nicht dahaben?«

»Ich weiß nicht. Vielleicht, weil sie sauer sind, dass ich so lange nicht da war. Oder weil sie glauben, dass ich sie ausnutze. Das hat zumindest mein Bruder gesagt.«

»Was hat dein Bruder gesagt?«

»Er hat gesagt, dass er nicht zulassen wird, dass ich meine Eltern als billiges Hotel nutze. Weil ich mich nicht einfach ins gemachte Nest setzen könne. Und er hat ja auch recht. Aber ...«

Ich stocke.

Mein Vater schweigt. Er nimmt seine Hand runter und beißt auf seiner Lippe herum. Dann nimmt er die Hand wieder ans Ohr.

»Dein Bruder hat bei so was gar nichts zu melden«, sagt mein Vater.

»Aber vielleicht stimmt es ja.«

»Was?«

»Dass ich nicht so einfach hier aufkreuzen und so tun kann, als sei nichts passiert.«

Mein Vater nickt. »Ja, das stimmt. Aber es ist ja nix Schlimmes passiert. Du hast halt dein Leben in Berlin und wir unseres hier. Das ist eben manchmal so.«

»Also wollt ihr mich hier haben? Ich bin wirklich nur zu Besuch, Papa. Ich dachte, ihr freut euch. Und dass wir zusammen ein paar schöne Sachen unternehmen.«

Mein Vater nimmt die Hand runter und legt sie stattdessen auf meine Schulter.

»Klar können wir das machen. Ich freu mich. Hast du denn so lange Urlaub?«

Ich nicke. »Ja«, lüge ich, »habe ich. Resturlaub. Noch zwei Wochen.«

»Na, ist doch toll. Dann können wir morgen zu deinem Onkel Theo fahren. Der liegt jetzt im Heim in Armsel. Der freut sich, wenn er dich sieht.«

»Oh, das wusste ich nicht. Was ist passiert?«, frage ich erschrocken. Theo ist mein Patenonkel. Ich kann mich nicht erinnern, wann wir uns zuletzt gesprochen haben. Oder wann ich das letzte Mal an ihn gedacht habe. Theo ist immer nur der Bruder meines Vaters gewesen, der hagere, stille Mann, der ab und an zu Besuch kam. Theo ist zehn Jahre älter als mein Vater und die beiden hatten immer ein gutes Verhältnis. Theo ist der einzige Bruder, den mein Vater noch hat. Sein anderer, Stefan, starb, als mein Vater noch ganz klein war.

»Onkel Theo hatte einen Schlaganfall.«

Ich bleibe stehen. »Was?«

Mein Vater geht einfach weiter. Ich laufe ihm hinterher, frage noch mal: »Was?«

»Ja. Vor vier Monaten. Nicht so schön alles.«

Ich starre auf den Hinterkopf meines Vaters. »Nicht so schön alles«, aha.

»Wieso hast du mir das nicht gesagt, Papa?«

»Ach, was soll ich dich damit belasten. Du hättest eh nix machen können und du und der Theo hattet doch sowieso eigentlich gar nichts mehr miteinander zu tun. Ich dachte, das interessiert dich nicht.«

»Natürlich interessiert mich das!«

»Ja, ist ja gut. Du siehst ihn ja morgen.« Damit ist das Gespräch zu Ende. Schweigend laufen wir durch Braus, bis wir schließlich zu dem Kreisverkehr kommen, von dem aus eine Landstraße zum See führt.

»Wollen wir umkehren? Ist kalt, oder?«, sagt mein Vater und ich stimme ihm zu, obwohl ich eigentlich gerne noch weiterlaufen will. Die Bewegung tut mir gut, zum ersten Mal seit Tagen habe ich nicht das Bedürfnis, mich zu betrinken.

Wir gehen einmal durch den Kreisverkehr, biegen rechts ab in die Straße, die zurück in die Stadt führt.

In diesem Teil von Braus war ich selten, denn hier ist das Industriegebiet und nur vereinzelte Häuser. Die Spielhalle ist in der Nähe und eine Kneipe, in deren Saal meine Abiturfeier stattfand, zu der ich nicht hingegangen bin. Als wir an der geschlossenen Gaststätte vorbeilaufen, sage ich: »Komisch, hatten die nicht immer um diese Zeit schon geöffnet?«, und mein Vater antwortet: »Ja, aber die haben vor zwei Jahren dichtgemacht. Wegen der neuen Bar in der Poststraße.«

»Welche neue Bar?«, frage ich.

»Ach, so eine Bar von seinem Sohn Thomas, erinnerst du dich an den? Der wollte die Kneipe von seinem Vater nicht übernehmen und es gab Streit und dann hat er mit seiner Frau die neue Bar aufgemacht und der Helge ist pleitegegangen.«

»Moment mal, Thomas? Thomas hat eine Bar?«

»Ja. Dem gehört die.«

»Aber Thomas hat doch VWL studiert. Ich dachte, der arbeitet jetzt in irgendeiner Firma in München oder so was.«

»Nein, er ist vor sechs Jahren zurückgekommen. Einige aus deiner Stufe sind zurückgekommen.«

»Wer noch?«, frage ich beunruhigt und sehe mich um. Wenn sie zurückgekommen sind, wohnen sie vielleicht hier. Wir laufen vielleicht gerade an ihren Häusern vorbei. Und sie sehen mich und Papa und denken: Ach, der Alex. Noch immer so ein Idiot wie damals.

»Christoph, die Maria aus der Nachbarschaft. Und noch ein, zwei Leute. Musst du mal Timo fragen. Der weiß das besser.«

»Warum Timo? Was hat der denn mit den Leuten aus meiner Stufe zu tun?«

Mein Vater blickt mich erstaunt an.

»Das ist doch seine Clique. Wusstest du das nicht?« Ich schüttle wütend den Kopf. Nein, das wusste ich nicht. Wie auch. Wie hätte ich das wissen können? Dann halte ich inne. Auf wen bin ich hier wütend? Auf Timo? Auf mich? Auf meinen Vater? Ich presse die Lippen zusammen. Mein Vater soll meine Wut nicht sehen, sie ist unangebracht, das weiß ich. Er ist nur der Bote, der die Nachricht überbringt. Und was geht es mich an, mit wem Timo befreundet ist. Nichts. Es geht mich nichts an. Ich bin eigentlich gar nicht hier, ich habe kein Recht dazu, auf irgendwen wütend zu sein.

Trotzdem. Der Gedanke, dass Timo mit diesen Leuten Zeit verbringt, löst Panik in mir aus. Reden sie über mich? Lachen sie über mich? Ist Timo jetzt auf ihrer Seite? Gibt es die alten Seiten noch? Wie kann Timo so ein Verräter sein und sich mit Menschen wie Thomas verbünden? Ausgerechnet Thomas. Dieser Wichser.

Wir laufen in Richtung Stadtmitte und stehen schließlich am Eingang der winzigen Fußgängerzone. Mein Vater bleibt stehen, zieht sein Handy aus der Tasche und sagt: »Mama hat geschrieben und gefragt, wann wir zu Hause sind und ob wir zum Essen kommen. Was meinst du?«

»Was wäre denn die Alternative?«

»Wir könnten bei Thomas vorbeischauen. Hallo sagen. Ein Bierchen trinken. Was ist denn jetzt schon wieder?«

Mein Vater schaut wütend auf sein Telefon, das er noch in der Hand hält und das vibriert. Dann drückt er mit seinem spitzen Zeigefinger auf das Display, als würde er es am liebsten nicht berühren, eine schnelle, zackige Bewegung, fast ein wenig angeekelt.

»Ja, hallo«, sagt er und hält es sich ans Ohr. »Ja, hattest du ja geschrieben. Ich lese nur nicht ständig meine Nachrichten, Lena. Ja. Ja, ist in Ordnung. Nein. Alex und ich trinken noch ein Bier. Ja. Ja. Tschüss.«

Er drückt genervt auf das Display, schaut mich an und sagt: »Tschuldigung, aber ich kapiere das nicht, dass die Mama immer schreibt und dann zwei Minuten später anruft. Wieso ruft sie nicht einfach direkt an? Diese Nachrichten liest doch sowieso kein Mensch.« Er schüttelt den Kopf, so, als sei es ein bisschen abartig, sich SMS zu schreiben. Ich frage mich, ob jetzt ein guter Zeitpunkt ist, ihm von der Existenz von Sprachnachrichten zu erzählen, aber ich befürchte, dann implodiert einfach irgendetwas in seinem Kopf.

Ich schaue ihn an, meinen alten Vater, mit dem Smartphone in der Hand, und möchte ihn retten, obwohl ich nicht weiß, wovor. Ich möchte ihm das Telefon wegnehmen und es auf den Boden schmeißen und sagen: Du brauchst die Scheiße eh nicht, Papa. Ich möchte sagen, dass ich ihn wahnsinnig liebe und dass ich seine Hilfe brauche. Vielleicht kann ich das, wenn wir ein Bier trinken. Vielleicht.

»Okay, dann gehen wir ein Bier trinken. Aber nicht beim Thomas.«

»Wieso denn nicht?«, fragt mein Vater irritiert. »Ihr wart doch beste Freunde. Ist doch schön, wenn ihr euch mal wiederseht.«

Ja. Thomas und ich. Beste Freunde für immer. Bis er eben genauso ein Arschloch wie alle anderen geworden ist.

»Ja, schon. Aber es gibt ja noch andere Lokale, oder? Die Kalte Brause zum Beispiel?«

»Ach Alex, jetzt spinn nicht rum.« Er geht entschieden weiter und ich hinter ihm her. Vielleicht hat er recht. Das alles ist so lange her, längst vergessen. Thomas ist ein anderer Mensch. Und ich auch. Na ja, ein bisschen anders zumindest. Nicht genug wahrscheinlich.

Die Bar befindet sich im Stadtkern, in der auch ein Teil des Einzelhandels ansässig ist. Die Häuser sind niedrig, keines hat mehr als zwei Stockwerke. Die Gebäude sind alt. Einige stehen unter Denkmalschutz, das verrät eine kleine Tafel am Eingang der Straße. Für die Touristen. Auch, wenn ich einfach niemals begreifen werde, wieso Menschen tatsächlich eine Reise in dieses Kaff unternehmen. Zum See – okee. Aber doch nicht in die Innenstadt. Ich versuche, mir das vorzustellen, dass ein altes japanisches Pärchen, die man hier hin und wieder als Touristen sieht, die Taschen packt, aufgeregt nach Europa fliegt, den ICE nimmt, den Anschluss-Regio-Zug und dann hier aussteigt und sich das anschaut. Wie unfassbar enttäuschend muss das sein, wie viel Kraft muss es kosten, sich zusammenzureißen und nicht laut zu schreien: WOLLT IHR UNS EIGENTLICH ALLE VERARSCHEN WIESO SIND WIR NICHT EINFACH NACH BERLIN GEFAHREN UND HABEN UNS TAGELANG WAS ÜBER DEN KRIEG ANGEHÖRT UND ANGEGUCKT?!

Mein Vater bleibt plötzlich vor einer hippen Bar stehen, die wirklich absolut nicht in das Stadtbild passt. Bodentiefe Fensterscheiben, in denen rote Samtvorhänge den Blick nach innen versperren, säumen die Front. In zwei der fünf Scheiben hängen weiße Neon-Schriftzüge mit dem Namen der Bar: *Thoms*. Links neben den Fenstern befindet sich die Eingangstür, die Thomas offensichtlich in ihrer ursprünglichen Form belassen hat. Sie ist aus dickem braunem Holz und in der Mitte prangt ein goldener Löwenkopf, dessen Nasenring wohl vor sehr, sehr vielen Jahrzehnten einmal eine Klingel ersetzte. Mein Vater folgt meinem Blick und lacht. »Ist nicht so schlimm, wie es von außen aussieht, Alex.«

Und ich denke: Doch, ist es. Diese Bar könnte genauso in Berlin existieren, niemandem käme sie merkwürdig vor. Sie sieht exakt aus wie all die anderen hippen Bars in Neukölln oder Mitte, in die Jenny immer wollte, und die ich so sehr gehasst habe. Ich will noch weniger hinein als vorher, als ich noch dachte, dass Thomas nur irgendeine dumme Kneipe in der Innenstadt eröffnet hat. Aber mein Vater drückt die Tür auf und wir betreten einen Raum voller runder, kleiner Tische auf der rechten Seite und mit einem schier endlos langen Tresen auf der linken. Mein Vater steuert auf eben diesen zu, winkt mich zu sich und setzt sich auf einen der Barhocker. Ich starre ihn an und dann den Tresen und dann sehe ich Thomas. Und er mich. Quer durch den Raum gaffen wir uns an wie zwei Hunde, die den Geruch des Eindringlings wahrgenommen haben. Ich presse meinen Kiefer zusammen, Thomas zieht die Augenbrauen hoch. Dann fängt er sich, wendet sich meinem Vater zu und legt ihm eine Hand auf die Schulter. Er sagt etwas, das ich nicht hören kann und die beiden lachen. Ich gehe langsam auf den Tresen zu, behalte Thomas im Blick, der sich abgewendet hat. Als ich vor meinem Vater stehe, schiebt er den Barhocker zur Seite und sagt: »Ich habe uns schon mal zwei Pils bestellt.«

Ich setze mich ungelenk auf den Hocker links von ihm und lächle gequält. Toll, hier zu sein, ist quasi wie in Berlin, nur noch beschissener. »Danke«, sage ich. Thomas zapft rechts von uns unsere Biere, dann stellt er beide auf den Tresen vor uns. »Na?«, sagt er und es klingt nicht wie eine Frage.

»Na«, sage ich und es klingt nicht wie eine Antwort. Lustig, wie sich das in dieser Stadt ständig wiederholt. Ich greife nach meinem Bier, will es gerade trinken, als mein Vater ausruft: »Alex? Seit wann bist du so unhöflich?« Ich erschrecke mich und verschütte etwas Bier. Thomas lacht. Mein Vater sagt: »Cool bleiben. Ich wollte nur anstoßen.« Ich versuche, mit der Hand das Bier wegzuwischen, aber verteile es lediglich, wische es zu mir herüber, es tropft auf meine Hose. Ich atme ein und stoße mit meinem Vater an, »Prost, schön, hier zu sein!«, sage ich viel zu laut und dann trinke ich das Glas fast zur Hälfte leer.

Thomas sieht mir dabei zu und sagt dann: »Ja, wie ich sehe, bist du immer noch stark am Glas. Schön, dich mal wiederzusehen.« Ich würde ihm gerne aufs Maul hauen, aber nicke nur. Ja, ja. Halt die Fresse, Thomas. »Schöne Bar«, sage ich und schaue mich demonstrativ um. Als ich sehe, dass die meisten Tische unbesetzt sind, freue ich mich heimlich. Tja, Thomas, läuft wohl nicht so gut. Als habe er meine Gedanken gelesen, sagt Thomas: »Wir haben erst seit zehn Minuten geöffnet. Ihr gehört zu den Ersten. Was für eine Ehre.« Mein Vater grinst und sagt: »Ich wollte dem Alex mal zeigen, was sein alter Freund so macht. Kannst echt stolz sein, Thomas.« Thomas nickt zufrieden und sieht mich dabei an. Ich starre zurück und sage: »Ja, kannst echt stolz sein, Thomas.« Dann stehe ich auf, entschuldige mich und gehe auf die Toilette. Weil ich keine Ahnung habe, wo sie ist, laufe ich in die falsche Richtung und lande im hinteren Teil des Raumes, an dessen Ende sich leider keine Toilettentür befindet, sondern nur eine Wand. Beschämt drehe ich mich um und gehe am Tresen vorbei zurück Richtung Eingang, fuck, fuck, fuck, super Auftritt, Jury-Wertung der Peinlichkeiten 10 von 10, richtig souverän, Alexander. Thomas bemerkt meinen Irrweg und ruft durch die Bar: »Toiletten sind da vorne rechts!« Ich nicke wütend und sage leise: »Danke, Arschloch«, und dann sehe ich das WC-Schild neben der Eingangstür, reiße die Tür auf und stelle mich ans Pissoir. Eigentlich muss ich nicht pinkeln, aber ich weiß auch nicht, was ich sonst hier machen soll und wie ich die Wut wegkriege und die Anspannung und all diese ekligen Gefühle, die ich nicht haben will.

Wie viele Stunden ich in Toiletten wie dieser verbracht habe in all den Monaten. Immer hoffend, dass die Stille und die Kälte mich beruhigen und ich zurück in die volle Bar gehen kann, wo Jenny wartete oder irgendwer anders und ich nach einer kurzen Pause wieder genug Kraft gesammelt hatte, um weiterhin so zu tun, als hätte ich an diesen Orten richtig viel Spaß. Dabei hasste ich sie. Ich hasste das Geschrei, die lauten Gespräche, den Minimal Techno, die komplizierten Namen für die immer gleichen Drinks, die alle so viel kosteten wie zweimal Mittagstisch beim Asiaten um die Ecke. Ich hasste es, dass alle so gut aussahen, so dünn und trainiert und sexy und glücklich und ich sah aus wie der Typ vom Land, der ich in Wahrheit auch immer noch war. Jedes Mal, wenn ich mir neue Kleidung kaufte, dachte ich, dass das jetzt der Startschuss zu einem guten Kleidungsstil sei und ich nur dranbleiben müsste und am Ende würde ich aussehen wie diese Typen mit ihren schwarzen Skinny Jeans und Tennissocken und Vans und schwarzen T-Shirts und merkwürdigen Frisuren. Ich wäre endlich einer von ihnen. Ich würde ins Berghain gehen oder ins ://about blank, in die Griessmühle oder ins Sisyphos und da würde ich mit meiner Gruppe Keta ziehen und tanzen und zynische Witze auf Englisch über die peinlichen Almans machen und die Touris, die die Stadt echt so kaputt machen, total nervig oder. Und meine Freundin wäre blond und klein und sehr dünn und wir hätten uns kaum was zu sagen, ist aber auch egal, weil wir sowieso nie alleine wären. Unsere *Friends* hätten immer einen Plan, jeden Tag was los, this is halt Berlin, so free, so wild, yeah.

Stattdessen aber hing ich immer nur mit den Freunden von Jenny ab oder mit Jenny allein oder mit meinem Chef Manuel. Die Gespräche drehten sich um die immergleichen Banalitäten und ich verstand nicht so recht, warum wir sechzig Euro pro Person pro Abend dafür ausgaben, in einer Bar zu sitzen, in der sich alle gegenseitig anschrien, nur die Barleute nicht, die ignorierten einen einfach, weil ihr Job neben dem Mixen von lächerlich teuren Drinks darin bestand, den Leuten das Gefühl zu geben, dass sie Dreck seien, damit die noch mehr tranken, um sich wieder besser zu fühlen. Ich verstand im Grunde nicht einmal, warum wir überhaupt in dieser beschissenen Stadt lebten, aber konnte nachempfinden, dass die anderen auch keine bessere Idee hatten. Ich hatte ja auch keine und so war ich so wie sie eben hiergeblieben, was soll man machen.

Wäre es nach mir gegangen, hätten wir uns einfach bei jemandem zu Hause auf dem Balkon getroffen, Wein getrunken und über irgendwas gelästert, denn Lästern bringt die Menschen zusammen und ist interessant, da ermüdet man nicht so schnell. Um eins kann man dann trotzdem nach Hause gehen, schöner Abend, danke, gerne wieder, ciao ciao.

Stattdessen saßen wir in den hippen Bars und eigentlich wartete jeder von uns nur darauf, endlich betrunken genug zu sein, um sich nicht mehr unwohl zu fühlen. Fünf Tage arbeiten, am Freitag in ein Restaurant, am Samstag in eine Bar, am Sonntag aufs Tempelhofer Feld. Jede Woche, jedes Jahr, immer so weiter.

Ich drücke die Spülung, wasche mir die Hände und gehe zurück zu meinem Vater, der in ein Gespräch mit Thomas vertieft ist.

»Hallo, da bin ich wieder«, sage ich und setze mich. »Wir sprechen gerade über dich!«, sagt mein Vater und schaut so, als sei das eine ganz tolle Nachricht.

»Toll«, sage ich.

»Ja, Hermann meint, dass es dir super geht. Hat von deiner Arbeit erzählt. Klingt ja spannend. Was machst du da noch mal genau?«

»Webentwickler«, sage ich und kann nicht fassen, dass Thomas meinen Vater beim Vornamen nennt. Der heißt nicht »Hermann«, der heißt Herr Trautmann. Herr Hermann Trautmann.

»Und was heißt das genau? Hermann kann das nicht so gut erklären, weißt du?« Thomas lacht und zwinkert meinem Vater zu.

»Hermann kann das sehr wohl gut erklären, Thomas«, sage ich patzig.

»Jaaaaa, aber nicht so gut wie du. Was machst du denn da genau? Websites?«

»Ja.«

»Und was für welche?«

»Für Kunden.«

Mein Vater räuspert sich und steht auf. »Ich muss mal eben. Aber nicht prügeln, okay?« Er geht an mir vorbei und streicht dabei mit seiner Hand über meinen Rücken. Es ist keine liebevolle Geste, keine unterstützende. Es ist eine Warnung.

Thomas lächelt mich an.

»Was ist los, alter Freund?«, fragt er. Ich lache und verschlucke mich ein bisschen. »Wie hast du mich gerade genannt?«

»Alter Freund. Das waren wir doch, oder?«

»Waren. Betonung liegt auf Vergangenheit. Jetzt sind wir nur ich und ein Typ, der seinem Vater Konkurrenz gemacht hat und ihm die Existenz geklaut hat, damit er sich den Traum von so einer bescheuerten Hipster-Bar in Braus erfüllen kann. Glückwunsch. Sieht richtig beschissen hier aus.«

»Krieg mal deine Aggressionen klar, Alexander«, sagt Thomas scharf.

Ich lehne mich über den Tresen und sage: »Gerne. Wenn du dich entschuldigst.«

Thomas lacht. Dann ruft er »Hermann, hier wird sich gleich geprügelt!«, und ich drehe mich um und sehe meinen Vater, der von der Toilette kommt. Er schaut Thomas und mich abwechselnd an, setzt sich dann wieder zu uns und sagt: »Ich habe doch gesagt: kein Streit.« Es soll witzig klingen, aber er presst die Worte genervt hervor und ich bereue, dass ich mich nicht zusammengerissen habe. Im Grunde will ich hier doch einfach nur mit meinem Vater sitzen und ihm mein Herz ausschütten. So wie richtige Söhne das mit richtigen Vätern machen. »Sorry, alles gut!«, beschwichtige ich Thomas und ziehe dabei die Augenbrauen hoch. Er hat die Botschaft verstanden. Er bückt sich, holt eine Flasche Jägermeister hervor und gießt unter dem Protest meines Vaters drei kleine Gläser damit voll. »Prost!«, sagt er und wir stürzen den Schnaps hinunter. Dann dreht sich Thomas weg und verschwindet im hinteren Teil der Theke. Zurück bleiben mein Vater und ich.

»Entschuldige«, sage ich.

»Was ist da los? Bei euch? Bei dir?«, fragt mein Vater.

»Nix. Alter Streit. Ist nicht so wichtig. Wichtig ist, dass wir jetzt hier sitzen. Das finde ich schön.«

Mein Vater strahlt.

»Ich auch. Ist lange her.«

Ich nicke, obwohl mir nicht einfällt, ob wir überhaupt schon einmal zusammen in einer Bar oder Kneipe saßen. *Hermann*. Seinen Vornamen zu hören, war nicht nur irritierend, weil er aus Thomas Mund kam, sondern weil er meinen Vater zu einer Person macht, die nicht nur *mein Vater* ist. Die ein richtiger, eigenständiger Mensch ist.

Natürlich ist mir das wie den meisten Kindern klar; dass die eigenen Eltern eigene Persönlichkeiten sind und eigene Leben haben. Aber ist uns das wirklich bewusst? Ich jedenfalls sehe meinen Vater gerade zum ersten Mal als einen fast sechzigjährigen Mann, der einen Vornamen hat, eine Geschichte, der träumt und Gefühle hat, der komplett unabhängig von mir existiert. Mein Vater ist nicht bloß und ausschließlich mein Erzeuger und der Typ, der für Timo, Mama und mich gesorgt hat. Er ist mal ein Kind gewesen, ein Jugendlicher, ein junger Mann. Er war mal wie ich. Oder vielleicht auch nicht. Aber er ist nicht nur auf der Welt, um mein Vater zu sein. Er ist so viel mehr als das. Wie hatte ich das übersehen können?

Wir trinken schweigend nebeneinander die Reste unseres Bieres, mein Vater bestellt eine neue Runde, wir trinken weiter und sagen nichts dabei.

Manchmal starre ich ihn heimlich von der Seite an und frage mich, ob er traurig über mich ist. Ob er enttäuscht darüber ist, was ich bin. Ob er sich etwas anderes gewünscht hat. Ob er manchmal ganz heimlich denkt: *Ich wünschte, Alexander wäre der geworden, von dem ich dachte, dass er es wird*. Ich frage mich, ob mein Vater so etwas denkt. Ob das nicht alle Eltern manchmal, in ganz,

ganz stillen und heimlichen Augenblicken, denken. Dass dieses Kind zu einem Erwachsenen geworden ist, den sie sich ganz, ganz anders vorgestellt hatten.

Unser zweites Bier leert sich langsam und ich werde panisch. Ich will nicht, dass wir aufstehen und gehen. Ich will, dass wir für immer hier sitzen bleiben und er auf mich aufpasst und wir trinken und schweigen.

»Papa, wie läuft es denn mit der Arbeit?«, frage ich, weil ich hoffe, dass ein Gespräch dazu führt, dass wir noch eine Weile bleiben.

»Gut. Alles wie immer. Der neue Chef ist sehr engagiert. Will alles modernisieren. Aber das ist ja etwas Gutes.«

Ich frage mich, was man genau in einer Instant-Nudelsuppen-Fabrik modernisieren kann, verkneife mir die Frage aber. Mein Vater sitzt dort seit zehn Jahren in der Geschäftsführung und liebt seinen Job. Ich glaube, es ist ihm egal, was er da genau macht, Hauptsache, er hat seine Kollegen und seine Arbeit, die jeden Tag zur gleichen Zeit beginnt und endet. Ich glaube, ihm gefällt, dass es niemals stressig wird und niemals etwas passiert, das ihn aus dem Konzept bringt. Nur der Brand vor sieben Jahren war eine große Aufregung, aber am Ende war die Firma so gut versichert, dass alles nach ein paar Wochen wieder lief wie zuvor. Instant-Suppen sind kein aufregendes Geschäft, aber dafür ein sicheres.

»Das mit den Veganern ist schwierig«, sagt mein Vater jetzt. »Vegetarisch? Okay. Aber wir müssen uns jetzt anpassen. Bald gibt es eine vegane Hühnersuppe. So sind die Zeiten.« Er lacht. »Vegane Hühnersuppe.«

Ich sage ihm lieber nicht, dass das in meiner Welt keine besonders große Sache ist. Dass Jenny und ich uns eine Zeit lang vegan ernährten, aber schnell aufgaben, weil wir einfach zu faul waren. Jenny war Vegetarierin, das weiß mein Vater eigentlich. Vermutlich hat er es aber auch schon wieder vergessen. Ist ja auch egal. Scheiß auf Jenny.

»Noch drei, vier Jahre«, sagt mein Vater.

»Und dann?«

»Dann gehe ich in Rente. Meine Güte. So alt bin ich jetzt, Alexander. Das hätte ich mir nicht vorstellen können damals. Dass ich so lange dableibe. Oder dass ich mal so alt werde. Darauf ein gutes Glas Brause!« Er stößt mit seinem an mein Glas und trinkt den letzten Rest Bier aus. »Thomas, mach uns mal die Rechnung!«, sagt er und legt sein Portemonnaie auf den Tresen. »Lass!«, sage ich und lege meine Hand auf seinen Arm. Er wehrt sie ab und lächelt mich an wie früher, wenn wir in der Stadt unterwegs waren und er mir Eis gekauft hat. Eine kurze Erinnerung flackert auf, ein Bild, mein Vater und ich, Eis, Sommer, Braus, Hitze. »Schon gut, schon gut«, sagt er. Thomas zieht einen Zettel hinter dem Tresen hervor, rechnet, nennt die Summe, die wir ihm schuldig sind. Gerade, als mein Vater seine Geldbörse öffnen will, überlegt es sich Thomas anders und sagt: »Ach, ihr seid eingeladen.« Dabei sieht er nur mich an. Ich starre zurück und denke, nice, Thomas, hübscher Bossmove, hast du bestimmt bei so einem Instagram-Coach gelernt, der auf Stock-Fotos von Sonnenuntergängen schreibt, dass ein richtiger Alpha-Mann immer die Runde bezahlt. Mein Vater bedankt und verabschiedet sich von Thomas, nimmt seine Jacke vom Hocker und geht. Ich nehme meine Jacke ebenfalls, ziehe sie hastig unter Thomas' stillem Blick an. Als ich mich umdrehe, um meinem Vater nach draußen zu folgen, sagt Thomas: »Komm mal wieder vorbei. Wir könnten ... reden.« Ich lache. Ich sage: »Ja, klar«, und dann verlasse ich das Thoms und gehe mit meinem Vater nach Hause, ohne ein weiteres Wort über all das zu verlieren. Als uns meine Mutter in der Tür begrüßt, fragt sie, wie es gewesen sei und ich sage: »Schön!«, und dann gehe ich in mein Zimmer, schalte mein Telefon ein und es vibriert und summt, es hört gar nicht mehr auf, weil ich es seit Tagen ausgeschaltet im Zimmer liegen ließ. Und dann sehe ich die Nachricht von Jenny.

#12

»Oh man, du Armer.« Das war die Nachricht. Ich klickte auf Jennys Bild und schaute mir dann die Jenny-Fotos an. Jenny beim Ausgehen, Jenny ganz seriös, Jenny im Urlaub. »Ja«, antwortete ich. Und dann noch ein trauriger Smiley. Ich armer, armer Typ. Der Trick funktionierte seit Wochen so gut, dass ich mich fragte, warum zum Teufel keine auf die Idee kam, dass das alles ausgedacht war. Nicht eine einzige. Selbst, wenn ich sagte, dass es nicht stimmte, schrieben die Frauen, dass das ein lustiger Trick sei. Ich verarschte alle und alle liebten mich trotzdem. Was sollte ich daraus bloß lernen?

Die Idee kam mir, als ich im Bett lag und nicht schlafen konnte, weil ich mal wieder Muskelkater vom Sport hatte und schreckliche Blähungen von den Eiweißshakes. Und wenn man nicht schlafen kann, denkt man über all die schlimmen Dinge nach, die theoretisch passieren könnten. Ich denke, das macht das Gehirn als Übungslauf, falls irgendwas davon wirklich eines Tages eintrifft. Dann hat man es alles schon mal durchgemacht und kann sagen: Ach nee, Alex, das hatten wir doch vor sechzehn Monaten an dem einen Abend, als Masturbieren nicht geholfen hat, endlich einzuschlafen, da haben wir doch drüber nachgedacht, wie es wäre Hodenkrebs zu haben und jetzt, schau an, hast du Hodenkrebs und es ist gar nicht so schlimm wie gedacht, oder, weil du v o r b e r e i t e t bist. Ach, schön. Man kann sich in solchen Momenten ja einfach alles vorstellen, von der Zombieapokalypse bis zu dem grausamen Gedanken, dass man an seinem Geburtstag allein ist.

Es ist nicht schlimm, den eigenen Geburtstag allein zu verbringen – wenn man das will. Das ist mit dem Leben so, mit Silvester und Weihnachten auch. Wenn man sich dafür entscheidet, allein zu sein, weil man Menschen aus sehr vielen mir sehr nachvollziehbaren Gründen hasst, dann ist das eine sehr schöne Erfahrung. Wenn man allerdings unfreiwillig allein ist, ist das eine sehr schlimme Sache.

Ich war mir nicht sicher, was von beidem auf mich zutraf, ich dachte aber daran, wie sich wohl ein Typ fühlen würde, der eigentlich gerne eine Party schmeißen – und Geschenke bekommen würde – aber keine Freunde hat. Und dass ich, wäre ich dieser Typ, was ich natürlich absolut nicht war, bei Tinder in meine Bio schreiben würde, dass ich morgen Geburtstag hätte und neu in der Stadt sei und jemanden suchen würde, der mit mir feiert, damit ich nicht so allein sei. Und dann dachte ich: Warum eigentlich nicht? Warum eigentlich nicht einfach behaupten. Was sollte schon passieren?

Am nächsten Tag hatte ich zwanzig neue Matches. Die Frauen schrieben, dass sie sich für mich Zeit nehmen würden, dass es ja schrecklich sei, so allein am Geburtstag, dass sie das Gefühl kennen würden, neu in der Stadt zu sein. Ich fühlte mich drei Sekunden schlecht, aber dann dachte ich: Bei Tinder lügen doch eh alle. Die Bilder lügen, die Geschichten sind gelogen, alles ausgedacht, alles egal. Also traf ich mich mit Linda.

Linda und ich verabredeten uns für Wein und Baguette im Park. Sie brachte alles mit, schließlich hatte ich ja Geburtstag.

Sie sah fantastisch aus. Es war Juni, ungewöhnlich heiß und sie trug ein weißes Kleid mit gestickten Blumen darauf, Cowboystiefel und eine Jeansjacke, die sie sich über die Schultern geworfen hatte. In ihrem Jutebeutel befanden sich Rotwein und Baguette und sie umarmte mich zur Begrüßung und wünschte mir alles Liebe zum Geburtstag. Hatte ich noch für einen Moment überlegt, die ganze Situation aufzuklären, war es spätestens jetzt unmöglich geworden. Also spielte ich mit. Ich war Alex, gerade nach Berlin gezogen, um in einer politischen Stiftung zu arbeiten. Behauptete ich. Den Namen der Stiftung konnte ich leider nicht verraten, es sei alles noch sehr geheim. Aber spannend. Aufregend, total. Nur dass die Kollegen alle so alt seien, supernervig, puh. Deshalb hätte ich leider auch noch keine Kontakte knüpfen können. Aber die Freunde aus der Heimat fehlten so sehr an Tagen wie diesem. Es war perfekt: Ich war der sensible, schlaue Typ, der eigentlich ganz viele Freunde hatte, aber die waren ja leider alle nicht da, schade, schade. Zum Glück hatte ich aber ja Linda. Und Steffi. Und Maria. Und Anne. Und Kathrin. Und all die anderen. Der Abend mit Linda war schön, wir schliefen miteinander, verbrachten noch den nächsten Tag zusammen. Als mein Gewissen mich fast umbrachte, gestand ich ihr alles. Linda war richtig wütend, schmiss mich aus ihrer Wohnung und wir sahen uns nie wieder.

Und obwohl dieses Ende der ersten Begegnung so unschön wie vorhersehbar gewesen war, machte ich in den Wochen darauf weiter. Es war zu einfach. Ich bekam kleine Geschenke und viel Sex. Meine Geschichten variierten, aber die Grundaussage all der absurden Storys, die ich den Frauen auftischte, blieb gleich: Ich war theoretisch wahnsinnig beliebt und nur durch Zufall allein.

Die Nachricht von Jenny war also nichts Besonderes. Ich fragte sie, wie jede vor ihr, wie wir meinen Geburtstag denn nun feiern würden und ob sie gerne Pommes äße. Es hatte sich herausgestellt, dass die Frage gut ankam und gleich klarmachte, dass ich echt ein lustiger Typ war. Die meisten Frauen schrieben amüsiert, dass sie Pommes liebten. Ich antwortete, dass ich Pommes hassen würde. Daraufhin waren sie schockiert. Und ich schrieb, dass das ein Scherz war und wir uns um 19 Uhr bei einer Pommesbude bei mir um die Ecke treffen würden, Erkennungszeichen: Die Flasche Crémant in meiner Hand. Die Bude war immer die gleiche und ich fragte mich, was der Besitzer sich wohl beim Anblick des Typs dachte, der regelmäßig mit einer Flasche Crémant eine immer andere Frau begrüßte, die ihm zum Geburtstag gratulierte. Deshalb hatte ich nach einer Weile begonnen, den Frauen bei der Begrüßung zu sagen, dass ich leider doch gar keinen Hunger hatte und wir gleich zum Trinken übergehen sollten.

Jenny jedoch antwortete nicht wie die anderen. Sie schrieb, dass sie keine Lust auf Pommes hätte und dass das würdelos für einen Geburtstag sei. Sie sagte, wir sollten uns an einem öffentlichen Ort treffen, damit sie entscheiden konnte, ob ich ein irrer Kettensägenmörder sei und, falls nicht, wir in ihre Wohnung gingen, wo sie für mich kochen würde. Sie nahm die Dinge in die Hand, wie sie es auch später tun würde. Damals fand ich das aufregend. Wir trafen uns in einer Bar bei ihr um die Ecke, tranken zwei Gläser Champagner und ich gab mir alle Mühe, nicht wie jemand zu wirken, der Frauen heimlich zersägte. Ich wusste nicht so genau, was für eine Ausstrahlung so jemand hatte, aber ich glaubte, dass es am vertrauenerweckendsten wirken würde, wenn ich dieses Mal keine Geschichte auftischte, sondern einfach ganz ich selbst blieb: der Langweiler, der ich in Wahrheit war. Also sagte ich ihr nach dem ersten Glas Champagner, dass ich mir das alles nur ausgedacht hatte, log aber bei der Begründung. Ich behauptete, dass ich den Gedanken, jeden Tag Geburtstag zu haben, so schön fände und dass dadurch die Dates immer ganz besonders waren und so eine feierliche Atmosphäre gehabt hätten. Positive Umkehr und so. Natürlich betonte ich, wie inakzeptabel das war und dass ich nur ganz, ganz wenige Dates gehabt hätte und allen sofort die Wahrheit gesagt hatte und verstehen würde, wenn sie jetzt keine Lust mehr auf mich hätte. Dabei schaute ich so demütig und schuldbewusst, dass sie laut lachte und sagte: »Das ist wirklich die bescheuertste Geschichte, die ich je gehört habe.« Dann stand sie auf und sagte: »Du zahlst, denke ich. Oder?«, und ging in Richtung Ausgang des Lokals. Ich beglich unsere Rechnung und ging ebenfalls nach draußen. Und da stand sie und sah mich ungeduldig an. »Du bist noch hier?«, fragte ich. Und sie sagte: »Ich habe echt viel eingekauft. Sogar Kerzen. Es gibt eine Girlande, Alex. Wir feiern jetzt deinen Nicht-Geburtstag. Nicht, dass du das verdient hättest, aber das Hähnchen, das oben auftaut, hat es auch nicht verdient, nicht gegessen zu werden. Und ich bin Vegetarierin. Also musst du es essen. Kommst du?« Dabei drehte sie sich um und lief die Straße hoch. Ich folgte ihr und dachte: Meine Güte, das ist die tollste Frau, die ich je getroffen habe.

Das Huhn schmeckte grauenhaft. Der Reis dazu war matschig und auf der Girlande stand »Welcome Home«, weil Jenny einfach eine alte genommen hatte, die sie noch übrig gehabt hatte. Es war trotzdem perfekt. Ich starrte sie an und konnte nicht glauben, dass diese Frau tatsächlich mit mir Zeit verbringen wollte. Sie war witzig und schlau, arbeitete als Krankenschwester und alles an ihr war aufregend und schön. Es war nicht so, dass ich grundsätzlich daran zweifelte, dass Frauen mich mögen könnten. Ich war fast einsneunzig, hatte völlig grundlos eine schlanke Statur und guten Bartwuchs. Die Gene. Meine braunen Locken wirkten meistens anziehend auf Frauen und lenkten von meinem beschissenen Kleidungsstil ab. Ich sah aus wie ein Gericht, das jemand mit Talent nachgekocht hatte: ziemlich gut, aber immer ganz knapp am richtig guten Original vorbei. Das war aber nicht weiter schlimm, denn es weckte die Hoffnung, dass man aus mir noch den perfekten Mann machen könnte. Redete ich mir ein. All das war natürlich nur die Überheblichkeit eines Kerls, der sich mit nichts so richtig Mühe gab und im Grunde eine wandelnde, ständige Aufforderung an seine Umwelt war, dass alle anderen ihn in die richtige Richtung schubsen mussten. Ich hatte absolut keine Ambitionen, daran etwas zu ändern, warum auch. Alle gaben sich ständig Mühe mit mir. Mein Chef, die Frauen, die ich datete, und jetzt eben auch Jenny.

Trotzdem war bei ihr etwas anders. Was das war, fand ich erst viel später heraus. Und dass es sehr viel mit einer falschen Interpretation ihrer Ambitionen mir gegenüber zu tun hatte. Sie wollte mich nicht unterstützen, sie wollte nicht, dass ich die beste Version meiner selbst würde, weil das für mich das Beste war. Sie wollte es, weil es für sie das Beste war. Man kann sagen, dass wir uns eigentlich vom ersten Tag an gegenseitig belogen. Ich behauptete, Geburtstag zu haben und erweckte den Anschein, dass ich mehr sein könnte, als ich war. Sie tat so, als läge ihr tatsächlich irgendwas an mir.

Manchmal glaube ich, dass die meisten Beziehungen so anfangen. Beide tun so, als hätten sie vor allem Interesse daran, dass es dem anderen gut geht. Denn das ist doch Liebe, darum geht es doch. Dass jemand anderes wichtiger ist als man selbst. Deshalb haben wir Kompromisse erfunden und gewaltfreie Kommunikation und Hochzeiten und Geschenke. Alles dreht sich darum, dass wir es nicht selbst sind, die fortan am wichtigsten sind, sondern dieser andere Mensch. Wenn wir eifersüchtig sind, dann geht es nicht um Besitzansprüche oder darum, dass wir uns selber für so minderwertig halten, dass uns niemand dauerhaft lieben kann. Nein, nein, um Himmels willen, so niedere Beweggründe stecken da natürlich nicht hinter, Frau Paartherapeutin! Es geht selbstverständlich darum, dass der andere etwas falsch macht, was die Beziehung schädigt, und die Beziehung und die Liebe sind doch viel zu gut für beide, als dass man sie kaputt machen dürfte. Wir verlangen Liebesbeweise, wir erpressen und emotionalisieren, wir denken uns allen möglichen Mist aus, um unser mieses Verhalten zu rechtfertigen. Dabei beteuern wir, dass wir nur das Beste wollen für den anderen, und kämen gar nicht auf die Idee, dass es am Ende eigentlich immer nur um uns selbst geht. Wir definieren Liebe als etwas, das abhängig von der anderen Person ist, dass sie, um geliebt zu werden, Dinge tun muss oder eben unterlassen. Und dass das alles nur in ihrem eigenen Interesse ist, weil natürlich nie irgendjemand einen bösen Hintergedanken hat, weil LIEBE ja einfach nur so toll und makellos ist, so ein weißes Blatt Papier, die will nix, die fordert nix, die IST einfach nur, blabla.

An diesem Abend jedoch saßen Jenny und ich auf ihrem Balkon, ich aß das eklige Huhn und den Reis, sie aß ebenfalls den ekligen Reis und den noch ekligeren Brokkoli und wir schauten uns manchmal heimlich an, so, wie es alle zukünftigen Paare tun, die gerade kapieren, dass es wohl genau darauf hinausläuft: dass man eins wird. Man starrt sich an und versucht, sich das vorzustellen – dass der andere jetzt ein Teil vom eigenen Leben sein könnte. Wie das so wäre. Ob sich das ziemlich gut oder ein bisschen beunruhigend anfühlt (immer beides) und dann verschwimmen die Gedanken sowieso wieder, weil man meistens zu besoffen ist bei den ersten Dates oder weil man ohnehin nur an Sex denken kann oder weil es auch irgendwie egal ist, ist ja alles noch offen, total entspannt und harmlos und so. Dabei wusste ich eigentlich immer, ob der Mensch vor mir die Person sein wird, mit der ich zusammen sein würde. Das war ein bisschen langweilig, weil ich schlagartig die Lust verlor, noch ein bisschen weiterzuspielen. Noch ein wenig so zu tun, als müsste ich mich oder die Frau überzeugen. Deshalb inszenierte ich für gewöhnlich gerade zu Beginn einer Beziehung Pseudo-Konflikte, in denen es um so etwas wie grundsätzliche Werte ging. Es war mir eigentlich scheißegal, ob die Frau Kinder wollte oder nicht, ob sie Fleisch aß oder nicht, ob sie eifersüchtig war oder nicht. Ich wollte einfach nur Reibung erzeugen, damit ich dranblieb, damit es mich nicht so schnell anödete und ich wieder rausmusste in diese Online-Dating-Welt, die einfach unheimlich anstrengend war.

Ich hatte keine Ahnung, wovor ich mich so fürchtete. Ich wusste ja, dass es in Beziehungen um andere Dinge als um Aufregung ging. Das hatte ich bei meinen Eltern gelernt. Ich wusste damals nicht so genau, was eine Beziehung tragfähig machte, aber glaubte, dass es um Begriffe wie »Vertrauen« und »Loyalität« ging, und war davon überzeugt zu verstehen, was damit gemeint war. Aber die Wahrheit war, dass ich sie ebenso einfach aussprach wie die meisten: Schlagworte für etwas, das ich emotional gar nicht zu Ende dekliniert hatte, das auch niemals fertig definiert sein konnte, weil sich noch so häufig ändern würde, was ich darunter verstand. Nicht grundlegend, aber eben konkret. Damals jedenfalls bedeutete »Vertrauen« für mich in etwa das: Jenny sollte einfach glauben, was ich so sagte und wenig hinterfragen. Warf sie mir später Faulheit vor, erwiderte ich, dass sie einfach nicht an mich glauben würde und dass ich schon noch herausfinden würde, was ich im Leben wollte. Ich sagte irgendwas von »Dieses Misstrauen macht mich krank«, und die Sache war erledigt.

Aber obwohl ich Angst hatte, ließ ich mich auf Jenny ein. Denn alles war so einfach, so selbstverständlich. Als wir mit dem Essen fertig waren, sagte sie: »Okay, jetzt kommt der unangenehme Teil. Jetzt können wir noch trinken und sind irgendwann so betrunken, dass es nicht mehr unangenehm ist, wenn wir uns näherkommen, und dann haben wir Sex und morgen einen Kater. Oder ich räume das hier eben schnell weg und wir haben einfach so Sex. Your choice.« Ich lachte und sagte: »Vielleicht haben wir ja auch keinen Sex?« Sie kniff die Augen zusammen: »Warum?«, fragte sie in einem Ton, der klang, als wäre meine Frage völlig lächerlich. »Weil wir uns gerade kennenlernen, zum Beispiel. Wir könnten uns ja Zeit lassen. Ich könnte gleich nach Hause gehen und wir treffen uns morgen zum Frühstück. Das ist so, als hätten wir die Nacht miteinander verbracht, nur ohne, dass es seltsam ist und zu schnell.« Sie dachte einen Moment nach und sagte dann, als würde sie einem guten und fairen Handel zustimmen: »In Ordnung. Ich bringe dich zur Tür.«

Ich spürte damals schon, dass sie eigentlich enttäuscht von mir war und meinem Vorschlag nur zustimmte, weil er bestechend logisch war. Ich spürte, dass sie eigentlich mehr gewollt hatte und lediglich einsah, dass es klüger wäre, nicht um Sex zu betteln. Dass sie stärker und cooler wirken würde, wenn sie mir sofort die Konsequenzen meines Handelns aufzeigte – dass ich gehen müsste. Deshalb sagte ich: »Moment mal, wir können doch noch den Wein in Ruhe austrinken, und dann gehe ich. Der Abend muss ja noch nicht vorbei sein.« Sie schaute mich einen Moment verwirrt an und dann stand sie auf und sagte bestimmt: »Wir sehen uns morgen, Alex.« Sie brachte mich zur Tür und verabschiedete mich freundlich, aber distanziert. Ich lächelte, als ich nach Hause ging. Ich hatte ihr das Gefühl gegeben, dass nun sie selber es gewesen war, die den Abend beendet hatte, die die letztendliche Entscheidung getroffen hatte. An diesem Abend lernte ich eine sehr wichtige Lektion über Jenny. Und eine über mich. Dachte ich zumindest. Denn ich hatte absolut keine Ahnung, dass das einer der wenigen Momente mit ihr sein würde, in dem ich irgendwas unter Kontrolle hatte. Oder es den Anschein machte. Wir bleiben exakt die Menschen, die wir sind, wenn wir das erste Mal aufeinandertreffen. Der Irrglaube ist, anzunehmen, dass wir uns jemals wirklich ändern könnten.

#13

Mein Vater weckt mich um neun Uhr morgens, er hat schon gefrühstückt und ist bereit, loszufahren. Theo. Onkel Theo. Stimmt. Verdammt. Ich rase ins Bad, putze mir die Zähne, lasse den Dreitagebart stehen, trinke drei eilige Schlucke Kaffee und dann fahren wir los.

Das Altenheim befindet sich ein Dorf weiter, weil mein Vater, wie er mir auf der Fahrt erzählt, keinen Platz für Theo in der Stadt bekommen hat. Er erzählt das nüchtern, sachlich, so, als sei das auch nicht so wild. Dabei weiß ich, wie sehr er seinen Bruder liebt und dass er ihn bestimmt lieber bei sich in der Nähe hätte. Ich traue mich nicht zu fragen, was genau mit Theo passiert ist, wie schlimm es ist. Mein Vater steuert das Auto durch blühende Landstraßen-Alleen, summt den schrecklichen Song im Autoradio mit und parkt schließlich vor einem Gebäudekomplex, den ich noch nie gesehen habe. Als mein Vater meinen Blick bemerkt, sagt er: »Alles in den letzten fünf Jahren hochgezogen, Wahnsinn, oder?« Ich schlucke. Manchmal habe ich das Gefühl, das Land- und Kleinstadtleben besteht nur aus Tod und Geburt, dazwischen hauen alle ab oder versteinern.

Gerade, als ich aussteigen will, legt mein Vater eine Hand auf meinen Arm. »Ich sag es dir lieber gleich, ja? Theo sieht sehr verändert aus. Du wirst ihn nicht erkennen. Und er kann nicht laufen und nicht richtig sprechen. Er versteht, was wir sagen, aber antworten ist schwierig. Alles klar?« Und schon steigt er aus, und ich folge ihm in das Gebäude. Wir betreten die große, lichtdurchflutete Eingangshalle. Sowieso ist das ganze Heim hell und einigermaßen schön, ein wenig erinnert es an ein Krankenhaus, nur, dass es eben alles sehr viel unaufgeregter und unspektakulärer zugeht. Mein Vater steuert den Informationstresen an und sagt zu einer sehr mageren, irgendwie krank aussehenden Frau hinter der Glasscheibe: »Ja hallo, geht's gut? Ich möchte zum Theo, wo finde ich den Halunken denn? Ist der auf Station oder schäkert der wieder im Wintergarten mit den Weibern rum?« Die Frau lacht und entblößt dabei gelbe, kaputte Zähne. »Moment, ich rufe mal eben oben an.« Sie grinst immer noch, als sie zum Hörer greift, und zwinkert dabei meinem Vater zu. Der dreht sich zu mir um, verdreht die Augen und formt mit den Lippen ein stummes »Wow«. Ich muss lachen. Ich hatte ja keine Ahnung, dass mein alter Vater so ein kleiner Charmeur ist.

Wir dürfen auf die Station vier, auf der mein Onkel sein Zimmer hat. Es gibt verschiedene Bereiche im Heim: Im Erdgeschoss sind die schweren, palliativen Fälle, erzählt mein Vater. Im zweiten Stock die weniger schweren, die aber bettlägerig sind. Im dritten und vierten sind jene wie Theo untergebracht, die sich noch ein bisschen selber versorgen können. Einige in kleinen Apartments, andere, wie mein Onkel in Einzelzimmern, in denen sie unterstützt und – falls nötig – gepflegt werden.

Im Fahrstuhl riecht es nach alten Menschen und ekligem Essen. Alle Krankenhäuser dieses Landes riechen gleich und alle Altenheime auch, nämlich exakt wie die Krankenhäuser. Desinfektionsmittel, Großküchenfraß und irgendwas, das wie der Tod riecht, glaube ich, obwohl ich gar nicht weiß, wie der Geruch des Todes ist. Während mein Vater über das Heim plappert und der Fahrstuhl qualvoll langsam fährt, starre ich auf einen laminierten Flyer, der an die Fahrstuhltür geklebt ist. Auf dem stehen die Zeiten für die Andachten. Natürlich. Wenn in dieser heidnischen Stadt irgendwo gebetet wird, dann hier. Die einen für den Tod, die anderen vor ihm weglaufend, schätze ich. Aber was weiß ich schon, als hätte ich eine Ahnung vom Altsein. Ich kann ja nicht mal erwachsen sein. Wir steigen aus und laufen durch einen langen Flur mit gelb und grün gestrichenen Wänden. Endlich sieht hier mal was so deprimierend aus, wie ich mir das vorgestellt habe. Mein Vater biegt in einen großen Aufenthaltsraum ab, in dem vielleicht fünf alte Menschen an Tischen sitzen und Handarbeiten verrichten oder lesen oder einfach, wie mein Onkel, auf den Fernseher starren, der an der Wand hängt. Daraus plärrt Frauke Ludowig gerade irgendetwas, ich verstehe nicht so genau was, weil ich nur Theo anstarren kann. Ich weiß, dass er es ist, weil mein Vater auf ihn zusteuert und ihm die Hand auf die Schulter legt. Aber würde er das nicht machen, ich hätte meinen Onkel nicht erkannt, niemals. Aus ihm ist ein Geist geworden. Ich zwinge mich zu lächeln, während ich auf die beiden zugehe, weil ja nun wirklich niemand Besuch bekommen will von jemandem, der erst mal die Augen aufreißt und mit seinem ganzen Gesicht sagt: Oh Gott, du bist ja nur noch eine Ruine. Ich umarme ihn ungelenk, völlig unpassend, mein Onkel versteift sich. Dann sage ich sehr laut: »Hallo Onkel Theo, ich bin‘s, der Alexander.« Mein Onkel lacht und mein Vater auch. »Du, Alex, der Theo ist nicht auf die Birne gefallen, der versteht dich schon, du musst nicht mit ihm reden, als sei er dumm im Kopf. Also nicht dümmer als sowieso schon.« Mein Onkel hebt die spastische Hand, die zu einer Kralle verkrampft ist, aus seinem Mund rinnt Speichel, er zwingt merkwürdige Laute heraus, die wohl Wörter sein sollen, und ich verstehe fast gar nichts. War das ein »Idiot«? Ein »Hermann«? Mein Vater bemerkt meinen hilflosen Blick und übersetzt: »Er sagt, dass ich ein Idiot bin und du nicht auf mich hören sollst.« Mein Onkel grunzt zufrieden und nickt heftig mit dem kahlen Kopf, der wie ein Totenschädel mit ganz, ganz dünner Haut darüber aussieht. »Wir gehen mal in dein Zimmer, oder?«, fragt mein Vater und wartet die Antwort gar nicht ab. Er entriegelt die Räder des Rollstuhls und schiebt seinen Bruder zur Tür. Ich laufe hinter ihnen her und schaue mich im Raum um. Wann sind die Menschen auf die Idee gekommen, dass Altenheime von innen wie Krankenhäuser aussehen müssen? Warum baut man sie nicht wie große Häuser, in denen alle ihre eigenen Wohnungen haben, und dann gibt es noch ein paar Räume, die für alle sind. Wieso schreit alles hier nach Krankheit und Sterben?

Auf den Tischen liegen auseinandergefaltete Servietten, ein paar Salzstreuer stehen da, zwischen den Stühlen ist viel Platz, vermutlich für die Rollstuhlfahrer. Einige wenige Pflanzen stehen auf den Tischen und auf den beiden großen Fensterbänken. Sie täuschen nicht über die sterile und kalte Atmosphäre hinweg, obwohl es hier drinnen schrecklich heiß ist.

Das Zimmer meines Onkels sieht ebenfalls wie ein Krankenhauszimmer aus, wären da nicht ein paar persönliche Gegenstände wie ein Teppich, eine große Kommode mit Büchern und einem alten Gemälde darauf, das ich sogar kenne. Es zeigt einen Karren auf einem Feld, der im Dreck feststeckt. Das Bild hing im Wohnzimmer meines Großvaters, jetzt ist es in Theos Besitz übergegangen.

»Willst du dich hinlegen oder wollen wir uns an den Tisch setzen?«, fragt mein Vater und Theo zeigt mit der zittrigen Hand auf einen kleinen, runden Tisch am Fenster. Auch der kommt mir bekannt vor, aber er wirkt wie alles andere so verloren in dem riesigen Zimmer, das bestimmt zwanzig Quadratmeter umfasst. Mein Vater schiebt Theo an den Tisch, dann setzen wir uns auf die beiden Stühle daneben. »Und, wie geht‘s?«, fragt mein Vater Theo und der nickt wieder heftig und gibt diese Tierlaute von sich, die ganz tief aus seiner Kehle zu kommen scheinen. »Nghuut nghutt«, so klingt das. Mein Vater nickt zufrieden. Theo zeigt auf mich und sieht mich fragend an. »Ich bin hier zu Besuch und dachte, ich komme mal mit, wo du hier schon in diesem Luxushotel wohnst, das wollte ich mir nicht entgehen lassen.« Theo lacht, mein Vater schaut gedankenverloren aus dem Fenster. »Hast du gesehen? Bald geht der Herbst schon los.« Ich folge seinem Blick und schaue auf sehr viel Wiese und Wald, der sich tatsächlich schon ein winziges bisschen verfärbt hat. Merkwürdig, in Berlin sehe ich den Herbst immer erst, wenn die Blätter schon fallen.

Dann schweigen wir. Die Stille ist kaum auszuhalten für mich. Ich picke ein Bonbon aus der kristallenen Schüssel, die auf dem Tisch steht und Theo grunzt, was bedeuten soll, dass ich mir ruhig etwas nehmen kann. »Dein Onkel ist schon fett genug!«, sagt mein Vater und ich quäle ein Grinsen hervor. So haben wir das wohl immer gelöst, mit Zynismus. Zynismus oder Schweigen, das sind die beiden Konfliktstrategien dieser Familie. Mein Vater lacht viel, macht Witze, ärgert Theo. Dazwischen lange Pausen des Schweigens. Ich erzähle unmotiviert von meiner Arbeit und mein Onkel tut so, als würde er irgendetwas davon verstehen. Nach einer halben Stunde haut sich mein Vater auf die Oberschenkel und sagt, dass wir jetzt mal losmüssten. Theo scheint erleichtert. Der Besuch hat ihn angestrengt. Ich umarme ihn zum Abschied und atme seinen Geruch ein. Er riecht nicht einmal mehr wie früher. Er hat völlig den Geruch des Altenheims angenommen. Mein Vater umarmt Theo auch, flüstert ihm etwas ins

Ohr, Theo grunzt und sagt: »Ntschühööstschös«, und mein Vater und ich verlassen lächelnd sein Zimmer.

Als wir die Tür geschlossen haben, fällt das Lachen im Gesicht meines Vaters in sich zusammen. Da ist nichts mehr von der Fröhlichkeit der letzten halben Stunde zu sehen. Da sind nur Müdigkeit und Schwere. Ich hebe die Hand, will ihn am Arm berühren, aber er geht so schnell weiter, dass ich es nicht schaffe, dreht sich auf halber Strecke um und sagt mit einem verzerrten Gesicht, das Normalität imitieren soll: »Kommst du?«

Im Fahrstuhl traue ich mich doch. »Das ist bestimmt schlimm für dich, oder?«, frage ich. Er antwortet nicht, beißt sich nur auf der Lippe herum. Als sich die Tür zur Eingangshalle öffnet, richtet er sich auf, lächelt wieder, verabschiedet sich fröhlich von der gruseligen Dame am Empfang. Draußen zündet er sich sofort eine Zigarette an. Er hält mir die Packung hin, ich nehme mir auch eine und er dreht sich um und geht schnellen Schrittes in Richtung Parkplatz, nimmt noch zwei Züge von seiner Zigarette, schmeißt sie auf den Boden und steigt ins Auto. Ich folge ihm, schnalle mich an, er startet den Motor, das Radio beginnt zu plärren, er summt mit leerem Blick mit.

#14

Ich sitze bei Thomas im Thoms an der Theke, weil das irgendwie doch besser ist, als heimlich alleine an der Tankstelle zu saufen. Ich kann Thomas eigentlich nicht leiden, weil er einfach ein Arschloch ist, excuse my French.

Weil ich aber glaube, dass die Wochen in dieser Stadt ziemlich deprimierend werden, wenn ich überhaupt keine Freunde hier habe, muss ich jetzt *networken*, wie wir das in Berlin so sagen. Das bedeutet am Ende natürlich nichts anderes, als so zu tun, als könne man sich leiden, würde sich an den Namen des anderen erinnern oder hätte irgendein tatsächliches Interesse an der anderen Person, das über die Tatsache hinausgeht, dass man sie vermeintlich braucht, um eigene Vorteile daraus zu ziehen. Eigentlich alles so wie in Berlin auf einer dieser ätzenden Agenturpartys, nur im Miniaturformat.

In der Bar sitzen noch ein paar andere Gäste, ich kenne niemanden. Immer wieder bin ich verwundert über die Tatsache, dass in dieser kleinen Stadt wirklich Menschen leben, also so richtig, mit einem Alltag und einem Beruf und vor allem mit Zukunftsplänen, die sich auf diesen Ort ausrichten. Der Teil meines Lebens, den ich hier verbracht habe, definierte sich durch zwei Dinge: Auf keinen Fall wie die anderen werden zu wollen und auf jeden Fall so schnell es ging wegzuziehen. Auf diese beiden Ziele war alles hinausgelaufen, ich hatte keine anderen Wünsche gehabt, alles war mir scheißegal gewesen, der Abischnitt, die anderen, die dummen Mädchen in der Stufe, die ich alle hässlich und langweilig fand, ich knutschte höchstens mal mit der einen oder anderen, wenn es wirklich gar nicht anders ging oder ich einfach zu besoffen war, um mir klarzumachen, dass ich jede Einzelne von ihnen einfach schrecklich fand. In meiner Stufe waren diese Art Mädchen, die so taten, als seien sie politisch super links, aber vor allem einfach überheblich und öde waren und absolut keine Ahnung davon hatten, dass sie so überprivilegiert waren, dass sie niemals durchdringen würden, was Diskriminierung oder der ganze andere Bullshit, von dem sie altklug laberten, wirklich bedeutete. Außer natürlich die Benachteiligung gegenüber ihrem Geschlecht, aber darum ging es ihnen damals nicht einmal, was vor allem daran zu erkennen war, dass sie alle Mädchen, die nicht zu ihrem Kreis gehören wollten oder durften, kategorisch wie Dreck behandelten und über sie redeten, als seien sie der Abfall der Menschheit, hässlich, peinlich, nervig, voll die Bitch, die Carina. Ich wollte weder mit ihnen etwas zu tun haben noch mit ihren Jungs, die alle noch schlimmer waren und so taten, als seien sie ebenfalls megapolitisch, dabei aber einfach nur die alternativen Girls ficken wollten, was ich in zahlreichen Umkleidekabinengesprächen unfreiwillig mitanhören musste.

Unsere Schule hatte den Ruf, eine gute zu sein, eine, in der es fair zuging, aber die Wahrheit war, dass es nur fair lief für diejenigen, die sich den Normies möglichst weit anpassten und auf keinen Fall in irgendeiner Weise von den klassischen Role Models abwichen. Verstecktes Mobbing war an der Tagesordnung und die Lehrer merkten nix oder schauten einfach zu. Ich glaube, es war ihnen auch einfach deshalb egal, weil die alternativen Mädchen alles so gut im Griff hatten und so strebsam und vernünftig wirkten. Immer top vorbereitet, alle wollten Germanistik oder Biologie oder Soziale Arbeit studieren, alle waren immer supernice zueinander, tanzten nie aus der Reihe, so schön, da kann man auch mal klatschen, liebe Stufe. Dass nicht nur ich systematisch ausgeschlossen wurde, war dann irgendwie auch egal, denn wie wir alle wissen, reicht es ja einfach, dass die Mehrheit den Anschein von Vernunft erweckt und da muss man dann auch nicht mehr so genau auf die paar Ausnahmen achten, bei denen Menschen wie ich ohne Grund unnötig brutal behandelt worden waren, denn ein bisschen Schwund ist ja immer oder Leute, man kann ja nicht zu allen nett sein, außerdem waren ich und andere, die ebenfalls nicht zum fancy VIP-Kreis gehörten, wohl einfach selber schuld, sorry sorry.

Als Thomas angefangen hatte, mit Kathi anzubandeln, war er Teil der Gang geworden, und da Kathi so was wie die Chefin gewesen war, die bestimmte, wer und was akzeptabel war, war das zwangsläufig das Abkühlen unserer Freundschaft, denn *ich* war absolut inakzeptabel. Ich hatte nie herausgefunden, was konkret mit mir nicht stimmte, aber ich denke, das lag vor allem an meinem längeren Fehlen in der Unterstufe und den Gerüchten, die es danach gab. Außerdem brauchte es auch keine nachvollziehbaren, verständlichen Gründe, da reichte es auch schon, dass ich eben einfach nicht cool genug gewesen war oder dass mein Vater in der FDP Mitglied war oder irgendwas anderes, das ich nie herausfinden werde.

Thomas hatte mich verraten und ich hatte so getan, als fänd ich das nicht so wild, als sei er mir gar nicht so wichtig gewesen, aber das war er, mehr, als er wohl selber ahnte und ahnt. Jetzt sitzen wir uns nach all den Jahren gegenüber, er hinter dem Tresen, ich davor, und tun so, als sei nie was passiert, weil Networking nicht so funktioniert, dass einer sagt: Du dummer Wichser hast mich damals verraten, ich hab dir den Tod gewünscht, ein Bier bitte und ein Jägermeister und machste mir bitte einen Deckel, wir kennen uns ja, zwinkerzwinker.

»Morgen. Gesehen?«, fragt Thomas und zeigt auf ein Plakat, das am Eingang hängt. Ich drehe mich auf dem Hocker um und sehe, dass eine Zeltparty in der Stadt ist. Yeah.

»Cool«, sage ich und dann besser nichts mehr.

»Mein Personal arbeitet da hinterm Tresen. Komm vorbei, wird lustig.«

»Gibt es 'ne Gästeliste?«, frage ich reflexhaft, weil ich es nach zehn Jahren Berlin so verinnerlicht habe, dass eine persönliche Einladung zu einem Event auch gleichzeitig bedeutet, dass es gratis Gästelistenplätze gibt.

Thomas lacht.

»Klar, und auf dem Dixie-Klo ziehen wir ein bisschen Kokain, kennt man ja, bei uns auf dem Land, hier geht's immer richtig ab.«

»Mega«, sage ich, »ich bringe ein bisschen Keta mit, das wird super. Steht schon der Timetable für die DJs und wann geht's los? So gegen halb zwei?«

»Ja, mittags. Ist quasi ein Afterhour-Ding«, sagt Thomas und schaut mich so an, als sei er sich nicht mehr sicher, ob ich scherze oder nicht.

»Im Ernst, was soll ich da, Thomas?«

Er kneift die Augen zusammen und verdreht dann genervt die Augen.

»Ach, sind wir dir nicht cool genug, oder was? Früher hast du dich auch nicht so angestellt. Party ist Party, hier oder in Berlin. Bier gibt es überall und getanzt wird auch. Sorry, dass wir den DJ aus Liverpool nicht buchen konnten, aber DJ Heini spielt bestimmt auch dein Lieblingslied, du Snob.«

»Früher«, sage ich, »fand ich die Partys auch schon scheiße. Saufen, bis man kotzen muss. Scheißmusik, nervige Prolls, dies, das. Ist ja nicht so, als wär ich vor zehn Jahren Schützenkönigin gewesen.«

»Dabei standen dir Kleider immer so gut, Alex. Und jetzt reiß dich mal zusammen, die anderen würden sich bestimmt auch freuen, dich zu sehen.« Ich erstarre. Die anderen. Oh Gott, ja, wo es einen Thomas gibt, gibt es noch mehr von denen und ich sage mal so: Networken kann ich, wenn ich dafür zwei Stunden im Thoms an der Theke Pils und Jägermeister saufen muss, aber meine Fähigkeit zur sozialen Hybris endet definitiv vor dem Eingang eines Partyzelts in einer Bauernschaft.

Leider ist da aber auch die Tatsache, dass es auf Dauer ziemlich öde und einsam ist, mit Liebeskummer allein im Keller des Elternhauses vor sich hinzugammeln, und dass ich gleichzeitig auf keinen Fall schon zurück nach Berlin kann. Das ist vor allem der Tatsache geschuldet, dass Jennys Nachricht folgendermaßen lautete: »Haben uns ja jetzt eine Zeit nicht gesehen, ich hoffe, es geht dir gut. Wollte nur mal hören, wann wir Sachen austauschen oder hast du meine schon verbrannt haha.« Darauf hatte ich geantwortet, dass ich am liebsten ganz Scheißfriedrichshain abfackeln würde, dann müssten wir keine Sachen austauschen, haha, kleiner Scherz. War natürlich absolut nicht witzig gemeint, aber das weiß sie ja nicht. Um nicht wie ein Idiot dazustehen, hatte ich hinzugefügt, dass ich leider gerade gar nicht in Berlin sei, aber mich melden würde, wenn ich zurückkäme, was so in zwei, drei Wochen sein könnte, man weiß es nicht, das Leben ist ja so aufregend und voller Überraschungen, heute ist der Alex hier, morgen da UND DU KRIEGST NIEMALS RAUS WO DAS IST JENNY UND MIT WEM ICH DA BIN, HA HA, WIE FÜHLT SICH DAS AN, MÄUSCHEN. Jenny hatte nur »Okay, klar, wollte nur sichergehen, weil ich in acht Wochen umziehe und gerne vorher alles geregelt hätte« geantwortet und ich hatte laut geschrien, weil es tatsächlich schon wieder passierte, schon wieder hatte sie gewonnen, denn dass sie umziehen wollte, hatte ich nicht gewusst und es triggerte natürlich eine Million Dinge in meinem Kopf, so was wie: Die zieht bestimmt mit ihrem neuen Freund zusammen. Oder ist sie schwanger und braucht ein Zimmer mehr? Wohin zieht sie, doch wohl nicht in den Wedding? Doch wohl nicht in meine Nähe? Oder zieht die aus Berlin weg? Wie gut wäre das? Wie schlimm wäre das, aaaaahhhhh.

Ich hatte mich genau eine Sekunde überlegen gefühlt mit meiner kryptischen »Oh, der feine Herr ist gar nicht in der Stadt, da siehste mal«-Message und sie hatte es geschafft, dass ich mir nicht einmal einbilden konnte, dass sie sich Gedanken über mich machte, sondern dass es ihr wirklich total egal war, weil sie ganz andere Pläne im Kopf hatte, Pläne ohne mich eben, Scheiße.

Also hatte ich das Telefon ausgeschaltet, nachdem ich es wütend aufs Bett geschmissen hatte, weil ich irgendeine dramatische Geste machen wollte, die aber das Gerät nicht völlig zerstörte, und da war der Fliesenboden nicht ideal. So war es eben immer bei mir: Nicht ganz, aber knapp vorbei. Dann hatte ich meine Jacke angezogen, war hinaus in den Regen gelaufen, eigentlich auf dem Weg zur Tankstelle, aber zwischendurch war mir eingefallen, dass es noch ziemlich früh am Tag war, so neunzehn Uhr, und jeder in Braus sehen könnte, dass ich wie ein Alkoholiker heimlich hinter der Tanke Alkohol aus Dosen runterwürgte. Also war ich zu Thomas gegangen, der hatte mich ja sowieso eingeladen und wenn wir schon beim Thema Selbsthass waren, konnte ich auch gleich damit an der Theke von diesem Thoms weitermachen, and here we are, Leute!

»Okay, ich komme mit«, seufze ich, ist ja jetzt auch egal.

»Sehr gut, Vorglühen ist bei Sanne.« Ach ja, so läuft das ja hier. Bevor man zu einer Zeltparty fährt, um sich dort zu besaufen, besäuft man sich präventiv schon mal drei Stunden vorher, weil der Weg mit dem Fahrrad durch die dunklen Bauernschaften einfach keinen Fun macht, wenn man dabei noch geradeaus sehen und fahren kann. No risk, no fun, auch auf dem Land sehr beliebt.

»Wer auch immer Sanne ist«, sage ich gleichgültig und es ist mir wirklich einfach komplett egal. Ich würde auch bei Frauke Ludowig vorsaufen, um nicht alleine zu Hause zu sitzen und an Jenny zu denken. So, wie jetzt. Denn jedes Mal, wenn ich daran denke, dass ich nicht an sie denken will, denke ich ja an sie, und so wird es vermutlich für den Rest meines Lebens bleiben, außer ich zünde Friedrichshain wirklich einfach an oder zumindest ihr Haus. Leider bin ich mir nicht mal sicher, ob das was ändern würde, aber zumindest könnte ich sicher sein, dass wir niemals »unsere Sachen« austauschen würden, wie so zwei Leute in einem Film, die eine Trennung verdammt richtig machen wollen. Am besten setzen wir uns dann auch noch in ein Café und reden über unsere Beziehung und all die Dinge, die wir falsch gemacht haben, weil wir einfach so viel daraus lernen, so viel mitnehmen, danke für deine Zeit, du hast mich menschlich echt weitergebracht, schade, dass es nicht geklappt hat, aber ist ja nicht schlimm, weil wir als Menschen, als Individuen einfach so krass daran wachsen konnten, amen.

Jetzt aber muss ich all diese Dinge zum Glück erst mal nicht, ich kann einfach hier verschwinden, in Braus. Vielleicht bleibe ich auch einfach hier, kehre nicht zurück nach Berlin und muss sie nie wiedersehen. Es wäre alles so einfach. Hier kann man alles zu Fuß erreichen, niemand kotzt einem in der U8 auf die Schuhe, keiner brüllt mitten in der Nacht im Hinterhof, alles ist sehr still, man lässt die Rollläden abends um sechs zu zwei Drittel herunter und dann gegen neun oder zehn, wenn man schon lange vor dem Fernseher sitzt, lässt man sie mit diesem einzigartigen Rollladengeräusch aus dem Kasten sausen, weil es die Nachbarn nun wirklich einen Scheiß angeht, was man abends macht, obwohl eigentlich alle das Gleiche tun, weil es ja keine richtigen Ausgehmöglichkeiten gibt, und außerdem: Wie asozial ist es, unter der Woche auszugehen, wir sind hier ja nicht in Berlin. Ich würde mir einen Job suchen, einen mit geregelten Arbeitszeiten, acht Uhr dreißig bis siebzehn Uhr oder so, danach noch schnell einkaufen, dann nach Hause, essen, Rollladen runter, Fernseher an, schlafen, von vorne. An den Wochenenden in eine Kneipe oder zum Skat, vielleicht mal Schützenfest oder mit den Jungs im Garten grillen. Denn einen Garten haben hier alle, das ist so was wie eine Insel, die einem alleine gehört, und wer ohne Insel ist, ist kein richtiger Mensch, denn wie armselig ist es bitte, nicht im Garten grillen zu können, und wo soll man bitte seinen Geburtstag feiern, wenn nicht auf der eigenen Terrasse mit Blick auf den eigenen, kurz getrimmten Rasen. So würden die Jahre vergehen, ich würde irgendwann aus Versehen eventuell irgendeine Frau zum zehnten Mal treffen, aber plötzlich würde es funken, vielleicht auch, weil es eh keine anderen Möglichkeiten gibt, weil die Menschen hier nicht wie beim Kartenspiel ständig neu gemischt werden, sondern immer die gleichen sind, deshalb finden auch die zusammen, die sich seit Jahren kennen, denn Gelegenheit macht Liebe oder so. Und dann würden wir schnell heiraten, Kinder, Garten, Doppelhaushälfte, und alles wäre so verdammt geregelt, so verdammt in Ordnung, und das meine ich nicht abwertend, denn im Grunde bin ich zutiefst neidisch auf dieses Leben, auf diese Gleichförmigkeit, die ich auch bei Timo und meinen Eltern beobachte. Ein Leben ohne ständige Dramen, ohne Chaos, ohne Eigenbedarfsanmeldung und S-Bahn-Vollsperrung, ohne Kotze auf dem Schuh, ohne geklaute Tasche, ohne Shisha-Bars und ohne irgendeinen Irren am Kotti, der denkt, dass man von der Regierung ist und ihn umbringen will. Keine scheiß hippen Burgerläden, kein ständiges Umziehen, kein KitKat, nix. Einfach nur ein Ort, an dem nix passiert. Könnte ich das aushalten? In diesem Moment, an der Theke mit Thomas sitzend, nach drei Jägermeister und drei Pils, scheint mir das so unendlich verlockend, so wie das Beste, das passieren könnte von all den Optionen, die ich habe. Und wenn ich ehrlich bin, hasse ich Berlin ja sowieso, den Dreck, die Lautstärke, dass alle immer so schnell laufen und alles einfach nervt, dass die Parks aussehen wie Müllhalden und die Menschen meistens auch, dass alle ständig diesen gehetzten Blick haben, als würden sie was suchen, was sie wahrscheinlich auch machen, bloß weiß eigentlich keiner, was genau, und das klingt wie ein Klischee, ist aber absolut die Wahrheit, weil alle eigentlich immer nur daran denken, was als Nächstes passiert, was sie tun müssen, wohin es gehen soll. Die Stadt ist ein einziges großes Vorhaben, jetzt schnell einkaufen, danach in die Tram, nach Hause, morgen ist dieses Event, am Wochenende Flohmarkt, nächstes Jahr würde ich gerne rausziehen, Wannsee oder so, Hauptsache aus Neukölln raus, alles so laut und dirty, alles so anstrengend, puh. Braus ist das Gegenteil von alledem, hier lebt man einfach im Hier und Jetzt, zelebrierte Achtsamkeit quasi, Om Shanti Om. Hier gibt es kein FOMO, keine Angst, was zu verpassen.

Meine Güte, denke ich, alle Klischees auf einmal ausgepackt, Alexander, ein Vice-Redakteur hätte es nicht besser hingekriegt.

»Schickst du mir den Standort von Sanne bei WhatsApp?«, frage ich, um Thomas ein bisschen zu ärgern. Er lacht und sagt: »Ich schicke dir deine Mudda bei WhatsApp. Stiegenreihe 5. Ab 19 Uhr.«

»Aha«, sage ich, »na dann.«

»Na dann«, sagt Thomas. Dann schweigen wir. Toll, denke ich, so einfach ist das alles. Morgen, neunzehn Uhr bei Sanne. Wer auch immer Sanne ist. Ich trinke mein Pils aus, zahle lächerlich wenig für alles, gebe Thomas absurd viel Trinkgeld, einfach, um seinen Bossmove zu übertrumpfen, weil ich so ein erbärmliches Würstchen bin, und dann setze ich mich auf mein Rad und fahre los.

#15

Ich trete so fest in die Pedale, dass meine Unterschenkel brennen. Ich will schneller sein, noch viel schneller, immer schneller, bis es vorbei ist. Das Rad meines Vaters hat eine Gangschaltung, ich stelle sie in den vierten Gang, trete, trete, trete wie ein Verrückter. Die Landschaft rast an mir vorbei, es ist so dunkel, dass ich kaum was sehe, nur das Fahrradlicht wirft einen kleinen Strahl Helligkeit auf den Weg vor mir. Würde irgendetwas plötzlich vor meinem Reifen liegen, würde ich darüber stürzen und mich verletzen, aber ich kann nicht aufhören zu treten und noch schneller zu werden, es ist wie ein innerer Zwang, auf keinen Fall aufgeben zu dürfen, auf keinen Fall langsamer zu werden. Meine Lungen brennen und ich umklammere den Lenker noch fester, es ist wie Fliegen, es ist das Einzige, das gerade hilft. Ich will nichts fühlen außer dem Brennen meiner Beine, dem Brennen meiner Lungen, ich will, dass es wehtut, wehtut, wehtut, ich will, dass es das eklige Gefühl in mir abtötet, dass der Schmerz in der Brust aufhört und die Panik und das Gefühl, dass absolut gar nichts jemals wieder gut werden kann, ich will, dass das Bild von Jenny in mir verschwindet, dass ich einfach in die Zeit zurückreisen kann und wieder zehn Jahre alt bin und alles noch mal neu entscheiden kann.

Erst, als ich beim Wald am See angekommen bin, verlangsame ich, fahre über den sandigen Boden bis zum Ufer, schlingere, falle fast hin, fange mich wieder, steige erst ab, als ich das Ufer erreicht habe. Ich werfe das Rad ins Gras und ziehe meinen Pullover aus, meine Jogginghose, meine Boxershorts, die Socken, dann renne ich los ins kalte Wasser, verletze mich an einem Stein am Grund, egal, Hauptsache weiter, einfach ganz tief ins Wasser und endlich Stille. Ich schwimme ein paar Meter hinaus und dann tauche ich unter und dann ist da endlich absolut nichts mehr um mich herum außer Wasser und Dunkelheit und das Rauschen meines Blutes. Ich lasse mich bis auf den Grund sinken und wünsche mir nichts mehr, als einfach da bleiben zu können, da am Grund, da, wo alles weit weg ist. Eigentlich wünschte ich, dass ich mich auch auflöse, dass nichts mehr da ist, was sich Gedanken machen kann, aber dann wird die Luft knapp und ich kann mich gegen den Impuls meines Körpers, wieder aufzutauchen, nicht wehren. Ich steige auf und schnappe nach Luft, huste, keuche, tauche wieder ab, wieder auf, einmal schreie ich laut beim Erreichen der Wasseroberfläche, es muss völlig skurril wirken. Aber es ist mir egal, es ist mir alles so egal. Es ist egal, ob mich jemand sieht, ob mich jemand verrückt findet, das wäre ja ohnehin nichts Neues.

Ich liege am Ufer und frage mich, was mein damaliges Ich nun denken würde, das Ich, das in diesem Gras, an diesem See die Sommer verbracht hatte. Mein Ich vor so vielen Jahren, das hier lag und mit Thomas Bier getrunken und mit Hendrick gegrillt hatte. Wir drei. Ich frage mich, was dieses alte Ich dazu gesagt hätte, dass ich hier mitten in der Nacht alleine liege, kalt und nass, und nur noch schreien will. Wäre es enttäuscht? Würde es nicken und sagen: Hab ich mir ja gedacht. Was würde es zu den letzten zehn Jahren sagen? Wäre es stolz oder enttäuscht?

Der letzte Sommer, ein Jahr vor dem Abitur. Fast jeden Tag war ich hier, wochenlang. Es gibt bestimmt Menschen, die sagen würden: Da war noch alles leicht. Aber da war nichts leicht. Die Schwere steckte mir in den Knochen und lag mir schwer und kalt im Magen. Manchmal waren Thomas und Hendrick dabei, meistens nur Hendrick. Jedem von uns war klar, dass das der letzte Sommer sein würde, die letzten Male. Anders als im Supermarkt wussten wir, wann der letzte Tag gekommen sein würde. Wir schoben ihn einfach nur immer weiter auf.

Man kann sich alles, wirklich alles mit diesem einen Gedanken kaputt machen:

Ist es das, was mein Ich vor zehn Jahren gewollt hätte?

Wenn mein Ich vor zehn Jahren mich so sehen könnte, wie ich jetzt bin: Was wäre der erste Gedanke, den ich habe bei dieser Frage, das erste Gefühl? Wie würde Alexander schauen, sähe sich Alexander so wie jetzt, besoffen und todmüde am Ufer eines Sees, kalt und nass und ein absolutes Klischee. Einfach nur erbärmlich, eigentlich. Oder wäre dieser Alexander vielleicht gar nicht so überrascht darüber, dass Alexander in zehn Jahren noch immer so impulsiv und emotional ist, noch immer so voller imaginärer Schmerzen, deren Ursache niemand finden kann, Alexander erst recht nicht? Wäre Alexander traurig? Oder wäre er sogar beruhigt, weil ja eigentlich noch immer alles genauso ist, wie es immer war. Die gleichen Ängste, die gleichen Abgründe, die gleiche Unfähigkeit, sich auf irgendwas einzulassen. Pathetisch und gleichzeitig voller Angst, überhaupt was zu fühlen, weil alle Gefühle gleich immer viel zu viel sind, alles immer gleich viel zu doll und grell und hell und Scheinwerfer an und hey, noch ein Drama, noch eine Sache mehr im ewigen Buch des Scheiterns.

Um ehrlich zu sein: Ich habe kaum Erinnerungen an diesen Alexander. Ich sehe ihn kaum vor mir, er ist blass und dünner und jünger, aber was fühlt er, was wollte er eigentlich noch mal? Eine glückliche Beziehung, ja. Frei sein, ja. Geborgen sein aber auch. Immer alles gleichzeitig, aber auch endlich mal geordnet. Er wollte vor allem nur weg. So weit es geht weg aus Braus und von allem, was er damit verband. Die Enge, das angestrengt Angepasste an Konventionen, die er nicht verstand. Und je mehr er verstehen wollte, desto weniger passte er hinein, denn wenn man versucht, ein Konstrukt, ein Muster zu durchschauen, dann ist man so sehr damit beschäftigt, alles zu analysieren, dass keine Handlung mehr natürlich, kein Satz mehr einfach so gesagt, kein Wort mehr ohne tiefere Bedeutung ist. Alles ist angestrengt und merkwürdig, viel zu angespannt für die anderen, die gar nicht erst darüber nachdenken. Und je mehr man selber versucht, in diesem Schauspiel zu funktionieren, eine Rolle einzunehmen, zu sprechen, wie man glaubt, dass man sprechen sollte, zu agieren, wie man glaubt, dass man handeln sollte, desto mehr beeinflusst das eigene verschrobene Verhalten die Parameter des Experiments, und weil man das nicht merkt, weil man ja gar keine Ahnung hat, wie das Versuchsobjekt ohne das eigene Eingreifen ist, wird alles immer komplizierter und undurchsichtiger. Oder viel einfacher gesagt: Je mehr dieser Alexander versucht hat, sich der Umgebung anzupassen, aber dabei völlig vergaß, dass die Umgebung ja auch auf ihn reagierte, desto unnatürlicher und merkwürdiger erschien er den anderen und erschien alles andere ihm.

Alexander gefangen im Kopf von Alexander. Nichts hat sich daran geändert. Es ist ein verdammtes Gefängnis, wenn man zu viel denkt, und es ist ein verdammtes Glück, wenn man zu wenig denkt. Dazwischen gibt es nichts, es ist nichts Schönes daran, immerzu alles zu analysieren und zu zerdenken. Es ist eine ewige Geschichte, die sich niemals zusammenfassen lässt. Es gibt keinen Moment, in dem das Ich endlich sagen kann: »Genau SO bin ich, ich bin ja die Art Mensch, die …«, weil nichts jemals abgeschlossen ist, kein Prozess beendet wird, weil jeder Analysierende sich implizit bewusst sein muss, dass jede Definition eine des Augenblicks ist, eine des Moments, in dem sie passiert. Nichts ist jemals zu Ende und nichts ist jemals fertig. Kein Ich dieser Welt ist in sich geschlossen, jeder Anfang ist erzwungen und zufällig, jedes Ende nicht das Ende der Geschichte des Ichs, sondern nur sein Abbruch, sein Tod, das Ende einer unfertigen Erzählung.

Deshalb ist es eigentlich auch sinnlos, sich zu fragen, ob das alte Ich glücklich über das aktuelle wäre, denn es gibt ja keine Abschnitte, keine Conclusio, keine neuen Kapitel. Alles geht einfach immer so weiter, selbst wenn wir glauben, dass etwas neu beginnt, geht absolut gar nichts von vorne los, sondern es wird einfach immer nur etwas aufgedeckt und oben draufgeschmissen auf das alte Ich. Das ist ein wirklich deprimierender Gedanke, denn er bedeutet, dass wir Gefäße sind, die immer nur noch voller werden. Wir sind nur eben keine, die nicht flexibel wären, wir sind nicht begrenzt, wir passen uns uns selber an, wir entsprechen immer der Größe des Gefäßes, in dem unser Selbst ist. Dabei ahnen nicht einmal wir unsere eigenen Maße und auch niemand sonst. Erst im Nachhinein, vielleicht mit etwas Glück, kann jemand uns in Gänze sehen, kann sagen, wie groß der Platz war, den wir eingenommen haben. Wir selbst werden das niemals können, niemals. Es ist uns schlicht nicht möglich, es ist eine der Grenzen unseres Vorstellungsvermögens.

Und vermutlich ist das auch gut so, denn es könnte sehr deprimierend sein, was wir da mit ansehen müssen, wenn es um unsere eigene Wichtigkeit ginge. Wir sind gleichzeitig so viel wichtiger, als wir glauben, und so viel unwichtiger, als wir es gerne wären.

Deshalb ist es im Grunde ganz egal, ob wir wissen, wie alles weitergeht, ob der Alexander vor zehn Jahren den Alexander heute sehen könnte, denn ändern kann er es ja eh nicht und ermessen, wie wichtig und groß jeder einzelne Schritt war, auch nicht. Jede seiner Entscheidungen könnte alles geändert haben – und gar nichts. Später einmal denken wir, dass es dieser und jener Moment war, der danach die Richtung bestimmt hat. Dass es das und das war, was wichtig war. Dass wir ohne diesen einen Satz, ohne diesen Umzug, den Job, die Beziehung nicht der wären, der wir geworden sind. Aber woher wollen wir das wissen. Vielleicht sähe das Leben um uns herum dann anders aus, vielleicht die Freunde, die Wohnung, die Stadt, in der wir leben. Aber wir wären kein anderer, wir schleppen uns mit uns selbst herum, wir legen ein paar Dinge ab und gewöhnen uns neue an, aber alles bleibt doch immer im Rahmen des Möglichen, alles bleibt ja immer wir selbst. Der Alexander von vor zehn Jahren hätte ziemlich wahrscheinlich niemals Millionär werden können, aber falls doch: Wäre er deshalb anders? Hätte er nicht noch immer die gleiche Schwere in sich, die gleichen Ängste, die nur anders heißen würden? Und wenn das so ist: Wieso macht es mich trotzdem so traurig, wieso lähmt mich all das trotzdem so sehr? Wieso kann ich nicht glücklich sein, wenn ich doch begriffen habe, dass ich sowieso gar nicht so viel ändern kann und deshalb einfach annehmen könnte, was sowieso da ist, was eben passiert und passiert ist? Die Antwort ist so simpel zu begreifen wie alle wirklich wahrhaftigen Erkenntnisse: Weil ich danach strebe, mehr zu sein, ein anderer zu sein, eine bessere Version von mir als der Immergleiche. Ich will, was alle wollen: mich selber überwinden und besser werden als ich selbst. Ich will, dass ich gar nicht mehr wie ich bin, aber das wunderbar finde, während es unmöglich ist, weil ein Vogel kein Hamster sein kann, ohne sich ans Vogelsein zu erinnern.

Das Schlimmste ist die Geschwindigkeit, mit der alles immer passiert. Kein Mensch hat genug Zeit und jene, die zu viel denken, haben erst recht keine, alles ist immer schon wieder vorbei, wenn man gerade erst dazu kommt, sich Gedanken dazu zu machen. Erst zehn Jahre später geht das eigentlich. Und dann ist es sowieso zu spät. Der Alexander, der hier war, den kann ich nicht mehr erreichen, obwohl ich ihm so viel sagen will. Ich will ihm sagen, dass es sowieso weitergeht, dass er sowieso weitermacht, dass man die Scheißwelt nicht anhalten kann, auch, wenn man sich selber anhält, nicht. Wir sterben nicht in Schönheit, es ist völlig sinnlos, sich immer benehmen zu wollen (und wenn man es versucht, wird man eine sehr, sehr langweilige Version von sich selbst). Irgendwann versteht man, dass man immer man selber bleibt. Das ist ein grauenhafter Moment und eine Katastrophe. Denn vorher will man unbedingt besser werden, anders werden, weiterkommen, schlauer sein, schöner, interessanter, endlich die Art Mensch, die man aus der Ferne anschaut und bewundert, die man sein will, weil man selber gar keine Ahnung hat, wie es ist, eben genau so zu sein. Man glaubt, wie beim Kauf neuer Kleidung, dass das der Beginn von etwas Neuem ist, dass es jetzt endlich anfängt, obwohl man absolut keine Ahnung hat, was »es« sein soll. Man glaubt, dass man seinem Ziel ein Stück näherkommt, auch wenn man gar nicht so genau weiß, was das für ein Ziel ist. Und dann kauft man diese Kleidung und zieht sie an und stellt verstört fest, dass man ja noch immer aussieht wie man selber, dass man noch immer diese Hüften hat, diese Schultern, dieses Gesicht. Dass man einfach nur man selber ist mit einem neuen Gewand, aber dass sich ansonsten überhaupt gar nichts geändert hat. Das ist das komische Spiel unseres Daseins, das wie Konsum und wie Wünsche, *das* ist, wovor wir Angst haben und was wir damit abtöten wollen: Der Glaube daran, dass wir einfach etwas überstreifen, einen Job, ein Hemd, eine Beziehung und dann sind wir wer anders – all das ist doch der Motor, der Trieb, das, was uns antreibt, aufstehen, weitermachen lässt. Wie furchtbar öde wäre es denn, wenn wir immer die Gleichen blieben, immer nur im Rahmen dessen handeln, was wir doch ohnehin schon sind, wie öde, wie banal, wie sinnlos, wie unerträglich realistisch.

Und trotzdem denke ich voller Trauer an den Alexander, der ich einmal gewesen bin. An diesen Menschen voller Hoffnung und Energie, voller Willen und Glauben daran, dass eines Tages alles ganz anders werden würde. Und an all die Jahre danach, die folgten, in denen ich nicht aufhörte, genau das zu glauben, egal, was passierte. Denn es braucht seine Zeit, bis wir begreifen, dass alles Glauben nichts nützt, dass man mit dem Glauben aufhören und mit dem Machen anfangen kann und dass sich all das absolut kompliziert und falsch anfühlt, total unnatürlich und merkwürdig, aber dass genau DAS das Erwachsenwerden ist: mit dem Glauben aufzuhören und mit dem Machen anzufangen. Es ist unglaublich schmerzhaft und es tut unfassbar weh. Es ist der Abschied von allem, das einst getragen hat: dem unumstößlichen Glauben daran zu wissen, wer wir sind. Dabei haben wir absolut keine Ahnung. Wir wissen einen Scheiß. Wir wissen wirklich überhaupt gar nichts. Und je älter wir werden, desto mehr begreifen wir im besten Fall genau das, desto mehr verstehen wir, dass es gar nicht darum geht, immer nur die eigene Agenda weiterzuführen, durchzudrücken, was in das Gesamtbild passt, in den Rahmen, den wir einst selber definiert hatten. Je älter wir werden, desto mehr verstehen wir, dass alles einfach nur Trial and Error ist, Trial and Error, Trial and Error und wieder von vorne, ohne dass es jemals einen wirklich neuen Anfang gäbe.

Es gibt keinen neuen Anfang und keinen zweiten Versuch, keine dritte Person Singular, die einen rettet, keine Alternative. Es gibt nur jetzt und jetzt und jetzt und das schreckliche Bewusstsein darüber und das süße Vergessen desselben.

Es wird alles einfach immer so weitergehen, weil das Leben kein großartiges Drehbuch ist, das sich plötzlich ändert. Das Leben ist einfach nur eine Abfolge von Momenten wie diesem: In denen man pathetisch und im vollen Bewusstsein der eigenen Existenz am Ufer liegt von Seen, an denen man seine Jugend verbracht hat und ebendieser hinterhertrauert, als sei sie etwas, das einen Anfang und ein Ende hat, obwohl man endlich begriffen hat, dass es das gar nicht gibt, einen Anfang und ein Ende, und ein Selbst gibt es schon mal gar nicht. Und dann liegt man da und versucht, Luft zu kriegen und im Moment zu bleiben, weil der ja auch nun wirklich ganz viel bedeutet, dieser rührselige Moment, in dem man diese beschissene Wahrheit und ihr Ausmaß begreift, und man will sie sich merken, damit man am nächsten Morgen ein besserer Mensch ist, einer, der all das kapiert hat und endlich verstanden hat, dass alles ja sowieso am Ende nur daraus besteht, was man tut, und nicht daraus, was man denkt, aber dann schläft man halb ein, weil man schon wieder so besoffen ist, so emotional, das Heulen ist anstrengend und das Begreifen auch und während man so halb einschläft, merkt man, dass man im nassen Gras liegt an einem See, der auch noch da ist, wenn man es selber nicht ist, das ist wie mit der eigenen Wohnung, die einfach weiterexistiert, auch wenn man nicht zu Hause ist und man liegt da so, mitten in dieser N A T U R, und kapiert eigentlich überhaupt gar nichts und gleichzeitig so viel mehr, als man verkraften kann, und deshalb schließt man die Augen und man atmet ein und man atmet aus und dieser Moment zieht vorbei wie alles andere auch, wie das ganze verdammte Leben, das nur in Augenblicken wie diesem erzählt werden kann, während Augenblicke wie diese vorbeiziehen und alles bedeuten, weil sie absolut niemand festhalten kann.

#16

Immer, wenn ich nicht in Berlin bin, frage ich mich, was ich in dieser räudigen Stadt eigentlich zu suchen habe, und das ist dann wohl auch genau die Antwort, denn das sagen doch fast alle, so Zugezogene wie ich jedenfalls, alle sind aus Versehen da, aus Versehen geblieben, immer den heimlichen Wunsch, eigentlich wieder abzuhauen – bloß: wohin? Es ist, als würde Berlin jeden Menschen derart überreizen, dass man es in der Stille jeder anderen deutschen Stadt gar nicht mehr aushalten kann. Selbst Hamburg kommt mir lächerlich klein vor, noch kleiner als sowieso schon. In jeder anderen deutschen Stadt ist es nachts so still, dass ich Angst bekomme, völlig allein auf der Welt zu sein. In Berlin habe ich dafür ständig Angst, dass die Überreizung mir den Kopf implodieren lässt, selbst nach fünf Jahren habe ich mich nicht an den Lärm gewöhnt, daran, dass immer etwas zu hören ist.

Sobald ich bei meinen Eltern auf dem Land bin, falle ich in einen komatösen Schlaf, möchte nur noch im Bett liegen, bin müde, müde, müde, immer so müde, die Knochen wiegen zu viel, der Kopf ist zu schwer, mein Körper sehnt die Ruhe offenbar so sehr herbei, dass er augenblicklich, beim Übertreten der Schwelle des Hauses meiner Eltern, in sich zusammensackt, krank wird, eine Erkältung oder ein anderer Infekt, irgendwas ist immer. Meine Eltern denken deshalb seit jeher, dass ich es in Braus nicht aushalte, dass mein Körper rebelliert gegen die Einöde, gegen die Menschen, gegen sie, gegen alle und alles, und wegwill, weil er diesen Ort nicht erträgt. Sie verstehen nicht, dass das genaue Gegenteil passiert, dass ich runterfahre, dass ich mich so sehr danach sehne, endlich mal schlafen zu können, endlich mal richtige Dunkelheit zu sehen, also nichts, einfach nachts nichts zu sehen, nichts zu hören. Sie wissen nicht, dass ich eigentlich immerzu komplett übermüdet bin, völlig überdreht, weil alles so laut und voll ist, viel zu viele Menschen für viel zu wenig Straße, natürlich macht das alle irre. Ich sehe ihre Blicke, auf der Sonnenallee, an der Warschauer Straße, Müllerstraße, überall. Es ist zu voll, niemand kann seiner eigenen Geschwindigkeit folgen, ständig rempelt jemand, irgendwer bleibt plötzlich stehen, es ist ein Geschiebe, ein Geschubse, ein Ausweichen, ein Durchschlängeln, dazwischen dieser Wörterbrei aus tausend Sprachen, Telefonate, Geschrei, ein Auto heult auf, ein Radfahrer schreit, dass sich alle mal ficken sollen, es ist ein Irrsinn, ein Höllenkreis, jeden Tag, jede Nacht. Die gehetzten Blicke und die angespannten Körper, alle im Kampfmodus, alle im Krieg. Und je länger man aus Versehen bleibt, desto mehr wird man wie sie, wie die anderen, die einem in den ersten Tagen und Wochen noch ganz fremd vorkamen, wunderlich irgendwie, man fragte sich: Wieso rennen die so, wieso haben die es hier alle immer so eilig, wieso kneifen die die Augen zusammen und starren nur wild geradeaus, wieso gucken die so genervt, wieso rasten die dauernd aus? Und dann, nach ein paar Monaten, erwischt man sich, wie man plötzlich selber jemanden anblafft, du dummes Arschloch, hallo, Entschuldigung, könnten Sie mal Ihre Tasche vom Sitz nehmen, hallo, erst aussteigen lassen und dann einsteigen, hallo, haben Sie den Arsch offen vielleicht? Man wird wie die anderen, man ist immer gestresst, immer in Eile, alles muss schnell gehen, weil alles so weit auseinanderliegt, die Tram darfst du nicht verpassen, weil du dann die U-Bahn auch nicht kriegst, und dann kommst du noch mehr zu spät als ohnehin schon, bummmbumbummm-bummmmbummmmbumbubububummmm, das ist der Takt, ein Minimaltechnobeat, der die ganze Zeit läuft, in jedem Schritt, im hämmernden Kopf, beeil dich, Junge, schneller, da fährt die Tram schon weg, Scheiße, schon wieder zu spät, Alternativen mit der BVG-App checken, rennen, den Bus um die Ecke erwischen, Fahrkarte ans Gerät halten, grünes Licht, okay, den einen Platz finden, bei dem man nicht neben einem sitzen muss, der furchtbar stinkt oder irre ist, aber wenn, dann geht auch das irgendwie, man lernt mit den Monaten, den Würgereiz zu unterdrücken, Pisse, Kotze, Scheiße, alles lernt man auszuhalten, weil man es sonst nicht schafft, weil man es sonst nicht überstehen kann. Und dann sind da noch diese Menschen wie Jenny, die lieben das alles, die feiern das und glorifizieren es auch ein bisschen, die können einfach abschalten und alles nicht so an sich ranlassen, ist mir doch egal, sagt ihr Blick, was seid ihr denn für Schwachmaten, für Trottel, dass ihr euch von dem bisschen Gestank und der Armut so fertigmachen lasst, ihr Waschlappen, ihr Weicheier. Für Jenny ist der reißende Fluss, der diese Stadt für mich ist, die Welle, auf der sie sich treiben lassen kann, immer woanders hin, heute Späti, morgen Birgit&Bier, übermorgen im Kater hängen. Alles easy, alles nicht so wild, ist doch geil, ist doch eben der Style. Sie hat nie verstanden, wie sehr ich leide darunter, nicht wegzukönnen, weil ich nicht weiß wohin, aber auch nicht da sein zu können, weil es zu viel ist, viel zu viel. Immer wieder habe ich gesagt: Komm, lass uns doch zusammenziehen, raus, an den Rand oder ganz weg aus Berlin. Für Jenny war das völlig absurd, sie wollte nicht raus, sie wollte rein, immer noch mehr versinken in der Stadt und im Moloch, keine Angst, vor gar nichts Angst, weil sie sich selber so sehr liebt, dass sie vor nichts Angst haben muss, sie hat ja sich, sie wohnt in sich, ihr kann gar nichts passieren. Anders als mir, denn ich bin wie eine leere Turnhalle, in der jemand laut schreit, alles müffelt nach Angst und Schweiß, bisschen eklig, der Mattenwagen steht mittendrin, draußen regnet's, alles dramatisch und echt unangenehm.

Jenny ist ein Haus, eine Festung aus Teflon und Blei, nichts kann ihr was anhaben, kein Schmerz, kein Hass und die Liebe erst recht nicht. Ich bin mir nicht mal sicher, ob sie lieben kann, ob sie weiß, wie das geht, aber mich liebt sie nicht und hat es glaube ich auch nie getan, ach Jenny, wieso tut es so weh, wieso vermisst man jemanden derart, der so grausam zu einem war?

Das Haus von Sanne liegt in einem Neubaugebiet, in dem ich mich dreimal verfahre, weil alles immer so gleich aussieht in diesen Siedlungen, das ist eigentlich gar nicht so anders als zum Beispiel im Prenzlauer Berg, da weiß man auch nie wirklich, wo man eigentlich gerade ist. Es nieselt ein bisschen und mein Smartphone wird nass, wenn ich versuche, auf Google Maps zu erkennen, wo diese Stiegenreihe 5 jetzt zum Teufel ist. Ich bin wütend und fluche vor mich hin, wieso funktioniert das Scheiß-GPS auf dem Land, wo man es doch am meisten braucht, immer nicht, das ist doch lächerlich. Und dann wiederum muss ich über mich selber lachen. Hätte mir vor fünfzehn Jahren jemand gesagt, dass ich ein Telefon bräuchte, um ein Haus in meiner Heimatstadt zu finden, es wäre mir lächerlich vorgekommen. Wann ist das passiert, dass ich alle Orientierung verloren habe, wenn mir niemand hilft?

Nach zwanzig Minuten des Herumirrens habe ich endlich Sannes Doppelhaushälfte gefunden. An der Haustür hängt ein Deko-Schild, auf dem »Welcome Home« steht, das Namensschild rechts an der Tür ist aus gebranntem Ton, darauf zu lesen sind zwei Nachnamen, vermutlich wohnt Sanne hier mit seiner Freundin, aber im Grunde ist mir das natürlich auch komplett egal, denn ich kenne weder ihn noch sie, noch weiß ich, wer da gerade das Flurlicht angemacht hat, um mir zu öffnen.

»Hallo!«, sage ich, so fröhlich ich kann, im gleichen Moment rast ein Fellbündel auf mich zu, oh Gott, ich hasse Hunde so sehr. Weil ich Angst vor ihnen habe. Und weil das peinlich und unmännlich ist, behaupte ich einfach, dass ich sie nicht mag, ganz schlimme Allergie, leider, leider, muss mich fernhalten von ihnen, von allen, ja, traurig, ich weiß. Das Ding springt an mir hoch und die Türöffnerin sagt: »Nein, Bernd, man, Scheiße, nein!«, und ich frage, während ich die Hände hochreiße und hoffe, dass der Hund mich nicht umbringt: »Der heißt Bernd?« Die Frau achtet nicht auf mich, sie reißt Bernd von mir weg, zerrt ihn am Halsband ins Gäste-WC neben der Haustür, schließt die Tür, winkt mich hinein und sagt halb lachend, halb verzweifelt: »Ey Tschuldigung, wir haben den neu, ist noch ganz jung, normalerweise verhält der sich schon besser, aber jetzt ist hier so viel Action, da dreht der komplett auf.« Ich nicke, klar, macht der Bernd sonst nie, okay. »Ich bin Alex«, sage ich und halte der Frau meine schweißnasse Hand entgegen, sie drückt überraschend fest zu und sagt: »Jo, ich bin Steffi, Thomas hat erzählt, dass du uns beehrst, und jetzt komm rein man, ist frisch.« Ich trete ein und schließe die Haustür hinter mir, die mit einem Wumms ins Schloss fällt, Bernd bellt los, Steffi steht schon mit genervtem Gesicht vor der vermeintlichen Wohnzimmertür, dann räuspert sie sich und fragt: »Du, äh, kannst du deine Schuhe ausziehen?«, und ich denke erst, das ist ein Witz, Bernd flitzt hier rum mit seinen dreckigen Hundepfoten voller Schmutz und *ich* muss mir die Schuhe ausziehen? Aber Steffi meint es ernst, das sehe ich, in ihrem Blick ist die Selbstverständlichkeit der Einhaltung bestimmter Regeln, die wohl für ganz Braus gelten: Schuhe ausziehen, Untersetzer benutzen, Hilfe beim Aufräumen anbieten, wenn man geht, als Gastgeber die Hilfe ablehnen, neee, lass, das mach ich später alleine, so tun, als könnte man das als guter Gast nicht hinnehmen, und dann natürlich doch gehen.

Steffi öffnet die Wohnzimmertür und wir betreten einen Raum von vielleicht dreißig Quadratmetern. Fliesen, eine große Glasfront mit Schiebetür zur Terrasse gegenüber der Tür, davor eine geschmacklose Sofalandschaft, die gefühlt den halben Raum einnimmt, aus schwarzem Leder, ein freier Übergang zur Küche. Da sitzen sie, die anderen, Thomas und drei Jungs, die ich alle noch nie gesehen habe. Auf dem Glastisch stehen Bierflaschen auf Untersetzern, daneben Biergläser auf Untersetzern, davor zwei Schalen mit Erdnüssen und Flips auf Untersetzern, willkommen auf dem Land. »Eyyyyy, da bist du ja!«, schreit Thomas und der Hund fängt im Gäste-WC wieder mit dem Bellen an, dieses Mal jault er dazu. Neben Thomas erhebt sich ein riesiger Mensch, mindestens einsfünfundneunzig ist der groß, dazu stämmig gebaut, hält mir seine Hand hin und sagt: »Hey na, ich bin Sanne, setz dich, willste Bier, Schnaps, Wasser, kleiner Scherz, so was haben wir hier natürlich nicht.« Die anderen lachen, ich ziehe meine Jacke aus und setze mich auf die äußerste Ecke der Acht-Personen-Couch. Das wirkt irgendwie unpassend, so, als wollte ich nichts mit den anderen zu tun haben, aber so kann ich sie ansehen, und in diesem Moment weiß ich Bars plötzlich doch zu schätzen, da entstehen solche Situationen gar nicht erst. Neben mir sitzt Steffi, daneben Sanne und Thomas und die zwei anderen Jungs, die sich als Jörg und Robert vorstellen. Beide sind ungefähr Mitte dreißig, der eine, Jörg, hager und irgendwie verhuscht, der andere, Robert, zupft nervös das Etikett seiner Bierflasche ab. Aus den riesigen Boxen neben dem noch riesigeren Plasma-TV-Gerät an der Wand kommt irgendeine Art von Vocal-Electro, es ist sehr hell, die Deckenbeleuchtung und auch alle anderen Lampen strahlen so, dass es fast wirkt, als sei es mitten am Tag. Es ist kalt, was wohl vor allem den Fliesen geschuldet ist, und deren Kälte durch meine dünnen Sommersocken dringt. Mich durchfährt ein kurzes Zittern, Steffi bemerkt das sofort, sie starrt mich sowieso die ganze Zeit an und fragt: »Willst du Hausschuhe? Wir haben bestimmt noch ein Paar irgendwo«, und ich lache und sage: »Nein, danke«, und dann fällt mein Blick auf die Füße der anderen und ich sehe, dass sie alle Pantoffeln tragen und Schlappen.

Und sofort bin ich wieder siebzehn und sitze in einem von diesen Wohnzimmern, die alle gleich aussehen in den Häusern dieses Landes, die irgendwann in den Fünfzigern oder Sechzigern gebaut wurden, Häuser voller Fliesen und ausgebauter Dachböden, Kinderzimmern, Gästetoiletten direkt neben der Haustür, Häuser mit quadratischen Gärten aus Rasenfläche und Beeten, drei oder vier Zimmer im zweiten Stockwerk, im Erdgeschoss das Wohnzimmer, die offene Küche.

Meine ganze Jugend bestand nur aus diesen Räumen, weil sie sich immer wiederholten, bei jedem meiner Freunde, bei Thomas, bei uns, bei allen. Jeder, der auf dem Land oder in der Kleinstadt aufgewachsen ist, kennt sie, diese Häuser, weiß sofort, wie sie aussehen, eingerichtet sind. Es ist die stumme Abmachung des Lebens in dieser Welt, in der Gleichförmigkeit eine beruhigende Wirkung hat, hier will man nicht besonders sein oder auffällig, man will nicht herausstechen, nein, ganz im Gegenteil. In dieser Welt geht es ums Gegenteil. Darum, möglichst wie alle zu sein, die gleichen Dinge zu tun, in den gleichen Häusern zu leben, die Hecke zu schneiden, die richtigen Dinge zu sagen. Das klingt für viele erst einmal wirklich ganz schrecklich und für mich war es das auch, all die Jahre, ich habe es so sehr gehasst, diese Langeweile, diese Ödnis, in der sich keiner was traut. Und jetzt, jetzt sitze ich hier wie der Idiot, der ich war, und sehne mich nach nichts mehr, nach wirklich gar nichts mehr als nach Sicherheit und Kontrolle, danach, dass endlich mal nicht ständig was los ist, dass einfach mal gar nix passiert.

Berlin ist der Geist, den ich rief, der mir jetzt im Kopf und im Herzen steckt, in den Knochen und in der Brust, die Angst, was zu verpassen, die ständige Furcht davor, unsichtbar zu sein. Dabei ist doch nichts leichter, als sichtbar zu sein, wenn ich einfach hier leben würde, da würde man mich sehen, denn es wäre schwer, unsichtbar zu sein, fast unmöglich eigentlich. Ich sehe die anderen da sitzen, die sich bestimmt schon ihr ganzes Leben kennen, oder zumindest unfassbar viele Jahre, die über irgendwas reden, nicht wie wir in Berlin ständig über die großen Dinge, die wichtigen, weil wir uns so selten sehen, dass wir in den immergleichen Bars der Stadt ständig aufholen müssen, was wir verpasst haben, höchstens noch informiert, ein bisschen auf dem Laufenden, weil wir Facebook-Freunde sind und Insta-Follower, weil wir das mit dem Urlaub oder das mit dem Job da ja, jetzt erinnere ich mich, irgendwie mitbekommen haben. Aber eigentlich kriegen wir gar nix mit, weil wir uns zwar ständig versichern, dass wir uns bald mal wiedersehen, aber dann kommt immer was dazwischen, Scheiße, schon wieder sechs Monate rum. Und dann muss man sich erzählen, was so los war, im Schnelldurchlauf, ein Gespräch wie ein Lebenslauf. Und am Ende verspricht man sich, dass man sich wiedersieht, ja ja, auf jeden Fall nächste Woche auf dieser Party, ciao, bis dann, und dann ist »dann« doch irgendwann und irgendwann ist eigentlich so gut wie nie.

Sanne, Thomas, Steffi, Jörg und Robert reden nicht über ihre neuen Jobs und nicht über Tinder-Dates. Sie lachen über die Kollegen, die sie kennen, sie reden über Hobbys, sie quatschen halt irgendwas, ist ja auch egal, geht ja nicht darum, sich upzudaten, man sieht sich ja eh ständig, man kennt sich ja. Thomas spricht über die Bar und macht sich Sorgen, er ist immer da, aber alle paar Wochen müsse er mal raus und »Verantwortung abgeben lernen«, das sagt auch Bianca, seine Frau.

Ich höre ihnen zu und fast langweile ich mich, weil es so wenig dramatisch, so wenig krass ist. Es geht um nichts und das bin ich gar nicht mehr gewohnt.

»Ja und Alex, was machst du jetzt so, also beruflich?«, fragt mich Steffi irgendwann, ich zucke zusammen, kurz hatte ich die Hoffnung gehabt, einfach gar nichts erzählen zu müssen an diesem Abend, also sage ich schnell »Websites« und frage, ob es noch Bier im Kühlschrank gibt, hole es mir natürlich selber aus der Küche, bleib sitzen, Steffi, kein Problem. Das Thema ist damit tatsächlich erledigt, aber das nächste wartet schon, das ist wie eine Ersatzkarte zu ziehen: Kann sein, dass es damit noch schlimmer wird, kann sein, dass es klappt, aber ich hab leider Pech gehabt.

»Und was verschlägt dich hierher? Thomas meinte, du bist spontan zu Besuch?«, ruft Robert in die Küche, in der ich mich gerade über den zweiten Kühlschrank am Boden beuge, der nur für Getränke ist. Irre, denke ich, ein zweiter Kühlschrank. Vermutlich haben die auch eine riesige Tiefkühltruhe im Keller, Platz genug ist ja. Ich schlurfe zurück zur Couch und starre sie an, sag es, Alex, sag es doch einfach, dann ist es endlich raus. »Meine Freundin hat Schluss gemacht«, das könnte ich sagen, »und ich hab keine Ahnung, wohin mit mir. Ich weiß nicht, ob ich hierbleiben soll, weil sich hier alles so einfach, so geregelt anfühlt, weil ich weiß, was passieren wird, und ich nicht ständig Angst vorm nächsten Tag, vorm nächsten Schritt, vorm nächsten Einatmen hab. Weil ich meistens gar nicht mehr weiß, wie sich Ruhe anfühlt, wie es ist, nicht ständig komplett erschöpft zu sein, weil ich immer gestresst bin, immer in Sorge, immer ist irgendwas, die Scheißnachbarin und ihr Fuckboy bumsen immer erst um elf Uhr abends und dann macht er mit seiner Bass-Stimme Witze und sie lacht so dämlich drüber und ich muss mir das anhören bis morgens um zwei. Aber weil wir alle ja cool sind, so hip, so tolerant, kann ich nicht einfach klingeln gehen und sagen, dass sie ihre Fresse halten soll und seine Witze scheiße sind, ich kann nicht einfach an die Tür hämmern und ihr sagen, dass sie endlich ausziehen soll, damit ich endlich samstagnachts mal schlafen kann. Ich kann nicht, weil ich dann auch immer leise sein muss, wenn man diesen Krieg erst mal beginnt, dann gibt es kein Zurück. Also liege ich jede Samstagnacht wach im Bett und mache die Netflix-Serie immer lauter und lauter, um die beiden nicht zu hören, und wünsche mir so sehr, einfach zu Jenny fahren zu können, weil es da keine Nachbarin und keinen Fuckboy gibt. Ich will einfach bei ihr sein und in ihrem Bett schlafen und am nächsten Tag mit ihr frühstücken und auf einen von diesen dämlichen Flohmärkten gehen, diese Berliner Jahrmärkte für Touristen, Instagram-Selfies im Mauerpark, der Fleamarket in Newcologne, Babes. Ich wär so gerne einfach mal gelangweilt, hätte Routine und Struktur, immer um die gleiche Zeit schlafen gehen, immer morgens um sieben aufstehen, mit dem Auto zur Arbeit oder mit dem Rad, Feierabend, einkaufen noch schnell, bevor der Supermarkt um sieben schließt, und dann Sport oder Couch oder irgendwas, was nicht so aufregend ist. Keine Bars mehr, kein FOMO, keine WhatsApp Dienstagnacht um halb zwölf: »Ey Alex, komm noch rum, hier ist dieser merkwürdige Rave, mega witzig he he.« Ich will einfach endlich mal nichts verpassen, weil es nichts zu erleben gibt, ich will das so gerne aushalten können und nicht ständig dieses Monster in mir haben, das mehr will, mehr erleben, mehr sehen, mehr Menschen, mehr ficken, mehr trinken, mehr Koks ziehen. Ich will so gerne einfach auf diesem Sofa hier sitzen bleiben, für immer Erdnussflips und schlechte Trance und Gespräche über nichts, ich will so gerne nix mehr suchen und die ganze Zeit unzufrieden sein mit dem, was ich finde, immer das Gefühl, dass die Klamotten nicht gut genug sind, der Körper nicht, das Gesamtprodukt nicht stimmt. Ich will keine Tinder-Dates mehr und kein Edamame, ich will kein Cold Brew, keinen Techno, keine Kotze mehr sehen. Ich will einfach nur hier sein, wisst ihr, hier, wo mir nichts passieren kann, weil ja gar nix passiert, wo einfach alles einfach ist, weil es das doch eigentlich auch ist. Ich will mich nicht mehr verlieben, sondern einfach hier so wohnen in einem Haus, das mir gehört und das aussieht wie alle anderen. Da möchte ich drin leben und manchmal in den Wäldern spazieren gehen, die nicht völlig überfüllt sind von all den Leuten, die es in der Stadt nicht aushalten, die ständig rausmüssen, damit sie den Rest der Woche in ihren Mini-Wohnungen in Kreuzberg oder Mitte überstehen. Ich will spazieren gehen in Wäldern, die nach Wald riechen und nicht nach Stadt stinken, ich will mit dem Fahrrad an den See, an dem man nicht Handtuch an Handtuch, Boombox an Boombox liegt, ich will nicht mehr ständig überall Musik mit meinen Noise-Cancelling-Kopfhörern hören, weil ich den Lärm der ganzen anderen Menschen um mich herum nicht mehr ertrage, ich will so gerne endlich mal zu Hause sein. Bei Jenny hab ich mich so gefühlt, wisst ihr, aber die will mich nicht mehr, die scheißt auf mich, weil ich nicht aufregend genug war oder nicht unterwürfig genug, weil ich so was Krasses wollte wie eine richtige Beziehung, in der man sich gegenseitig vertraut und respektiert und nicht lügt und so tut, als wären das keine Lügen, sondern nur die

Freiheit zu sagen, was man will. Lachhaft, oder? Ich will zurück zu einer, die mich wie Dreck behandelt hat, weil ich nicht weiß, was ich ohne sie machen soll, weil da all diese Fragen sind, seit sie weg ist, all diese komplizierten Fragen danach, wer ich bin und wie ich sein will. Und dann labern alle ständig diesen Müll, dass man mit sich selber glücklich sein muss, um es mit jemand anderem sein zu können, und dass man sich nicht so schnell auf was einlassen soll, weil man ja erst einmal herausfinden muss, wie der andere so tickt, aber verdammte Scheiße, Menschen sind keine Matratzen mit hundert Tagen Rückgaberecht, die probiert man nicht aus und schaut, wie zufrieden man ist, und wenn die nicht well performt, dann wird sie abgeholt, kostenlos natürlich, und verbrannt, weil eine Matratze, auf der schon jemand lag, niemand anderes mehr haben will. Ich weiß nicht, wie das alles klappen soll, Leute, wie man das schafft, dass man da nicht durchdreht, wie man Ruhe findet und einen Ankerplatz für sich und den Kopf, ich hab es jedenfalls nicht geschafft, ich gebe auf, ich breche die Zelte ab, ich komm zurück in diese Stadt hier, die mein richtiges Zuhause ist, an diesen Ort, wo Commitment die Regel und nicht die spießige Ausnahme ist. Ich komme zurück und ich bleibe hier, ist das okay, Leute, nehmt ihr mich wieder zurück, darf ich bei euch bleiben, seid ihr einverstanden, darf ich bitte einfach noch mal von vorne anfangen?«

Aber ich sage nix, wie unpassend wäre das auch. Stattdessen quatsche ich irgendwas von stressigem Job und dass ich mal eine Auszeit brauche und es ja auch schön ist, die Familie zu sehen, und alle nicken ganz verständnisvoll, ja, klar, das kann man verstehen, Berlin ist ja auch echt superstressig, weiß man ja. Ich nicke und saufe mein Bier in riesigen Schlucken, ja ja, sehr, aber auch toll, die Stadt, so viel los, so viele Kulturen und so viel zu erleben, geschichtsträchtig auch, uff, sehr und so frei, so wild, so aufregend, ganz anders als Braus natürlich, aber nicht schlechter oder besser, nein, nein, versteht mich da nicht falsch, nur *anders* eben, muss man mögen, aber wenn man's tut, dann ist es der beste Ort zum Leben, den man sich vorstellen kann.

Jörg oder Jürgen, ich weiß es schon nicht mehr, erzählt von seinem Trip nach Hamburg, in Berlin war er noch nicht. Hamburg, schöne Stadt, schönste Stadt auch irgendwie, das muss man so sagen, die Elbe, der Fischmarkt, die Schanze, St. Pauli, total ausgeflippt, aber auch nicht zu sehr, irgendwie gemütlich, aber trotzdem das Tor zur Welt, sagt er und die anderen nicken, ja, das können sie bestätigen, auf jeden Fall, und ich sage ja, sehe ich auch so, Hamburg ist schon wirklich viel schöner als Berlin, aber eben auch teurer, ja ja.

»Ja, nicht zu vergleichen mit den Preisen hier, haha, in der alten Heimat, oder?«, sagt Thomas und lacht mich an.

Heimat, was soll das eigentlich sein, denke ich, während ich schon wieder zum Kühlschrank schlurfe, obwohl wir in zehn Minuten aufbrechen werden. Heimat, was ist das denn, denke ich. Ist das ein Gefühl, etwas, das Horst Seehofer sagt, der Ort, an dem wir geboren wurden? Ist das der Moment, in dem man an Weihnachten zu seinen Eltern fährt und ins Haus kommt und es riecht auf diese eine besondere Art und Weise, die sofort in dich fährt, die dich alles erinnern lässt, dieser Geruch, nach dem du wohl auch selber riechst, diese müffelnde DNA am Hinterkopf, im Nacken, wo man angeblich den wahren Geruch eines Menschen riecht. Gibt es einen Unterschied zwischen Heimat und Zuhause? Ist Heimat ein Dialekt, das, was du zu »Brötchen« sagst, wie du fluchst, was es zu essen gibt, woran du glaubst, in welche Kirche du gehst? Ist Heimat etwas, das ein Ministerium bestimmt, eine Urkunde, ein Pass, eine Religion? Ist Heimat das hier, diese Stadt, Braus, die im Sommer eines von zu vielen Zeltfesten feiert, auf dem ich jetzt mit einem Mal bin und verzweifelt versuche zu verstehen, was Thomas mir ins Ohr brüllt?

Nachdem wir bei Sanne alles aufgeräumt haben, sind wir losgefahren, mit unseren Rädern natürlich, ich mit dem meines Vaters, das so alt ist, dass ich schon im Kindersitz auf dem Gepäckträger saß, wenn wir eine der Radtouren gemacht haben, die Papa so mag.

Die Party findet in einem Zelt mit Holzboden statt, in dem eine unendlich lange mobile Theke steht. In so ein Zelt passen ein paar hundert Menschen hinein, die Luft ist feucht und es stinkt nach Bierfürzen und Schnaps. Im vorderen Bereich, direkt bei der Theke, stehen Holztische und -bänke, darauf liegen, sitzen, krümmen sich Menschen, einige haben ihre Köpfe auf die weißen Papiertischdecken gelegt und scheinen zu schlafen, andere darauf zu warten, dass der Schwindel weg- und die Party weitergeht.

Im hintersten Teil des Zeltes befindet sich eine kleine Bühne auf einer provisorischen Empore, auf der ein DJ Schlager und Popsongs der letzten vierzig Jahre auflegt. Ein Lied ist nur dann ein gutes, wenn die Hälfte der Anwesenden mitgrölt. Das Licht ist schummrig und wird von bunten Strahlen durchzuckt, man kann das nicht Lasershow nennen, es wirkt eher so, als würde ein Kind mit bunten Taschenlampen hin- und herwedeln und selber nicht wissen, was es da tut. Aber das ist egal, wir sind hier nicht im Berghain, scheiß auf das Licht und die Musik.

Ich weiß seit fünf Bier und zwei Jägermeistern nicht mehr so genau, wie spät es ist oder was ich hier eigentlich verloren habe, aber das Gute am ständigen Suff ist natürlich, dass einem die Beweggründe irgendwann auch egal sind, deshalb trinkt man ja. Sanne brüllt: »Lass tanzen!«, und ich höre mich »ja« sagen und muss fast ein bisschen lachen, weil ich gar nicht glauben kann, dass ich das wirklich gerade gesagt habe. Was ist hier schon anders, als in irgendeinem Berliner Club? Alle sind besoffen, der Tanzstil unterscheidet sich in der Abwesenheit von Können und Eleganz auch nicht besonders von dem Großstädter und am Ende knutscht man mit irgendwem, der genau wie man selber zu den Resten einer Nacht gehört, von der man am nächsten Tag mit etwas Glück auch nicht mehr alles so ganz genau weiß, aber schön war‘s, oder, richtig geile Party gewesen, man. Man muss sich in keine Schlange stellen, außer vorm Toilettenwagen. Da dauert es nicht wegen der Kleingruppen von Drogen-Konsumenten so lange, bis was frei wird, sondern weil eine eingeschlafen ist oder einer heimlich heult. Mit etwas Glück fällt man die steile, wackelige Treppe des Wagens weder hinauf noch hinunter, aber falls doch, ist das auch egal, weil das schon zehn anderen heute passiert ist. Meistens wankt man ab elf sowieso nur noch zu irgendeinem Busch in der Nähe und versucht, sich nicht selber anzupinkeln. Aber auch das ist heute schon jemandem passiert. Es gibt immer einen Imbisswagen, an dem man für wenig Geld Currywurst, Bratwurst und Pommes kriegt, die man schnell in den sauren Biermagen schlingt, während man eigentlich kaum Gedanken hat, die über »Wurst zum Mund, Pieker ins Schälchen« hinausgehen. Es gibt kein endloses Koks-Gelaber, keine verzerrten Mundwinkel, keine aufgerissenen Augen. Es gibt Pommes rotweiß und Bier aus Hartplastikbechern, von denen man Herpes kriegt und Durchfall, aber zum Glück meistens erst am nächsten Tag.

Wir verdrehen unsere steifen Körper auf der Tanzfläche und eigentlich bedeutet das nur, dass wir irgendwie unsere Füße heben und senken, was wir ebenso mit unseren Köpfen machen, wobei wir reichlich dämlich aussehen, aber auch nicht dämlicher als die anderen um uns herum.

Ich habe im Laufe des Abends ein paar bekannte Gesichter gesehen und mich immer gleich schnell weggedreht.

Aber gerade, als ich mich von der Gruppe lösen will, um Bier holen zu gehen, tippt mir jemand auf die Schulter. Ich bemerke es zunächst gar nicht, weil das Gedränge groß ist im Tanzbereich und vermutlich auch, weil ich insgesamt nicht mehr viel spüre. Die Luft ist wahnsinnig heiß, fast schwül, die bunten Lichter zucken und nerven, ich habe die Augen kurz geschlossen und da ist es noch mal, dieses Mal etwas deutlicher. Ich reiße die Augen auf und fahre herum und da steht einer, dessen Gesicht mir irgendwie bekannt vorkommt, aber auch irgendwie nicht, keine Ahnung, was der will, hoffentlich keinen Stress oder so was, weil das wieder wie früher darin enden würde, dass sich jemand statt meiner prügeln muss und ich daneben stehe, weil ich zu feige und zu schwach bin und allgemein einfach auch Pazifist.

Der Typ lacht, als er meinen irritierten Blick sieht, und brüllt mir ins Ohr: »Alter, ich bin's, Hendrick!«, und dann beuge ich mich mit dem Oberkörper ein wenig zurück und falle dabei fast hin, im letzten Moment fängt Thomas mich auf, stellt mich wieder gerade hin und umarmt dann Hendrick lachend, während er mich mit einer Hand festhält. Die beiden stehen vor mir, diesem schwankenden Schiff und ich kneife die Augen zusammen, ah jetzt ja, natürlich, das ist Hendrick, na hallo, Guten Tag. Hendrick umarmt mich jetzt auch und dann umarmt Thomas uns beide und so stehen wir zu dritt mitten auf der Tanzfläche und jemand ruft: »Schwul!«, und irgendjemand lacht und ich will mich schon umdrehen und schreien, dass diese dummen Dorftrottelwichser ihre Fresse halten sollen, haha, schwul, ja, sehr witzig, als sei das ein Schimpfwort, ihr Atzen, wie kann man nur so hinterwäldlerisch sein, ey.

Aber Thomas' Arme halten mich ab, er sagt »Ne, ne, ne« in

mein Ohr und drückt noch fester zu und irgendwie lasse ich mich doch fallen in diese Situation, die wir hier jetzt haben, so merkwürdig die auch ist.

Als wir uns voneinander lösen, bin ich fast ein bisschen traurig. Schade, denke ich, war gerade so gemütlich, wäre am liebsten gleich hier eingeschlafen, voll anstrengend das Ganze hier, außerdem so menschliche Nähe, meine Güte, die ist schon wirklich ziemlich schön, hatte ganz vergessen, wie gut das ist.

Hendrick schreit etwas, ich kann nicht verstehen, was er sagt, er greift ungeduldig nach meinem Pullover, Thomas nach dem anderen Ärmel, wo ist eigentlich Sanne und wo der Rest, sie ziehen mich in Richtung Theke, ich schüttle den Kopf, wehre mich, nein, nein, nein, lieber tanzen jetzt und nichts mehr trinken, aber die beiden ignorieren mich einfach und zerren mich quer durchs Zelt, durch ein Meer aus Schultern und Köpfen und Hüften und Füßen, über die ich stolpere, aber nicht falle. Ein bisschen bin ich selber beeindruckt, dass so was wirklich immer noch funktioniert, selbst, wenn man eigentlich schon seit Stunden seinen eigenen Namen nicht mehr richtig aussprechen kann, irgendwie kriegt der Körper das hin, dass man einen Fuß vor den anderen setzt. Ist ja egal, wie. Aber es geht.

An der Theke ist viel los, das Gedränge unerträglich, Thomas schaut genervt, streckt dann seinen Arm aus, ruft: »Mario, Mario!« Ein sehr junger Mann, höchstens achtzehn, wenn überhaupt, mit aknekaputten Wangen und fettigem blonden Haar, hört die Rufe wie durch ein Wunder und Thomas hebt drei Finger und der Junge nickt und winkt uns heran. Wir drängen uns wieder zwischen den Wartenden heraus, Thomas schiebt mich jetzt, beide Hände auf meinen Schultern, einfach vor sich her und ich lasse es geschehen. Ich wünschte, es könnte für immer so sein,

ein Rausch, der immer exakt an diesem Punkt verweilt, an dem alles wirklich völlig egal ist, aber alles noch total Spaß macht, hey, hey, hey, hier kommen wir, ha ha, ach, findet ihr alle nicht lustig, na egal, wer seid ihr schon. Ich lache mich kaputt über die, die an der anderen Seite warten müssen, Thomas hält mir einen Becher Bier hin und einen Schnaps, wir stoßen alle an, der Schnaps ist Korn, ich muss kurz würgen, aber dann trinke ich einfach die Hälfte des Bieres auf einmal und schon ist alles vergessen, ach, wie einfach kann es sein, ach, wie gut ist diese Nacht.

Ein paar Minuten später stehen wir auf dem Vorplatz, Hendrick, Thomas und ich. Es ist eine warme Nacht, der Himmel ist sternenklar, der Regen ist fort. Hier kann man sie immer sehen, die Milchstraße, kein Lichtsmog am Rand der Stadt, nichts, was sie unsichtbar werden lässt. Interessant, denke ich, je heller wir Menschen alles um uns herum werden lassen, desto dunkler werden die Sterne, das ist doch traurig, oder, also das muss man sich mal überlegen. Na ja, vielleicht auch nicht, Gott, ist mir schwindelig.

»Wollen wir ein Stück gehen?«, fragt Hendrick, und Thomas und ich nicken. Warum nicht. Vermutlich würde ich auch zu allem ja sagen, weil ich gerade einfach so glücklich bin, so ruhig, so zufrieden, so besoffen, okay.

»Nur ‘ne kleine Runde, wie früher«, sagt Hendrick und klopft mir auf die Schulter, »oder, Alex?« Ich frage mich, was ich jetzt antworten soll, also brumme ich hnhmmhm und versuche, geradeaus zu laufen. Meine Güte, ist das dunkel hier.

Das Zeltfest ist eigentlich nicht in Braus, sondern zwischen Braus und der nächsten kleinen Nachbargemeinde, ungefähr zwei Kilometer hinter der Stadtgrenze. Je weiter wir uns vom Zeltplatz entfernen, desto dunkler wird alles, nach hundert Metern ist die

Landstraße vor uns kaum noch zu erkennen. Meine Augen gewöhnen sich nur langsam an die Dunkelheit, eigentlich ist alles schwarze Suppe und ich torkle einfach hinter dem weißen T-Shirt von Hendrick her, das ein bisschen leuchtet.

Es riecht nach Sommer, nach Bäumen und Moos und Rasen und Gülle und nach sehr, sehr frischer Luft. Ich atme und atme, kann gar nicht genug kriegen von der Dunkelheit, die ich mir durch die Lungen ziehe, es ist, als hätte ich seit hundert Jahren keine richtige Luft mehr geatmet, als wäre Berlin unter einer Glasglocke und der Sauerstoff nur künstlich. Mir wird schlecht, als ich an Berlin denke, an die Stadt, die immer nach Pisse und Öl riecht, nach den U-Bahnen und nach den ganzen stinkenden Menschen und ihrer ekligen Existenz. Alles an der Stadt widert mich an, die Straßen sind voller Müll, die Menschen auch, sie labern die immer gleiche Scheiße, sie quetschen und schubsen sich, alles ist so schnell und dreht sich, dreht sich, dreht sich, ich muss kotzen.

Ich bleibe stehen, dann beuge ich mich unter einer Laterne zum Grünstreifen und erbreche einen Schwall Galle und Bier und dann noch mal und noch mal, es tut so gut, es soll nie wieder aufhören. Ich kotze und ich kotze und ich kotze alles aus mir heraus, die ganze Scheiße, den ganzen Dreck der letzten Jahre, ich würge Berlin aus mir und Jenny, ich würge, bis ich nicht mehr kann, Thomas ruft: »Alles ok, Alter?«, und zwischen zwei Wellen von Übelkeit murmle ich: »Ja, alles gut, nix passiert«, und irgendwann bin ich fertig und huste ein bisschen und dann wische ich mir mit dem Ärmel den Mund ab und ich fühle mich so frei, so unendlich befreit wie schon ewig nicht mehr.

Hendrick lacht und sagt: »Alles wie immer also.« Und ich lache auch und dann lachen wir alle, obwohl überhaupt gar nichts so richtig lustig daran ist, aber vielleicht ja doch, vielleicht ist es ja das Witzigste der Welt, dass ich hier gerade stehe mit Kotze am Ärmel und mich einfach nur gut fühle und keine Angst vor gar nichts mehr hab.

»Was machst du eigentlich hier?«, frage ich Hendrick.

»Bin ein paar Tage bei den Eltern. Und du?«

»Er auch«, antwortet Thomas und lacht.

»Tatsache«, sagt Hendrick.

»Joa, musste mal raus, ne?«, sage ich.

Hendrick nickt. Thomas nickt. Gut, dann ist das ja jetzt geklärt, danke fürs Gespräch, Jungs.

Wie lange kenne ich Hendrick? Zwanzig Jahre? Fünfzehn? Irgendeine andere Zahl? Ich weiß es nicht mehr. Und kann man von Kennen sprechen, wenn man sich eigentlich nie sieht, wenn man seit Jahren eigentlich gar keinen Kontakt mehr hat und auch gar nicht weiß, was der andere so macht, geht das, dass man dann sagt: »Ja, wir kennen uns«? Oder sagt man: »Ja, wir kannten uns mal«, und klingt das nicht merkwürdig, so, als sei etwas wirklich Arges vorgefallen, und dann kennt man sich eben nicht mehr?

»Was machst'n jetzt so?«, fragt Hendrick in die Stille hinein, während wir drei langsam zurück in Richtung Zeltplatz laufen, weil keiner von uns schon genug zu haben scheint, wir alle sind unschlüssig, wissen auch nicht, was wir sonst machen sollen. Es ist vielleicht halb zwei mittlerweile, das schätze ich nur, ich weiß es nicht so genau und will es eigentlich auch gar nicht wissen. Um diese Zeit gibt es keine Alternativen mehr in der Stadt, selbst die Bars haben geschlossen, weil die Hälfte des üblichen Publikums beim Fest ist. In der Kleinstadt bleibt man, wo man begonnen hat, man zieht nicht ständig mit zig Leuten, von denen man fast alle am Ende verloren hat, von Bar zu Bar und Club zu Club, man geht zu dieser einen Festivität und da bleibt man, bis es vorbei ist, und vorbei ist eine Größe, die von Müdigkeit und Alkohol definiert wird und nicht von anderen, die überreden und argumentieren, warum man jetzt doch unbedingt noch in den nächsten Kiez muss oder in diese eine Kneipe und dann noch bei Lilli vorbei, die hat das beste Koks, ich schwöre, man. Nee, hier bleibt man, wo man ist, und dann geht man dahin, wo man wohnt, und es ist vielleicht zwei oder drei und in sehr wilden Nächten auch mal fünf, aber es ist nicht grundsätzlich immer schon hell und die Nase wund, es ist einfach *noch* dunkel und man schläft und steht um elf Uhr wieder auf und es ist Sonntag und es gibt keinen Rave und kein Daydrinking, es gibt nur eine völlig tote Innenstadt, vielleicht einen kleinen Spaziergang, bei dem man sich zunickt, wenn man sich begegnet, aber eigentlich kann man auch auf dem Sofa bleiben und Fernsehen gucken oder Netflix, vielleicht geht man am Abend noch mal in die Kneipe, je nachdem, ob Samstag oder Sonntag ist, am Sonntag auf keinen Fall, da bleibt man abends zu Hause, da bleibt man unter sich und wenn man alleine ist, dann bleibt man eben auch das.

Die Sonntage waren immer am schlimmsten, wenn ich allein in meinem Zimmer auf dem Bett lag und darauf gewartet habe, dass Montag ist und also wieder noch ein beschissener Tag rum ist, wieder Schule, wieder die anderen sehen, wieder so tun, als würde ich einfach nur dasitzen, während ich innerlich die ganze Zeit schreie:

ICH HASSE EUCH ALLE SO SEHR.

Ich lag auf meinem Bett und habe mir vorgestellt, wer ich mal sein werde. Ein Künstler vielleicht oder auf jeden Fall irgendjemand, der bewundert wird, der etwas erschafft mit Sinn. Ich habe mir vorgestellt, wie ich in der Großstadt lebe und glücklich bin, in einer WG, später allein, Altbau, Dielen, Boiler, Bücher, Zeitungen auf dem Boden, Dreck in der Küche, immer irgendjemand zu Besuch. Ich habe mir die Frauen vorgestellt, die ich dann haben könnte, die ganz anders wären als die hier, die viel besser gekleidet, viel gebildeter, nachdenklicher, schöner wären. Die mich verstünden, die mich halten würden, und wir würden über alles reden, wirklich einfach alles, egal, wie komisch oder schlimm oder deprimierend oder weird das Thema wäre. Keine Tabus mehr, nichts hinter zugezogenen Gardinen und heruntergelassenen Rollläden. Ich würde sie im Germanistikseminar kennenlernen oder auf den Partys in wilden Clubs, die ich noch nie gesehen hatte. Ich stellte mir vor, dass alles eine einzige Loveparade sei, ein Rausch, ein wildes Treiben, Sex und Liebe und Techno und Döner und Bordsteinbier und Frauen, die ihre Haarklammern in meinem Bett vergessen (ich würde sie sammeln), aber ihre Telefonnummer daließen (ich würde nie anrufen), kleine Brüste, große Brüste, rasierte Muschis, unrasierte Achseln. Ich stellte mir vor, wie sich alles plötzlich ergeben würde, weil ich wie ein Puzzle-Teil in die Stadt passte, so, als hätte sie auf mich gewartet. Ich stellte mir vor, wie ich glücklich wäre.

An den Sonntagen gab es ein gemeinsames Mittagessen, Mama, Papa, Timo, ich. Wir redeten kaum, das Radio lief nicht, weil meine Mutter die Moderatorinnen nervig fand und sie hatte völlig recht damit. An besonderen Feiertagen legte mein Vater Klassik auf, tatsächlich auf dem alten Plattenspieler. Meine Eltern besitzen eine riesige Plattensammlung, hauptsächlich klassische Musik und Pop aus den 60ern bis 90ern. Weder Timo noch ich hatten je verstanden, was unsere Eltern an diesen Scheiben fanden, aber obwohl ich es nie zugegeben hätte, mochte ich die Musik an den nicht-stillen Sonntagen. Vielleicht auch nur deshalb, weil sie besser als das Kauen war, das Schlucken, das Geräusch von Besteck auf Tellern, der suppige Klang von Löffeln, die im Gemüse wühlen, das Kratzen von Messern, das Aufstoßen, das Geräusch, das Mineralwasser macht, wenn man es aus einer Glasflasche in ein Gefäß gießt, gluck gluck gluck, nichts machte mich aggressiver, ich hasste dieses Geräusch so sehr, so tief, dass ich bis heute jedes Mal erstarre und mich zusammennehmen muss, um nicht die Flasche zu greifen und sie einfach weit fortzuwerfen.

Die Sonntage waren, das kann man so sagen, ein langsamer Suizid von Hoffnung. Ich lag einfach da, holte mir manchmal einen runter, schaute irgendwas im Fernsehen und dazwischen dachte ich an meine Zukunft, die sich irgendwann in einen Umzugswagen setzen würde Richtung große Stadt, eigentlich auch egal, welche, Hauptsache so weit weg, wie es geht.

Wir laufen die dunkle Landstraße zurück, Thomas macht ein paar dumme Witze und Hendrick lacht viel darüber. Ich merke erstaunt an, dass es schön ist, dass die beiden den Kontakt gehalten haben, und Hendrick erzählt, dass Thomas (»im Gegensatz zu dir, du Wichser!«) auf seine Nachrichten geantwortet hätte, und ich bleibe stehen.

»Alter, dein Ernst oder was?«, frage ich Hendrick und der kriegt auch sofort diesen bösen Gesichtsausdruck, den ich noch von ihm kenne, so eine Mischung aus Zorn und Überheblichkeit, da möchte man eigentlich sofort reinschlagen.

»Du hast damals gesagt, dass ich nicht zu euch ziehen kann, eventuell habe ich mich deshalb nicht mehr gemeldet?«

»Ey Alex, ganz ehrlich: Ich konnte das damals auch nicht auffangen, ich bin nicht dein Therapeut gewesen, sorry.«

»Worum geht's?«, fragt Thomas irritiert.

Na ja, denke ich. Es geht darum, dass ich damals fast der Einzige war, der nicht in die nächstgrößere Studentenstadt zog. Ich wollte nicht in das nächste Kaff, das ja auch nur wieder eine Kleinstadt wäre, die eben ein bisschen größer war als Braus. Ich wollte vor allem niemanden aus der Stufe sehen, ich wollte frei sein und nicht an die Uni gehen, an der alle anderen studierten. Was hätte es auch gebracht? Es wäre ja quasi alles so weitergegangen wie vorher, alles wäre einfach gleich geblieben, nur verdünnt, aber trotzdem noch giftig, immer wieder präsent. Ich hätte zwar nicht mehr mit ihnen in ständiger Nähe leben müssen, aber ich wäre auch nicht so weit weg gewesen, dass ich sie gar nicht mehr gesehen hätte. Wenn unsere Stufe die Essenz gewesen war, dann hätte die nächstgrößere Stadt uns nur verdünnt. Also war ich zuerst nach Jena gezogen, wo ich einen Studienplatz und eine WG fand, innerhalb kürzester Zeit jeden Tag depressiver wurde und das Gefühl hatte, völlig verloren zu sein. Ich hatte eigentlich nach Berlin gewollt, aber mein Schnitt war zu schlecht gewesen, und so hatte ich gedacht: Och na ja, dann eben nach Jena. Das Gute an Jena war, dass die Stadt voller Loser wie mir war, die alle eigentlich ganz woanders hingewollt hatten, aber deren Schnitt so mies gewesen war wie meiner. Die Jenaer Uni nahm eigentlich jeden und man konnte studieren, was man wollte.

Ich hatte mich für Germanistik und Philosophie eingeschrieben und versuchte krampfhaft, mich so zu fühlen, wie ich mir das an all den Sonntagen ausgemalt hatte. Ich ging auf die Ersti-Partys, ich besuchte Vorlesungen und Seminare, aber eigentlich empfand ich einfach nur Panik, die ganze Zeit Panik, weil alles so verwirrend war und alle so selbstbewusst und glücklich schienen und vor allem so, als wüssten sie, was sie da taten und wer sie waren und wohin das alles führt. Nach zwei Monaten hatte ich angefangen, die Abende damit zu verbringen, mich alleine zu betrinken, Joints zu rauchen und im seltenen Fall, wenn ich noch stehen oder gehen konnte, mit irgendwem von der Uni in irgendeinen Weinkeller zu gehen. Ich wurde immer stiller, ging nicht mehr zur Uni, wurde aus der WG geschmissen, weil ich mich an nichts beteiligt hatte, eigentlich nur im Bett lag oder besoffen war. Als ich in die neue WG zog, in der niemand mit mir sprach, weil ich nur der Platzhalter für die Lisi war, bis die aus ihrem Auslandssemester aus Schweden zurückkam, die Lisi, einfach ein toller Mensch, immer gut gelaunt, so lieb, jeder mochte sie, quasi das Gegenteil von dem ätzenden Alex halt, als ich also da saß in meinem neuen WG-Zimmer, das eigentlich Lisi gehörte und voll von ihrem geschmacklosen Kram stand, als ich da so auf Lisis Bett saß und dachte, dass es gar nicht mehr schlimmer kommen könnte, kam es natürlich doch noch viel schlimmer, weil das sonst einfach nicht Fun genug gewesen wäre. Ich bekam eine Panikattacke und mittendrin kam ich auf die Idee, Hendrick anzurufen, weil ich dachte, okay, Alex, du hast dich einfach vertan, du hättest halt wie die anderen einfach nur ein paar Kilometer weiter ziehen sollen, nicht gleich viele hundert weiter, du bist dafür nicht gemacht, du kommst nicht klar, wenn alles so fremd ist und alle so viel cooler sind als du, gut, dass du nicht nach Berlin gezogen bist, da hättest du dich schon umgebracht, na ja, also man kann und darf ja Fehler im Leben machen, das hier war jetzt deiner, also korrigiere ihn und zieh einfach in die doofe, langweilige Stadt, wo die anderen sind, und dann ist alles wie früher, nur ohne schlimm. Also rief ich Hendrick an und erzählte ihm, was los war, eigentlich redete ich nur, als sei ich auf Speed und ziemlich wirr, ich glaube, ich sagte so etwas wie: »Ich habe Angst, ich komme hier null klar, die sind alle scheiße und ihr seid cool, also ziehe ich jetzt zu euch, ihr habt doch eh dieses Zimmer in deiner WG, das immer zwischenvermietet wird, und dann bin ich halt der Zwischenmieter und dann mache ich mein Studium bei euch fertig oder was anderes, ist ja auch egal, Hauptsache, wir sind zusammen, mega Idee, oder, du findest das auch eine perfekte Lösung, oder, Hendrick, sag mal, das ist doch geil, das wird ultragut, ich spür das schon«, oder so. Hendrick hatte lange geschwiegen und dann ein paar Dinge gesagt, die zwar sehr richtig, aber auch sehr enttäuschend gewesen waren, so ist das ja oft mit der Wahrheit, die ist leider meistens sehr logisch und dafür auch sehr schmerzhaft, weil man heulend am Telefon, wenn man gerade eine Panikattacke hat, nun wirklich keine Logik braucht, aber Hendrick sagte einfach in seinem ruhigen Hendrick-Ton: »Ich glaube, das ist keine gute Idee«, und ich war vor den Kopf gestoßen, was war denn hier los, natürlich war das eine super Idee, hallo Hendrick, gib mir mal den richtigen Hendrick, weil der würde so was nie sagen, NIEMALS, der würde sagen: »Komm her, klar«, und dann würden wir bekloppte Pläne machen und uns ausdenken, was wir alles gemeinsam erleben würden, und dann auflegen, aber der würde ganz bestimmt, also wirklich hundertprozentig niemals sagen: »Ich halte das für keine gute Idee.«

Der Typ am Telefon, der nicht Hendrick sein konnte, sondern irgend so ein Arschloch, erklärte mir, dass er nicht mein Therapeut sein könne und dass wir uns alle weiterentwickeln müssten und ich eben auch und das ginge eben nur, wenn wir unsere eigenen Erfahrungen sammeln würden, das sei ja auch normal, jeder fühle sich mal einsam und verloren, aber geht vorbei, Alex, wirklich, versprochen, komm schon. Mittendrin legte ich einfach auf, ich war erschöpft und wollte sowieso diesem Clown keine zwei Sekunden länger zuhören. Wichser. Das war also aus unserer Freundschaft geworden, so war der also für mich da, dieser Feigling.

Ich schimpfte das Telefon an und wartete darauf, dass Hendrick zurückrufen und sich entschuldigen würde, schlechten Tag gehabt oder so was, kann ja mal vorkommen. Aber er rief nicht zurück und ich begriff, dass ich allein war, dass ich niemanden mehr hatte, nur noch Erinnerungen und Panikattacken, und ich soff in dieser Nacht eine halbe Flasche Wodka, pisste im Schlaf in mein Bett und zog drei Monate später nach Berlin.

Seitdem hatte ich nicht mehr mit Hendrick gesprochen und es war mir auch egal gewesen, denn das war ja kein Verlust, so ein Dreckskerl, der in der Not nicht für seine Freunde da ist.

»Arschloch«, sage ich. Und weiß im gleichen Moment, dass ich unrecht habe. Er ist kein Arschloch und er war es auch damals nicht. Er hatte einfach recht. Ich wollte ins gemachte Nest, wollte, dass sich jemand kümmert, mich auf Partys mitnimmt und allen vorstellt und dann wäre alles wieder einfach, ein bisschen wie früher eben. Dass Hendrick darauf keine Lust gehabt hatte, war verständlich, bloß hatte ich das wie so vieles jahrelang nicht akzeptieren wollen, denn es war ja so viel einfacher, sich ständig selber wirklich sehr leidzutun.

»Sorry«, sage ich schnell, bevor Hendrick antworten kann. Er nickt. Verziehen. Alles gut.

»Worum geht's denn hier?«, fragt Thomas noch mal und Hendrick lacht und ich auch und dann nehmen wir uns in den Arm und sagen: »Ach ja, das hätte auch schon früher passieren können«, und alles ist wieder gut, weil Freundschaft ja so funktioniert, das ist ja das Erstaunliche daran, wenn wir uns erst mal für jemanden entschieden haben, dann halten wir so was aus, da kann man sich auch zehn Jahre anschweigen und am Ende lacht man sich auf einer Landstraße halbtot und geht einfach darüber hinweg, ist ja auch egal, alles so lange her, oder, Jungs?

Auf dem Platz ist jetzt weniger los, vereinzelte Gruppen stehen noch herum, schwanken, lachen, brüllen sich unverständliches Zeug entgegen.

»Hab kaum noch Geld«, stellt Thomas fest und Hendrick sagt: »Kein Problem«, und holt aus seiner Jacken-Innentasche einen

Flachmann hervor und reicht ihn herum. Und in diesem Moment ist alles wieder da, ich kann die ganze Scheiße wieder ganz klar vor mir sehen und ich kriege erst Gänsehaut und dann greife ich nach dem Ding und trinke den ekligen Wodka darin und sage: »Prost! Auf die Vergangenheit!« Der Wodka quält meinen leeren Magen, er brennt und ätzt und ich lache wie so ein Irrer und Thomas und Hendrick starren mich einfach an, schauen zu, sagen kein Wort.

»Erinnert ihr euch nicht? Der, ich sage jetzt mal, lustige Abend damals, an dem ich dir den Flachmann 'geschenkt' habe?«

Hendrick schürzt die Lippen und denkt nach, dann reißt er die Augen auf, die ganz glasig und schwarz aussehen, wie schwarzer Marmor, der nicht glänzt.

»Ja, klar, ha ha ha, die Nacht, in der du so abgekackt hast!« Ich tue so, als würde ich in sein Lachen einstimmen, schaue Thomas an, der auf den Boden schaut, vermutlich weiß er, was gleich passiert, und dann geschieht es auch schon einfach so, ich hebe die Hand, hole zum Schlag aus, verfehle Hendrick aber, stolpere, falle nach vorn, alles ist sehr peinlich und geschieht sehr schnell, niemand lacht. Komisch.

»Alter!«, ruft Thomas und greift nach meinem Arm. »Findest du das witzig, oder was? Spinnst du? Was ist denn mit dir los?« Ich lache, aber es ist kein echtes Lachen, es ist ein irres, ein peinlich berührtes, puh, keine Ahnung, was ich hier eigentlich gerade abziehe, ich würde jetzt gerne vor Scham im Boden versinken, danke sehr.

»Was geht?«, fragt Hendrick und ich fange an zu heulen, ich weiß es auch nicht, es ist alles verschwommen und unklar, da war irgendwas mit diesem verfickten Flachmann, aber was war das noch mal und was geschieht hier eigentlich mit mir?

»Ich glaube, du solltest mal langsam nach Hause«, sagt Thomas, ganz der erfahrene Gastwirt, und ich sehe an seinem Blick, dass er jetzt auch keinen Widerspruch duldet, dass ich nicht sagen kann »Och, nee, würde ich jetzt lieber nicht machen«, also senke ich den Kopf wie der Hund, der ich bin, und stimme zu, ja, ich sollte wohl mal gehen jetzt.

»Witzig!«, ruft eine viel zu bekannte Stimme und dann steht da auch schon Anna und umarmt mich stürmisch, so, als wären wir wirklich gute Freunde, die sich lange nicht gesehen haben, so schön, dich wiederzusehen, du dumme Fotze.

Annas Haar riecht nach Kokos und Rauch, es ist erstaunlich wenig weich, ihre Nähe überraschend wenig abstoßend. Aber na ja: Ist ja nicht so, als würde das Böse immer in Form von ekligen, riesigen Monstern, die aus dem Keller kriechen, erscheinen, manchmal hat es auch sehr blondes, nicht sehr weiches Haar und verschmiertes Make-Up. Manchmal lallt es einem auch »Schön, dich zu sehen« ins Ohr.

Anna greift nach dem Flachmann, den Hendrick gerade in der Hand hält, und trinkt den letzten Schluck daraus, zumindest glaube ich das, weil so langsam nichts mehr darin sein kann und zack, da ist es wieder, das Bedürfnis, zuzuschlagen, und dann kommt sie auch schon, die Erinnerung, dann ist es auch schon da, na endlich, halleluja, jetzt weiß ich es wieder, toll, so ein traumatisches Flashback, da weiß man wenigstens sofort, warum man so gestört ist.

Die Nacht hatte angefangen wie so viele, Thomas, Hendrick und ich hatten uns bei mir getroffen und getrunken. Wir waren gerade sechzehn geworden und hatten Alkohol für uns entdeckt, etwas, das so schiefging, wie es bei allen schiefgeht, weil man erst sehr viel trinken und leiden muss, bis man weiß, wie viel Alkohol wie viel Leid verursacht, und sich zumindest hin und wieder zusammenreißen kann und das Leid nicht mehr ganz so überraschend eintritt.

Wir hörten schlechten deutschen Hip Hop und sprachen über die Schule, als Timo hereinplatzte und brüllte: »Na, ihr Schwulis, hockt ihr wieder wie die Hühner zusammen?« Er lachte sich halbtot, ich schämte mich halbtot, also alles wie immer. Timo spielte damals noch im Skate-Hockey-Team, »schwul« war etwas, das er als Beleidigung auffasste. Thomas, Hendrick und mir war es egal, ob er uns so nannte, keiner von uns hatte etwas dagegen, als »schwul« bezeichnet zu werden, weil wir Homosexualität für keine Beleidigung hielten. Genau das aber regte Timo und die anderen Idioten noch mehr auf, also sagten sie es immer und immer wieder zu uns. Bei Thomas nahm ich manchmal einen Anflug von Scham wahr, so, als würde er gleichzeitig uns gegenüber so tun, als sei es ihm gleichgültig, wie Timo ihn nannte, und eben jenem gegenüber, als sei es ihm unangenehm.

Ich hasste Timo, diesen breitschultrigen, grobschlächtigen Proll, diesen dumpfen Trottel, der er damals noch mehr als heute war. Er verkörperte alles, was ich niemals sein wollte, er war wie das Negativ von mir, im wahrsten Sinne.

Ich wusste, dass er und seine Freunde später auch auf dem Fest sein würden und dass das wieder Stress geben würde, weil seine Jungs uns nie in Ruhe ließen, so sehr wir auch versuchten, ihnen aus dem Weg zu gehen. »Verpiss dich«, sagte ich und er lachte noch lauter und knallte die Tür hinter sich zu.

»Was für ein peinlicher Trottel«, seufzte Hendrick. Ich war angespannt und nervös, weil ich auf eine SMS von Anna wartete, die versprochen hatte sich zu melden, wenn sie und ihre Freundinnen sich auf den Weg zum Zelt machen würden. Aber mein Handy blieb stumm und eigentlich überraschte mich das nicht mal, weil die ganze Sache nicht gut lief zwischen uns, wenn man überhaupt von »laufen« sprechen konnte. Ich war so verliebt in sie, wie man es in dem Alter nur sein kann, ich dachte unentwegt an sie, starrte sie im Unterricht heimlich an, ich konnte nicht mal an sie denken und dabei onanieren, weil sie so eine Heilige für mich war. Thomas und Hendrick konnten ihren Namen schon nicht mehr hören und als ich es nach Monaten des Herumschleichens um sie endlich schaffte, dass sie abends bei mir vorbeikommen und mit mir lernen würde, hatte ich tagelang vorher Durchfall und Panikattacken. Dann, endlich, vor ein paar Wochen war sie hier wirklich aufgetaucht, dieses Zaubermädchen, das so schön war, dass ich es kaum aushielt. Ich hatte mir vorgestellt, dass wir für Geschichte lernen würden und dann irgendwie knutschen, keine Ahnung, wie es dann final dazu kommen sollte, das würde ich mir dann überlegen, wenn sie hier war. Timo hatte meine Aufregung leider in den Tagen zuvor mitbekommen und gierte regelrecht darauf zu erfahren, warum ich so nervös war. Er platzte irgendwann in mein Zimmer in eine natürlich nicht verfängliche Situation, denn wir lernten tatsächlich einfach nur, was heißt, dass ich Anna den Ersten Weltkrieg noch mal erklären musste und dabei versucht hatte, möglichst entspannt und professionell zu tun. Timo machte ein paar dumme Witze, Anna lachte und grinste ihn an, ich saß einfach nur daneben und nach fünf quälenden Minuten schmiss ich ihn raus. »Schade«, hatte Anna gesagt und da hätte ich schon merken müssen, dass hier irgendwas ganz gewaltig schieflief.

Eine Stunde später war sie nach Hause gegangen, tschüss Alex, hatte sie gesagt, voll lieb von dir, dass du mir geholfen hast, und dann hatte sie mich umarmt und ich war so glücklich wie noch nie gewesen, war ja offensichtlich, dass so was niemand macht, der einen nicht wirklich mag. In den letzten zwei Wochen hatten wir dann sporadisch Kontakt gehabt, ich schrieb ihr SMS, die sie wortkarg hin und wieder beantwortete, die Klausur hatte sie bestanden, dafür bekam ich noch mal eine Umarmung, das war‘s. Allerdings hatte sie geschrieben, dass sie mit ihren Freundinnen zum Zeltfest fahren würde, was ich als Aufforderung verstanden hatte und worauf ich so etwas antwortete wie: »Ach lustig, wir sind da auch, dann sehen wir uns ja, melde dich einfach, okay?«

Und jetzt saß ich hier und wartete heimlich darauf, dass sie genau das tat, seit dem Morgen starrte ich ständig mein Telefon an und beschwor es, zu vibrieren, aber von Stunde zu Stunde kroch das eklige Gefühl in mich hinein, dass sie sich nicht mehr melden würde. Hendrick und Thomas hatten mehrfach gesagt, dass ich sie mir aus dem Kopf schlagen solle, sie sei das echt nicht wert, aber ich konnte nicht, ich wollte nicht, ich hielt daran fest, dass das mit uns noch was werden könnte.

Um kurz vor zehn machten wir uns schließlich auf den Weg, sie wiederholten immer wieder, dass ich auf Anna scheißen sollte, ist doch egal, vergiss die doch endlich, Alex. Mein Bauch krampfte sich ungut zusammen beim Gedanken an sie, ich wusste es eigentlich schon, ich wusste es genau, die Nacht war nicht auf meiner Seite, ganz und gar nicht war sie das.

Ich versuchte verzweifelt, fröhlich zu wirken, aber den ganzen Weg über war mir schlecht, und als wir das Zelt erreichten, war ich mir sicher, dass etwas Ungutes bevorstand. Wir zahlten den Eintritt und steuerten die Theke an, ich sah mich suchend nach ihr um, Thomas bestellte Schnaps und ich trank einfach, schnell, rein damit, Hauptsache die Angst wegmachen. Dann entschuldigte ich mich, verließ das Zelt und machte mich auf den Weg nach draußen, um pissen zu gehen, und da stand sie dann, Anna, Arm in Arm mit einem von Timos Kumpeln, versunken ineinander, wie es nur zwei Besoffene sein können, die sich küssen. Ich blieb stehen, fassungslos und irgendwie doch nicht überrascht, ich starrte sie an, bis mich jemand von hinten schubste und ich fast auf den Boden fiel. Timo stand da und lachte mich aus, hielt mir einen Flachmann hin und sagte: »Joa, den kannst du jetzt wohl gebrauchen, oder?« Ich blieb einfach stehen, bewegte mich keinen Millimeter, Timo zuckte mit den Schultern und trank dann einfach selber aus dem silbernen Ding. »Na ja, also was guckst du denn jetzt so, Bruderherz, war doch klar, dass sich eine wie die nicht für dich interessiert, oder?«, sagte er grinsend, eigentlich nicht einmal böse, sondern eher erstaunt darüber, dass ich etwas anderes angenommen hatte.

»Wieso sagst du so was, du Arschloch, was ist denn mit mir, warum sollte die nicht auf mich stehen?«, fragte ich wütend und lallte dabei schon, egal, war sowieso alles egal jetzt hier, alles Schlimme war schon geschehen, oder nicht, noch peinlicher konnte es kaum werden, dachte ich, und dann sah ich, wie Timos Gesicht voller Erstaunen war, und dann antwortete er: »Na ja, hast du den Eintrag im Forum nicht gesehen?« Und ich schüttelte den Kopf, was meinte er, welches Forum, was war denn hier los?

»Okay, also Alex, du kennst das Brauser Gerüchteforum im Internet?« Ich wusste, dass es ein Online-Forum gab, das Timos Stufe ins Leben gerufen hatte, in dem Gerüchte verbreitet wurden und Tratsch, aber ich hatte mich nicht dafür interessiert, weil ich das abstoßend und gemein fand. Als ich einmal dort nachgesehen hatte, war ich auf lauter Einträge über Mädchen aus meiner und Timos Stufe gestoßen, in denen sie bewertet oder niedergemacht wurden. Es hatte Einträge gegeben, die so schlimm gewesen waren, dass das Gerücht die Runde gemacht hatte, dass sich ein Mädchen aus Timos Stufe deshalb versucht hatte, umzubringen.

»Hast du nicht mitgekriegt, was da über dich steht?«, fragte Timo und ich schüttelte den Kopf. Mir wurde sehr schlecht und kalt, obwohl das nur unzulänglich beschreibt, wie es mir in dem Moment ging, denn dieses Gefühl ist wie Fallen, aber in einem drin. »Oh«, sagte Timo und ich brüllte ihn an, mir zu sagen, was da steht, und Timo sagte: »Na ja, da werden deine Nachrichten an Anna zitiert und wie peinlich das ist, dass du glaubst, bei der landen zu können und so. Hast du das wirklich nicht mitgekriegt?« Ich riss ihm den Flachmann aus der Hand und trank den Inhalt mit einem Schluck aus, dann drehte ich mich einfach um, lief ins Zelt zu Thomas und Hendrick, fand sie nicht, wo waren die, wieso war es hier so voll, alles voller Menschen, wer hatte das über mich geschrieben, wer von denen war das gewesen, jeder konnte es sein, wer hatte das gemacht, wer war so unfassbar gemein? Als ich die beiden fand, zog ich sie zur Theke, sagte kein Wort, nur, dass ich sie jetzt bräuchte und gleich alles erklären würde, aber erst Schnaps, erst Linderung, erst irgendwas. Ich stürzte zwei Korn hinunter und dann erzählte ich ihnen alles und Thomas sah auf den Boden und Hendrick schwieg und dann verstand ich es. »Ihr wusstet das!«, und Thomas nickte und Hendrick schrie mir ins Ohr: »Ja, aber wir wollten nix sagen, scheiß doch da drauf, ist doch egal, was andere sagen.« Ich nahm den Flachmann und schmiss ihn Hendrick an den Kopf, dann drehte ich mich um und lief aus dem Zelt, im Kopf nur Rauschen und Fassungslosigkeit, diese Verräter, alle zusammen, wie konnten sie mir das verschweigen, wie konnte ich von alledem nichts mitbekommen haben. Ich stolperte über den Vorplatz, bis ich endlich mein Rad erreichte, ich versuchte es aufzuschließen, die Tränen liefen mir die Wangen hinunter, ich konnte kaum was sehen, kaum noch stehen, mir war so übel und ich war so müde, jemand riss mich an der Schulter herum und da stand Timo und sah mich einen winzigen Augenblick stumm an, dann zog er mich an sich und nahm mich in seine Arme und ich heulte und heulte und rang um Atem, alles drehte sich, die Panik überrannte mich komplett, alle wussten es, alle hatten über mich gelacht und keiner hatte was gesagt. Timo hielt mich fest und sagte »pscht, pscht«, und als ich wieder Luft bekam, nahm er wortlos den Schlüssel aus meiner Hand, schloss das Rad auf, packte es am Lenker und sagte: »Ich bringe dich mal nach Haus.«

#17

Die Panik ist wieder da. Sie kommt, als meine Mutter und ich im Garten sitzen, Kaffee trinken und sie davon erzählt, dass Papa spontan Urlaub genommen hat, um vor seinem Geburtstag noch mal wegzufahren. Es ist schwül heute, ich habe einen Kater vom Fest gestern, Thomas, Hendrick und ich sind noch bis morgens um fünf geblieben, haben über die alte Zeit gesprochen und darüber, wie ich Hendrick den Flachmann gegen den Kopf geworfen hatte. Wir haben viel gelacht, alles so lange her, längst vergessen, längst verziehen, oder, nicht so schlimm, ist doch Jahre vorbei, Schwamm drüber, eine Decke aus Zeit. Meine Mutter und ich sitzen seit einer halben Stunde hier, ich rauche viele Zigaretten, wir schweigen oft. Irgendwie ist es schon fast wieder normal, hier zu sein, Berlin kommt mir so unendlich weit weg vor.

Die Angst, ich kenne sie so gut, fast könnte es ein glückliches Wiedersehen sein. Schön, dass du wieder da bist, du Scheißangst. Weil wir uns lange nicht gesehen haben, ist sie erst mal vorsichtig. Kommt nur ganz kurz, ein Moment des Herzstolperns und der Furcht, gerade kurz genug, damit ich weiß, dass sie wieder da ist.

Ja, guck dich an, da schwitzt du, sagt sie, da stehst du, da würgst du, weil du so ein Loser bist, weil du so Angst hast, vor allem, weil du das nicht hinkriegst, weil du die KONTROLLE nicht mehr hast, du hast dich nicht im Griff und alle können es sehen, guck mal den Typen da an, wie der würgt und mit sich ringt, eklig, einfach eklig und sowieso, wieso sieht der so aus, was ist mit dem, abstoßend einfach. Ja, würg ruhig, würg den Klumpen im Magen raus, die Panik vor dem Leben, die Angst vor den roten Zahlen auf dem Konto, das Gefühl, zu scheitern, immer wieder zu scheitern an so einfachen Dingen wie Leben und Alltag und das mit Anfang dreißig, wo das doch jeder können muss. Alle haben recht gehabt, du bist einfach nur verrückt, lächerlich, du bist einfach so dramatisch. Du fühlst sich eingesperrt und traust dich immer weniger raus, weil da das Würgen ist und ich bin da, diese Angst, die dich um den Verstand bringt, aber immer nur fast, immer nur so weit, dass du doch noch mal die Kurve kriegst, denn so macht das Spiel mehr Spaß, so bleibe ich am Leben, so existiere ich in dir weiter und vergifte alles, die Luft, die du atmest, wenn ich dir den Hals umdrehe, die Luft, die du kaum kriegst, weil ich dich würge und würge und würge. Ich vergifte dein Essen und ich vergifte deine Träume, ich quäle dich, weil ich es kann, und je mehr du dich wehrst, desto öfter komme ich vorbei, um dich daran zu erinnern, dass du einfach lächerlich bist und dich schämen solltest, du solltest dich ekeln vor dir selber, weil du so schwach und langweilig bist, weil du so gewöhnlich bist. Du bist nichts Besonderes, du denkst das bloß. Du willst nur glauben, dass du special bist, damit du vergisst, wie hässlich und egal du bist. Guck mal, wie die gucken, wie die lachen über dich, während du dastehst und würgst und keine Kontrolle mehr hast, absolut nicht. Du würgst und ich schau lachend zu, ja, noch mal, noch mal, noch mal, vielleicht erbrichst du dich ja, vielleicht auch nicht. Die Ungewissheit ist mein Lieblingsspiel, heute wird es vielleicht richtig schlimm, vielleicht auch nicht, vielleicht auch nie. Aber wenn es nur ein einziges Mal von hunderten Malen passiert, hab ich den Gedanken in dich gepflanzt und er treibt aus und wächst an all deinen anderen Gedanken entlang wie ein Parasit, er sagt: Wahrscheinlich passiert wieder nix – aber was, wenn doch?

Du bist immer nervös, du schaust dich ständig nach mir um. Ich bin da irgendwo, im Halbschatten, immer da, wo du gerade nichts siehst. Ich umarme dich von hinten, ich leg dir meine Finger um den Hals, ich küsse dich, wie schön, dich zu sehen, freust du dich auch? Erst wenn du weinst oder zitterst oder am besten beides zusammen, erst, wenn es dir so richtig peinlich ist, so richtig schmerzt, so richtig erschreckend ist, lass ich dich langsam los und verschwinde Stück für Stück. Natürlich nie ganz, denn so lange du auf der Hut vor mir bist, existiere ich, weil du mein Wirt und mein Schiff und mein Zuhause bist.

Atme, so gut du kannst, renn, so weit du kannst, sprich über mich, hass mich, ignorier mich, ertränke mich in Schnaps und Selbstmitleid. Ich gehe nicht, ich bleibe hier, weil dir doch jemand sagen muss, wie unfähig, wie allein du bist. Niemand wird dich je richtig lieben können, weil du so ein anstrengender Scheißmensch bist.

Niemand wird dich je lange ertragen, nicht mal du selbst hältst dich aus. Jeder wird gehen, jeder außer mir. Jeder wird dich alleinlassen, weil du einfach so unliebbar bist. Du bist immer zu viel, zu dick, zu groß, zu laut, zu nervig, zu ungestüm, zu wenig elegant, zu chaotisch, zu kaputt, zu redselig, zu unemotional. Du überfährst alle und dann komm ich und flüstere dir zu: Das schaffst du nicht. Ich bin dein Halt, ich halte dich fest, ich greife nach dir, ich fessele dich. Du bist nichts wert, du bist so ekelhaft und fürchterlich, du bist allein, du hast niemanden. Außer mir.

Ich sage es ihr, denke ich, jetzt sage ich es ihr. Gerade lacht sie und fragt mich, ob alles in Ordnung sei, ich sähe nicht so aus, als würde ich mich freuen, mal sturmfrei zu haben, das hätte ich doch früher immer so toll gefunden, oder nicht? Aber alles ist anders als früher, weil nie irgendwas mal so bleibt, wie es gerade ist, erst recht nicht, wenn endlich alles mal gut wird. Die Panik kriecht mir den Hals hinunter und bleibt kurz vorm Magen stecken, ich muss würgen und huste, meine Mutter schaut erstaunt.

Die Vorstellung, allein zu sein, ängstigt mich dermaßen, dass ich sie packen und schütteln will, weil sie mich doch jetzt nicht hier zurücklassen können, in diesem Zustand, das geht doch nicht. Aber niemand kennt ja diesen *Zustand*, niemand weiß hier, was eigentlich mit mir los ist, und so fragt mich meine Mutter überrascht, ob ich mich verschluckt hätte, und ich zucke zusammen, weil ich fast vergessen hatte, dass sie noch da ist. Ich sage: »Nein, alles gut, Mama, ich war nur gerade in Gedanken, entschuldige. Toll, dass ihr wegfahrt, das habt ihr euch verdient.« Meine Mutter kneift die Augen zusammen, dann fragt sie: »Was ist denn los, Alexander?«, und ich schüttle bloß den Kopf. Nix is los. Es ist alles absolut in Ordnung. »Ich gehe mal eine Runde spazieren, ja?«, schiebe ich schnell hinterher und lächle wie so jemand, der mit einem Messer im Kopf versucht so zu tun, als sei alles absolut entspannt, kein Problem, ha ha, alles easy, bis dann. Ich laufe aus dem Garten und beginne zu summen, denn das machen entspannte Leute doch so, die summen fröhliche Lieder vor sich hin und laufen beschwingt die Treppe hoch und holen ihre Jacke und ihren Geldbeutel und dann laufen die summend wieder die Treppe hinunter und dann rennen die nach draußen und würgen und husten und kotzen fast in den Vorgarten, weil alles absolut entspannt ist. Ich gehe so schnell ich kann vom Haus meiner Eltern fort, ich weiß genau, dass meine Mutter am Gartentor steht und mir nachsieht, deshalb reiße ich mich zusammen und würge in meinen geschlossenen Mund, bis ich sicher sein kann, dass sie mich nicht mehr sieht, als ob sie nicht ohnehin wissen würde, was hier gerade mit mir passiert. Ich biege um die nächste Ecke und dann laufe ich den Weg Richtung Wald, weil ich dort die wenigsten Menschen vermute, und als ich den Wald erreicht habe und ein paar Meter gegangen bin, bleibe ich stehen, beuge mich vor und würge und würge und würge. Ich huste und ich kriege noch mehr Panik, mir wird schwindlig, ich habe Angst. Das Würgen ist so stark und es schüttelt mich und tut weh, meine Speiseröhre ätzt und mein Magen verkrampft sich, bis ich mich endlich übergeben kann. Ich erbreche mich ein paar Mal und halte mich dabei an einem Baumstamm fest und als das Würgen weniger wird, lasse ich mich auf den Boden fallen und heule und heule und haue mit der Faust wütend ins Gras, weil ich doch auch nicht weiß, wie ich das wieder hinkriege mit mir und allem und diesem Leben, das so kompliziert ist.

Ich ekle mich vor mir selber und vor allem, was ich geworden bin. Ich habe Angst vor mir selber und Angst vor allen anderen und ich habe Angst, dass alle merken, was für ein verdammter Loser ich noch immer bin. Ich fühle einfach zu viel, das ist schon immer das Problem gewesen. Denn ich bin das alles, nur ich allein. Niemand hat mich gezwungen, hier zu sein. Niemand hat mir befohlen zu schweigen. Ich allein bin das, der immer alles vorbeigehen lässt, ohne es aufzuhalten. Die Frage ist bloß: Warum kann ich nicht loslassen, dreimal die Woche trainieren und gesunde Sachen essen und Freundschaften pflegen und in den Urlaub fahren. Warum kann ich nicht sein wie Menschen mit normalen Emotionen, mit einem Willen, mit einer Idee, mit Zielen? Wieso kann ich nicht wie Timo sein?

Das Waldgebiet ist einige Kilometer groß, man kann sich gut darin verlaufen, wenn man die Wege verlässt. Aber weil ich hier jeden Flecken kenne, weil ich jede große, alte Eiche schon gesehen habe, verlasse ich den Wanderpfad und laufe querfeldein. Der Wald ist kühl und die Luft ein bisschen feucht, es ist so ohrenbetäubend still, dass ich fast wahnsinnig werde. Mein Herz ist so laut und mein Kopf auch, alles dreht sich, alles brennt, alles ist anstrengend und unerträglich laut. Ich stapfe über Moos und kleine Abhänge hinunter und hinauf, mir schlagen Zweige ins Gesicht, ich bleibe an Ästen hängen, ich spüre gar nichts und trotzdem tut alles weh. Erst als ich den Felsen erreiche, weiß ich, dass ich ein Ziel hatte, an dem ich nun angekommen bin. Der Felsen, den Thomas und ich den »Schluchzer« genannt haben, weil er ein so trauriger Ort ist, dass man gut auf ihm heulen kann. Der Schluchzer ist vielleicht zwanzig Meter hoch und bewachsen mit Blumen, Moos und kleinen Bäumen. Er ist kein Berg, aber ihn zu besteigen tut trotzdem weh, weil er steil ist und das Geröll einem ständig unter den Füßen wegbricht, als wolle der Schluchzer nicht, dass man auf ihn steigt. Aber an seiner Spitze befindet sich ein kleines Plateau, vielleicht zehn mal sieben Meter, auf dem man sitzen und auf den Wald schauen kann. Auf den Wald und auf die Stadt und auf das Leben, das man in ihr hat. Man sitzt dann da und schaut alles von oben an und es stimmt nicht, was Nietzsche sagt, dass der Abgrund in einen schaut, wenn man zu lange in ihn hineinguckt, es ist nämlich so, dass nicht der Abgrund zurückschaut, sondern du nur das eigene Echo hörst, dessen Stimme dich erschreckt. Du selbst bist es, was du da hörst, ist *deine* Stimme, die dir erzählt, wer du wirklich bist. Da schaut kein Abgrund in dich, sondern nur dein Ich, das mit sich selber spricht. So einfach ist es.

Hier oben hat die Angst keinen Platz, sie klettert nie mit hoch, sie bleibt immer im Tal. Hier oben kriege ich Luft und hier oben halte ich mich selber aus. Atmen, Alexander, atmen, dann hört das eklige Brennen im Hals bald auf.

Ich kenne die Panik, sie ist wie eine strenge Mutter, die mich zur Achtsamkeit ermahnt. Sie hat keine Geduld, sie ist erbarmungslos. Sie schaut sich alles nur eine kurze Weile an und schlägt dann zu. Sie ist laut, sie ist brutal, sie kennt kein Pardon. Sie fragt nicht lange, sie sagt einfach nur an.

#18

Die erste Attacke vergisst man nicht. Man steht da und kriegt keine Luft und alles dreht sich und alles tut weh, das bloße Am-Leben-Sein ist etwas, was kaum auszuhalten ist und man denkt einfach immerzu nur: Wow, heute sterbe ich. Nicht morgen, nicht in vierzig Jahren, sondern genau jetzt. Nichts funktioniert dann mehr und nichts fühlt sich irgendwie erträglich an. Die Angst ist wie ein Schwall Hitze, der auf einen Eiswürfel trifft, der man selber ist. Alles löst sich auf, es klirrt und klackert, es dauert nur Sekunden und dann ist man selber einfach weg.

Meine erste erwischte mich an meinem sechzehnten Geburtstag. Ich stand im Kreis meiner wenigen Freunde, es war eine Minute vor zwölf Uhr, Gesichter starrten mich an, die Musik war laut, kaum auszuhalten war das alles, ohrenbetäubend, nein, alles war betäubt von Licht und Geräuschen und Reizen und Rauschen und ich dachte plötzlich, Shit Alex, was ist mit deinem Herzen los, warum rast das so, wieso ist dir so schlecht, was passiert denn hier mit dir? Ich stand da und rang nach Luft, alle anderen dachten, ich sei gerührt, dabei starb ich hier vor allen Augen und konnte nicht mal sagen: Bitte, stopp, jemand muss was tun. Ich konnte einfach nur dastehen und begriff nicht, was passierte, und dann kam der Countdown, 10, 9, 8, 7, 6, 5, 4, 3, 2, 1, und dann umarmten sie mich und ich dachte, ich halte das nicht aus, ich verrecke hier, wieso hilft mir denn keiner, wieso sieht denn niemand, was hier passiert? Ich wollte sie wegschieben, ich wollte, dass sie aufhören, ich wollte, dass es vorbei ist, aber es ging nicht vorbei, es ging immer nur weiter, noch ein Arm, noch ein Haarschopf, noch ein Glückwunsch, noch ein Herzschlag lang kompletter Kontrollverlust. Jemand drückte mir ein Glas Sekt in die Hand, ich trank es mit zitternden Fingern in einem Zug aus, musste husten, würgen, sagte: »Danke, ich danke euch sehr«, und dann drehte ich mich um und lief aus unserem Keller hinaus. Draußen rang ich nach Luft und ich würgte und konnte mich nicht übergeben, ich war nassgeschwitzt, ich dachte, das war's jetzt, so endet das mit mir, an meinem sechzehnten Geburtstag, ciao Leben!

Irgendwann legte sich eine Hand auf meine Schulter, ich fuhr herum und sah in Thomas' Gesicht, er grinste und fragte: »Na, zu viel gesoffen?«, und ich schüttelte den Kopf und sagte: »Irgendwas stimmt nicht.« Thomas fragte, was los sei, und ich stotterte vor mich hin, dass ich es nicht wissen würde, aber dass irgendwas Schlimmes gerade passierte. Thomas wurde ernst und fragte: »Brauchst du Hilfe? Soll ich irgendwen rufen?«, und ich nickte und sagte: »Ja, bitte, bitte hol jemanden«, und Thomas rannte los ins Haus zurück, wenige Minuten später waren mein Vater und Timo bei mir, sie stützten mich und brachten mich in mein Bett, mein Vater rief den Krankenwagen. Sie gaben mir Wasser, meine Mutter kam herein und hielt meine Hand, Timo ging aus dem Raum, er wollte die Party beenden, ich rang nach Luft, ich hatte solche Angst. Den Krankenwagen bemerkten wir, als die Blaulichter durch das Fenster über mein Gesicht zuckten, es klingelte, mein Vater öffnete ihnen die Tür, mein Herz verkrampfte sich, ich musste wieder würgen, ich hielt es kaum noch aus.

Die beiden Sanitäter betraten den Raum, dann ging einer direkt zu mir, gab mir lange die Hand, wobei er zwei Finger so abspreizte, dass sie auf meinem Unterarm ruhten. Er fragte, was passiert sei. Ich konnte nicht reden, ich hatte keine Worte mehr, ich war nur noch Hitze und Herzschlag und Atemnot. Sie maßen meinen Blutdruck und legten mir dann die Elektroden für das mobile EKG an. Sie sahen dabei sehr ernst aus, ich wusste es, ich wusste es sofort, sie würden gleich sagen, dass die Lage schlimm sei und ich sofort ins Krankenhaus müsse. Mein Hals wurde noch enger, meine Augen brannten, alles brannte, ich stand in Flammen. Der Sanitäter fragte mich: »Haben Sie etwas genommen?«, und mein Vater sagte: »Auf keinen Fall. Bisschen Bier getrunken, einen Sekt, glaube ich. Aber Alexander nimmt keine Drogen, hundertprozentig nicht.« Der Sanitäter nickte und fragte nach Vorerkrankungen, aber ich war bisher immer gesund gewesen. Einer der beiden drehte sich zu mir und sagte: »Alexander, ich bleibe bei dir und mein Kollege geht mal kurz mit deinen Eltern raus, ja?«, und ich nickte erschöpft. Sie verließen den Raum, während der Sanitäter wieder meine Hand hielt, fest und liebevoll. »Atme mal ganz ruhig, Alexander. Ich mache es dir vor.« Er atmete tief durch die Nase ein und dann schier unendlich langsam aus. Ich machte es ihm nach, ich war so müde, mir war langsam alles egal. Und wir atmeten. Wir atmeten und je länger wir genau das zusammen taten, desto ruhiger wurde ich. Einatmen, ausatmen. So einfach. Immer wieder von vorne. Nach einigen Minuten betraten meine Eltern und der andere Sanitäter wieder den Raum. Sie sahen sehr ernst aus.

»So, Alexander, geht es dir besser?« Ich nickte. Ja, ich war ruhig. Ich war ganz ruhig. Wie konnte das sein?

Alexander, wir denken, du hattest eine Panikattacke. Hast du das verstanden?« Ich nickte. Ich war ja nicht dumm oder taub, sondern lag halt einfach nur im Sterben. »Wir glauben nicht, dass du mit ins Krankenhaus musst. Wenn deine Eltern oder du das wollen, können wir dich natürlich für weitere Tests dort hinbringen. Aber ich glaube, du merkst selbst, dass das nicht unbedingt notwendig ist, oder?«

Sein Kollege packte bereits die Taschen, dann drückte er kurz meine Hand und sagte: »Alles Gute für dich«, dann war er weg. Der Sanitäter bat meine Eltern, ihm nach draußen zu folgen, um die Formalitäten wie meinen Versicherungsstatus zu klären. Und dann war ich allein. Nur ich, nur die Müdigkeit. Ich schloss die Augen, ich versuchte zu begreifen, was geschehen war. Timos Stimme weckte mich, weil ich offenbar eingeschlafen war. Er kniete vor dem Sofa und schaute mich an. »Alter, ich hatte so Schiss um dich«, sagte er und schüttelte den Kopf. »Wie ist das passiert, was war denn los?« Ich sah meinen Bruder an und sein müdes Gesicht. Ich fragte mich, ob ich ihn schon jemals zuvor so gesehen hatte, so abgekämpft und voller Sorgen, dass seine Augen ganz klein und gerötet waren. »Ich weiß nicht, was passiert ist, Timo, es war alles so schlimm. Ich habe keine Luft gekriegt und mein Herz hat wehgetan, so, als würde es platzen, ich weiß es nicht, ich weiß nicht, ich hab keine Ahnung, was los ist, was stimmt denn mit mir nicht?«

Für eine sehr lange Zeit hatte niemand eine Antwort darauf. Nicht der Hausarzt, nicht der zweite Arzt, nicht der dritte. Die Begründung der Sanitäter hatten wir nur vorerst akzeptiert, aber als die Symptome wiederkamen, zweifelten wir sie immer öfter an. Sie fuhren mich deshalb zum Kardiologen, ins MRT. Ich wurde von der Schule beurlaubt und schließlich, nachdem wochenlang niemand eine körperliche Erkrankung als Ursache hatte finden können, sagte der Neurologe, den wir schlussendlich verzweifelt konsultierten, was keiner von uns wahrhaben wollte: Mein Problem war nicht körperlicher Natur. Ich hatte Panikattacken. Jeden Tag. Nach der ersten Nacht dauerte es drei Tage, bis die nächste kam. Nach zwei Wochen kamen sie täglich mehrmals. Ich hatte sie im Bett und im Wohnzimmer und im Garten und bei jedem Versuch, das Haus zu verlassen. Ich hatte sie allein und wenn jemand bei mir war, ich hatte sie unter der Dusche und wenn ich gerade aß. Nach ein paar Wochen bestand ich nur noch aus Angst. Angst davor, dass die nächste gleich über mich kam. Angst davor, dass ich die Kontrolle verlieren würde, dass ich es nicht aushalten könnte, dass ich den Verstand verlor. Ich konnte kaum noch essen, weil ich ständig Angst hatte, mich übergeben zu müssen. Ich konnte nicht mehr richtig denken, alles in meinem Kopf war ein schreiender Konjunktiv:

WAS IST, WENN ES GLEICH WIEDER PASSIERT WAS IST WENN ICH ES NICHT AUSHALTEN KANN WAS IST WENN ICH ES NICHT SCHAFFE WAS IST WENN ES NICHT WEGGEHT WAS IST WENN ES DOCH DAS HERZ IST UND ES BLOß NIEMAND ERKENNT UND DANN STERBE ICH HIER UND KEINER HAT ES VORAUSGESEHEN UND ALLE WERDEN SICH FRAGEN WIE DAS BLOß PASSIEREN KONNTE, DER ARME JUNGE, SO TRAURIG, DASS IHN NIEMAND ERNST GENOMMEN HAT WAS IST WENN DAS PASSIERT WASISTWENNESNOCHSCHLIMMERWIRDODERNIEMALSWIEDERWEGGEHTWASISTWENN.

So ging das zwei qualvolle Monate lang. Ich war seit über acht Wochen zu Hause und weigerte mich, in die Schule zu gehen. Ich schämte mich für die Ereignisse an meinem Geburtstag und dass alle denken würden, dass ich nicht krank, sondern einfach nur verrückt geworden war, dass ich gar nichts Richtiges hatte, sondern einfach nur ein Irrer war. Thomas schrieb mir hin und wieder SMS und rief an. Unsere Gespräche drehten sich um Arzttermine und Untersuchungen und dann erzählte er mir, was in der Schule lief. Seit einer Woche hatte ich keinen seiner Anrufe angenommen und mich von meiner Mutter am Telefon entschuldigen lassen.

Ich wusste seit sieben Tagen, dass sie nichts gefunden hatten, dass alles absolut in Ordnung mit mir war. Na ja, bis auf die Kleinigkeit, dass ich eben kurz davor war, den Verstand zu verlieren. Ich konnte mir nicht vorstellen, wie ich Thomas genau das sagen sollte, wie ich erklären konnte, was ich selber nicht verstand. Wie ich formulieren konnte, dass all die Ärzte, all die Bluttests, die Scans, dass all das umsonst gewesen war. Dass der Notarzt recht behalten hatte und ich mich einfach nur nicht zusammenreißen konnte, dass ich so ein Loser war, der nichts auf die Reihe bekam, dass ich womöglich nie wieder normal werden würde und absolut keine Ahnung hatte, wie es weitergehen sollte. Ich konnte ihm doch nicht sagen, dass ich verrückt war.

Doch Thomas war keiner, der sich so leicht abschütteln ließ. Und so stand er eines Nachmittags einfach vor dem Sofa im Wohnzimmer, auf dem ich gerade die Nebenwirkungen der Beruhigungsmittel ausschlief. Er kniff mir in den Arm und lachte, als ich erschrak. »Na?«, sagte er und lachte noch mehr, als ich ihn verschlafen und wortlos anstarrte. »Dachte, ich komme mal vorbei, weil du ja irgendwie beschlossen hast, Dornröschen zu spielen und zu pennen, statt dich mal zu melden. Freust du dich?« Er setzte sich auf den Sessel neben dem Sofa, rückte ihn mit den Beinen voran ganz dicht an mich und sah mich grinsend an. »So, was ist los, Mäuschen?« Ich richtete mich ein wenig auf, rieb mir den Schlaf aus den Augen. »Hey«, krächzte ich. Die Tabletten machten mir den Mund trocken, ich griff nach dem Wasserglas auf dem Tisch. Thomas sah mir schweigend dabei zu, dann wurde er ernst, räusperte sich.

»Hör mal, was ist los?«

Ich konnte ihn nicht ansehen, ich schaffte es kaum zu atmen. Gleichzeitig spürte ich, wie die Angst mir wieder in die Kehle kroch, wie Säure schmeckte die, brannte im Rachen und kündigte an, was danach immer geschah. Das Herz begann zu rasen, meine Atmung wurde schwer, ich legte meinen Kopf in beide Hände und dann begann ich zu weinen wie ein Kind. Thomas erschrak und stand auf und umarmte mich ungelenk. »Was ist denn los, rede mit mir, man«, sagte er erschrocken und ich begriff, dass er annahm, dass es noch viel schlimmer war als gedacht. Und damit hatte er ja auch ein wenig recht, nur wusste er es nicht.

Ich schlug seine Arme weg und schrie ihn an, ich schrie alles aus mir heraus, alles, was ich die letzten Wochen kaum ertragen hatte.

»Ich bin einfach irre, weißt du, Thomas, das ist die ganze Geschichte, das ist die Lösung, ich hab einfach nur den Verstand verloren. Ich bin durchgedreht, gaga, nicht mehr richtig in der Birne. Kapierst du? Es ist überhaupt gar nichts mit mir, ich bin nicht krank, ich bin einfach nur verrückt.«

Thomas sah mich fassungslos an, dann ließ er sich in den Sessel fallen und atmete laut aus. Ich sackte zurück in die Kissen und fühlte mich leer und völlig aufgebraucht.

Wir schwiegen eine Weile und ich wartete darauf, dass er einfach aufstehen und gehen würde. Aber nichts davon geschah. Er blieb sitzen und ich schielte zu ihm hinüber und sah ihm beim Denken zu. Irgendwann hielt ich es nicht mehr aus.

»Tut mir leid«, sagte ich und die Scham machte mir die Stimme ganz kleinlaut.

»Ist nicht so schlimm«, antwortete Thomas, dann sah er mich an.

»Was genau bedeutet das denn? Was passiert denn jetzt als Nächstes und wie geht es weiter mit dir?« Ich schüttelte den Kopf. Ich wusste es nicht.

Der Psychiater hatte mir Antidepressiva empfohlen, die auch bei Angstattacken wirken sollten. Außerdem hatte er meinen Eltern und mir ans Herz gelegt, dass ich einen Therapeuten besuchen sollte, der mir bei meinen Problemen half. Meine Eltern und ich hatten genickt. Aha, hatte ich gedacht, *bei meinen Problemen*. Bloß: Ich hatte ja keine außer der Angst. Die aber, so sagte der Arzt, sei ein Resultat der Probleme und würde erst weggehen, wenn ich sie lösen würde. Mein Vater hatte sich geräuspert und gesagt: »Also ich glaub irgendwie nicht, dass der Alex so was hat, das ist doch eher so ein Frauending, oder, also so was kriegt doch der Junge nicht, der war doch immer komplett normal.« Der Arzt hatte ihm erklärt, dass das nichts mit dem Geschlecht zu tun hatte, und mein Vater hatte so getan, als würde er das glauben und dann kein Wort mehr gesagt. Wir hatten uns bedankt und die Praxis mit einem Rezept für ein trizyklisches Antidepressivum verlassen. Bei der Autofahrt zurück sagte niemand ein Wort. Mein Vater hielt vor der Apotheke und meine Mutter stieg aus und holte die Medikamente. Dann fuhren wir nach Hause und ich ging in mein Zimmer, schloss die Tür hinter mir und schrie in meine geschlossene Faust.

Seitdem war die Stille in unser Haus gekrochen und begrub uns alle unter einer mächtigen Sprachlosigkeit. Wir hatten kaum geredet seitdem, nur einzelne Worte ausgetauscht. Es war beinahe so, als wären wir alle furchtbar enttäuscht. Jeder hatte geglaubt, dass ich unter etwas litt, das kompliziert und langwierig werden würde. Aber niemand hatte damit gerechnet, dass es *so et-*

was war. Mein Vater hatte nie wieder mit mir darüber gesprochen, nur als wir damals aus dem Auto vor dem Haus ausgestiegen waren, hatte er mich zur Seite genommen und gesagt: »Das erzählen wir keinem, okay, das bleibt unter uns, du weißt ja, was hier sonst los ist, oder?«

Nachdem ich nun Thomas alles erzählt hatte, dachte er einen Augenblick nach. Dann nickte er entschlossen und sagte: »Steh auf.« Ich lachte, weil ich glaubte, dass das ein Scherz war. Aber er meinte es ernst. »Steh auf, Alex. Glaub mir, wenn du nicht von selber aufstehst, werde ich dafür sorgen, dass du es tust. Noch hast du eine Wahl.«

»Was hast du denn vor?«, fragte ich, um Zeit zu schinden.

»Wirst du sehen«, antwortete er knapp und baute sich vor mir auf. Er hielt mir die Hand entgegen. »Ich trage dich nicht. Du reißt dich jetzt gefälligst zusammen und stehst auf. Soll ich dir helfen, alter Mann? Oder schaffst du es auch ohne meine Hand?« Ich sah ihm an, dass ich keine Wahl haben würde und tat, was er von mir verlangte. Ich erhob mich und sah ihn trotzig an. »So, ich bin aufgestanden, was jetzt, Mama?« »Du gehst jetzt in dein Zimmer hoch und ziehst dir Klamotten an und dann, Alexander Trautmann, gehen wir raus.« Ich schüttelte den Kopf und lachte laut. »Auf keinen Fall, Thomas, das wird nicht passieren, vergiss es, glaub mir.« Er sah mich ruhig an. »Ich wiederhole das jetzt noch mal und ich sage dir, dass das mein voller Ernst ist: Wenn du jetzt nicht in dein Zimmer gehst und dich anziehst und mit mir rauskommst, dann hast du den einzigen Freund verloren, den du gerade hast. Ich verspreche dir, ich gehe aus diesem Haus und wir werden nie wieder ein Wort reden, da kannst du Gift drauf nehmen. Ich gucke mir die Scheiße hier nicht länger an. Zwei Monate sind genug, du reißt dich jetzt gefälligst zusammen.«

Ich kapitulierte, er hatte gewonnen. Dann sollte er eben auch die Rechnung dafür bekommen. Dann gingen wir eben nach draußen und ich übergab mich oder bekam einen Herzinfarkt. Dann war er eben schuld an meinem Tod, tja, Pech gehabt. Ich stapfte wütend die Treppen hinauf, ich war so sauer auf ihn, aber wenn er es so wollte, dann kriegte er es eben auch. Ich zog meine Jogginghose aus und eine Jeans an, stopfte mir das T-Shirt in die Hose und warf mir eine Jacke über und ging wieder hinunter und zog mir die Schuhe an. Thomas wartete im Flur auf mich und sagte kein Wort. Als ich angezogen vor ihm stand, öffnete er die Haustür und sagte: »Nach dir«, und ich ging hinaus. Er folgte mir und wir liefen durch den Vorgarten und am Haus vorbei Richtung Wald. Ich marschierte einfach hinter ihm her, die Fäuste geballt in den Jackentaschen und so wütend, dass ich ununterbrochen seinen Rücken anstarrte und mir vorstellte, ihn einfach zu schlagen. Wir liefen eine Weile durch den Wald und verließen dann den Wanderpfad, ich war noch nie in diesem Teil des Waldes gewesen und ich fragte mich, ob Thomas gerade im Begriff war, mich zu entführen, und dann standen wir vor dem Felsen und blieben stehen.

»So, wir sind fast da«, sagte Thomas und lächelte mich an. Ich stand mit verschränkten Armen vor ihm und schaute den Schluchzer hinauf. »Aha«, sagte ich, »wir sind an einem Felsen, und jetzt?«

»Wir klettern da jetzt hoch«, sagte Thomas.

»Ja, kannst du gerne machen. Aber ich gehe jetzt wieder nach Hause. Ciao.« Ich drehte mich um und er griff nach meinem Arm und hielt mich fest.

»Okay, Alex, hier ist mein Angebot: Du kletterst jetzt mit mir da hoch, und wenn du oben bist und es immer noch blöd findest, gehst du wieder runter und ich lasse dich für immer in Ruhe. Wir reden nie wieder über heute und vergessen einfach, was passiert ist. Aber dafür musst du mit mir bis da oben gehen, guck, siehst du, worauf ich zeige, so weit ist das nicht. Das hier ist nicht der Mount Everest. Es ist nur ein Felsen und ich war schon tausendmal da oben und glaub mir, wenn ich das schaffe, dann du erst recht.«

»Dein Angebot ist, dass du niemandem was erzählst von allem, was ich dir gesagt habe, und du mich meinen Kram alleine für mich regeln lässt und wir trotzdem Kumpel bleiben, richtig?« Er nickte.

»Okay, Thomas, dann gehen wir jetzt deinen verdammten Felsen hoch, damit du mich endlich in Frieden lässt.« Thomas lächelte und erklärte mir, wie wir es anstellen würden. »Es ist eigentlich ganz einfach. Da an der Seite ist so ein kleiner Vorsprung, auf den kommt man ganz leicht. Da steigen wir drauf und dann geht es von da aus in kleinen Schritten weiter, bis man oben ist. Es ist eigentlich nicht mal Klettern, sondern eher wie Wandern für Leute, die sportlich sind. Es ist wirklich nicht kompliziert, glaub mir.«

Der Aufstieg dauerte nur zwanzig Minuten und es ging erstaunlich leicht. Thomas hatte recht gehabt: Der Felsen war viel weniger steil und schwierig zu besteigen, als es von unten den Anschein gemacht hatte. Es war kinderleicht, ihn zu erklimmen, und fühlte sich nicht einmal beängstigend an. Ich tat einfach immer genau das, was Thomas vor mir machte, imitierte einfach seine Handgriffe und Bewegungen und so erreichten wir das Plateau.

Ich ließ mich fallen, außer Atem von der ungewohnten Anstrengung, und Thomas setzte sich neben mich. Ich rang nach Luft und als ich wieder Luft bekam, richtete ich mich auf und dann sah ich es. Die ganze Stadt lag unter uns, der Wald, die Landstraße, in der Ferne war sogar der See zu sehen. Jetzt im

Herbst waren die Bäume bunt und die Stadt lag im Nebel des späten Nachmittags kurz vor der Abenddämmerung. Der Anblick verschlug mir die Sprache und ich saß einfach nur da und atmete und dann schaute ich Thomas an.

»Danke«, sagte ich leise und er lächelte.

»Zwei Fragen, Alexander, aber du musst ehrlich antworten, ja? Die erste ist: Hast du gerade Angst? Die zweite ist: Wirst du mir glauben, dass ich dein Freund bin und dir helfen werde, wenn du mir vertraust?«

Die Angst, ich hatte sie vergessen. Ich hatte nicht mehr an sie gedacht. Die Wut hatte sie zur Seite gedrängt und später die Anstrengung und die Konzentration auf jeden Schritt, den ich gemacht hatte, um hier raufzukommen. Die Angst war einfach weggeblieben, so, als hätte sie gar keinen Platz in mir. Sie war weg. Sie war einfach nicht da. Ich konnte kaum glauben, dass das möglich war.

»Ich ... weiß nicht, was ich sagen soll. Ich habe tatsächlich gerade keine Angst. Sie ist einfach nicht da.« Thomas nickte. »Ja, siehst du, womit wir bei der zweiten Frage wären.«

Er betrachtete mich grinsend und dann schauten wir wieder auf die Stadt, in der wir beide lebten und wir sagten sehr lange kein Wort. Erst, als es wirklich dunkel wurde, standen wir auf und machten uns an den Abstieg. Der Wald lag schon in Dunkelheit und roch nach Herbst und Laub. Wir schwiegen, bis wir den Wanderweg erreichten und Thomas stehen blieb. Er sagte: »Es ist alles nicht so wild, Alex, glaub mir, nichts Schlimmes passiert.« Und ich wusste, dass er recht hatte, denn bewiesen war es jetzt ja: Die Angst konnte bezwungen werden, sie konnte zum Schweigen gebracht werden, es gab Möglichkeiten, ich war ihr nicht immerzu und unablässig ausgeliefert. Sie war vielleicht brutal und gewalttätig und völlig ohne Pardon, aber sie war nicht allmächtig, ich konnte sie ablenken und dann schnell weglaufen und sie brauchte eine Weile, bis sie hinterherkommen würde. Thomas hatte mir heute gezeigt, wie das ging.

»Danke«, sagte ich noch mal und Thomas winkte ab. »Dafür sind beste Freunde ja da, oder, du Spinner?«, und dann klopfte er mir zufrieden auf die Schulter und wir gingen zurück in die Stadt. In dieser Nacht schlief ich nicht wie erwartet gut oder tief, sondern unruhig und voller Gedanken an den Tag. Schon beim Zubettgehen war die Angst wieder da. Aber sie hatte sich neu aufgestellt und sah plötzlich anders aus. Sie sagte auch andere Dinge und sie hatte eine andere Stimme. Sie sagte: Ja, Alexander, heute hast du es einmal geschafft. Aber was ist morgen, was ist nächste Woche, was passiert dann? Willst du jetzt für immer auf einem Felsen leben und mit niemandem reden, nur damit ich dich nicht packen kann? Willst du jetzt jeden Tag da hochklettern, damit du mal Ruhe vor mir hast? Du glaubst wirklich, dass es das war, dass ich nicht auch nach dort oben kommen kann? Das ist so niedlich und so naiv, man man man.

Ich versuchte, die Angst zu schütteln, sie zu würgen, sie wegzujagen. Aber sie ließ mich nicht in Ruhe und sie ließ mich nicht schlafen. Ich lag Stunde um Stunde wach und wälzte mich im Bett, ich schwitzte, ich war verzweifelt, enttäuscht und wie im Wahn. Wie hatte ich glauben können, dass ein einziger Nachmittag ausreichen konnte, um mich zu befreien. Ich war so naiv gewesen und Thomas noch viel mehr. Als ob sich ein Monster wie die Angst einfach abschütteln lassen würde, als ob das so einfach gelang. Nur, weil man einen Felsen hochkletterte, war man noch lange nicht geheilt. Wenn das so einfach gehen würde, wäre niemand mehr verrückt, einfach ein bisschen was Mutiges machen, herzlichen Glückwunsch, Sie sind gesund.

Irgendwann musste ich vor Erschöpfung eingeschlafen sein,

denn ich wachte vom Klopfen an der Tür auf. Es war taghell und ich war noch ganz verwirrt, noch halb im Traum. Timo kam in mein Zimmer, sagte: »Boah, hier stinkt es vielleicht«, und dann riss er die Fenster auf und sah mich abschätzig an.

»Mama und Papa haben endlich mal erzählt, was mit dir los ist. Ich habe also jetzt einen Bekloppten als Bruder.« Er grinste.

Ich richtete mich langsam im Bett auf und sagte: »Bitte verpiss dich einfach, Timo, machst du das für mich, das wäre lieb, ciao.« Aber Timo ging nicht, sondern verschränkte die Arme, und sein Blick wurde kalt.

»Na, das ist doch schön, dass du das willst, ist mir aber egal. Es geht seit Wochen nur darum, was mit dir los ist und ich hab jetzt die Schnauze voll. Mama ist total unglücklich und macht sich ununterbrochen Sorgen um dich. Papa sieht aus, als hätte er ewig nicht richtig geschlafen. Und die Lösung ist dann nach allem, dass du einfach nur einen an der Waffel hast? Na herzlichen Glückwunsch, Alex, ist das dein Scheißernst, du Memme?«

Wir starrten uns feindselig an und ich presste den Kiefer zusammen. Unser Verhältnis war nie gut gewesen, aber in den letzten Wochen war es so eisig geworden, dass wir uns lieber aus dem Weg gegangen waren. Ich hatte Timo sehr wohl angemerkt, dass er genervt war von der Situation und von den Fragen meiner Mitschüler nach meinem Befinden, die er nie so richtig beantworten konnte. Ich hatte diesen Groll in ihm gespürt, die Eifersucht darauf, dass sich alles nur noch um mich gedreht hatte. Aber ich war zu sehr mit mir selber beschäftigt gewesen, um genug Kraft zu haben, diesen Krieg mit ihm zu führen. Am Ende war das alles eben sein Problem, ich hatte meines, so war das eben. Aber jetzt stand er vor mir und machte seinem Frust Luft. Und ich hasste ihn dafür, weil ich mich ja selber dafür verachtete, dass meine vermeintliche Krankheit einfach nur Einbildung gewesen war. »Ja, Timo, tut mir leid, dass du jetzt enttäuscht bist, dass dein Bruder leider nicht an einer unheilbaren Krankheit leidet und bald sterben muss. Tut mir leid, dass du es weiterhin mit mir aushalten musst. Tut mir leid, dass sich mal nicht alles um dich dreht. Tut mir auch leid, dass du so ein Wichser bist, der das nicht erträgt. Und jetzt raus hier, sofort.«

Tatsächlich setzte er sich in Bewegung und ging ein paar Schritte Richtung Tür. Aber bevor er endlich mein Zimmer verließ, drehte er sich noch einmal um und sagte: »Ich hab mir nicht gewünscht, dass du stirbst. Aber gerade wünschte ich, dass du einfach nicht existieren würdest, Alexander. Das wünschte ich mir wirklich.« Er ließ die Tür offen.

Und ich ging ihm wütend hinterher, bis in die Küche, wo meine Mutter gerade einen Kaffee trank. Ich teilte ihr, während ich nur Timo ansah, mit, dass ich wieder zur Schule gehen würde. Dann lief ich ins Bad und duschte mich, zog mich in meinem Zimmer an und räumte es danach auf, setzte mich auf mein Bett und schlief am frühen Abend vor dem laufenden Fernseher ein. Am nächsten Tag zog ich mich morgens an, frühstückte mit meiner Mutter und Timo, packte meinen Rucksack und ging in die Schule zurück, den Kopf voller Watte, der Magen flau. »Irgendwas mit dem Herzen, aber ich nehme jetzt Medikamente, alles cool«, sagte ich jedem, der fragte, was mit mir los sei. Im Unterricht schlief ich fast ein, die Tabletten machten mich so müde, aber auch das ging vorbei. In der dritten Stunde saß ich in Bio neben Thomas und er schob mir einen Zettel herüber, auf dem stand: »Wenn es mal arg wird, einfach an den Felsen denken, du weißt Bescheid.«

In den Monaten danach hatte ich mich wieder eingekriegt und die Panik war nach und nach besser geworden, sie kam nur noch, wenn alles zu viel war, aber immer versteckt genug, dass niemand etwas merkte und erfuhr, bis das Thema in Vergessenheit geriet und nur ich mich daran erinnerte, manchmal, in den kleinen Augenblicken, wenn das Würgen wiederkam.

Und hier auf dem Felsen erinnere ich mich an sie zurück wie an all die Dinge, die so weh getan haben, an den Schmerz in dieser Stadt, es ist alles da, ausgebreitet vor mir, all die Gründe, warum ich wegwollte, warum ich es nicht mehr ausgehalten hatte. Die Angst davor, dass jemand herausfinden würde, was wirklich mit mir los war, das Wissen darum, dass ich fortan der Verrückte sein würde, der Spinner, der sich nicht im Griff hatte. So etwas trennt einen von allen anderen, man vertraut so gut wie niemandem mehr, weil man plötzlich begriffen hat, wie es ist, anders zu sein als die anderen hier, wie gefährlich das sein konnte, wie sehr man aufpassen musste, was man wem erzählte, und dass alles, wirklich alles, selbst ein paar SMS schon bedeuten konnten, dass alle über einen lachten und alle es wussten, nur man selber nicht. Eine einzige Panikattacke, die jemand mitbekam, oder das Verliebtsein in ein Mädchen, das nichts von einem wollte, es aber allen erzählte, wie man bloß so ein Idiot sein konnte, selbst das reichte schon, um nicht mehr dazuzugehören. Ich hatte ständig Angst, dass Thomas was erzählen könnte oder Timo, besonders nach Momenten wie jenen beim Zeltfest würgte mich die Panik tagelang, dass es rauskommen würde und alle erführen, dass ich ein Psycho war.

Timo und ich hatten später nie über die Nacht beim Fest gesprochen, er hatte die Panik in meinen Augen gesehen, die er schon so gut kannte, er hatte mich nach Hause gebracht und danach hatten wir kein Wort mehr darüber verloren, aber etwas hatte sich geändert, eine Art Waffenstillstand, ein Friedensabkommen zwischen uns war zustande gekommen. Danach waren wir keine Freunde geworden, unser Verhältnis war distanziert und unfreundlich geblieben, aber er hatte mich fortan in Ruhe gelassen und die Einträge über mich im Forum waren eine Woche später verschwunden. Irgendwann hatten alle vergessen, was da über mich gestanden hatte, ich blieb von da an der Loser, den alle ein bisschen peinlich fanden, ein bisschen irre, aber ich tat so, als wüsste ich von alledem nichts, tat so, als hasste ich sie nicht alle, diese bigotten Arschlöcher, diese Kleinstadtidioten, die nichts Besseres zu tun hatten, als andere in Foren zu beschimpfen oder über sie zu lästern, ich tat so, als würde ich sie nicht alle zutiefst verachten, und dass ich dieses Schauspiel durchhielt, das war nur dem Wissen darüber zu verdanken, dass ich hier eines Tages wegkonnte, dass es irgendwo einen Ort gab, der wie ein Felsen sein würde, ein Felsen, auf dem ich endlich sicher war.

#19

Jetzt sind sie also weg, die Eltern, und das Haus ist so still. Kein fertiger Kaffee am Morgen, keine Mutter, die schon Brötchen geholt hat, kein Vater, der Zeitung liest. Ich wandere die Treppen hoch und runter, in den Garten, zurück ins Haus, versuche, mir vorzustellen, wie es war, als ich hier gewohnt habe, als sich das alles nicht nach Gast, sondern nach Normalität angefühlt hat. Es gelingt mir nicht.

Irgendwann sitze ich im Garten, es sind seit Tagen dreißig Grad, ich schwitze wie verrückt, ob wegen der Temperaturen oder wegen dem, was ich hier mache, ich weiß es nicht. Ich scrolle mich durch Jennys Instagram-Feed, ich bin ja Profi. Ich habe es seit einer Woche geschafft, nicht nachzusehen, was sie so treibt, ich war so stolz auf mich, wie das bei Liebeskummer ja nun mal so ist: Man kann vor allem stolz auf die Dinge sein (zunächst einmal), die man *NICHT* getan hat. Nicht mitten in der Nacht angerufen, keine peinlichen, besoffenen Sprachnachrichten verschickt, nicht bei Instagram gestalkt, nicht alte Facebook-Bilder durchgeklickt, nicht einfach nachts vorbeigefahren und nachgeschaut, ob noch Licht brennt, sich nicht zum Vollidioten gemacht, auch wenn alles in einem schreit, auch wenn man so doll will und glaubt, wenn man nur diesen einen Satz sagt, nur endlich diese eine Sache macht und diese Nachricht schreibt, dann wird man erlöst, dann ändert sich alles und alles wird gut. Ich war so stolz, weil ich durchgehalten hatte, und jetzt sitze ich hier wie der Junkie, der ich bin, habe mein Instagram-Profil reaktiviert und zoome in ihre Bilder rein, scanne die Likes. Da ist dieser Affe, Simon, der likt alle ihre Bilder und schreibt immer was darunter, Herzchen oder so was, peinlich einfach. Ich klicke auf sein Profil und schaue mir an, was der macht, meine Güte, hätte ich nur jemals so konzentrierte Energie, wenn es um was Wichtiges ginge, wie in Momenten wie diesen, in denen es einzig darum geht, herauszufinden, ob dieser Simon auf einer Trottel-Skala von 1–10 bei Tausend oder eher bei einer Million liegt. Er postet Selfies von sich und Katzenbilder, schon mal dreihundert Punkte. Gym, Club, fehlt eigentlich nur noch Shisha-Bar, dieser armselige Dude. Ab in seine Story, Moment mal, ist das bei Jenny in der Wohnung, das ist doch ihr Fußboden, Alter, ist der bei ihr zu Hause? Ich mache einen Screenshot und dann zoome ich in den Screenshot rein, ja, wirklich, das ist ihr Boden, das ist ihre Wohnung, unmöglich, dass das woanders sein kann, diesen Boden kenne ich. Mein Herz rast, mir wird sehr, sehr schlecht, und noch übler wird mir, als mir einfällt, dass ich seine Story angesehen habe. Ich habe kein Fake-Profil benutzt, weil ich das zum Durchscrollen ihres Feeds nicht benötige. Aber jetzt habe ich mit meinem Profil seine Instagram-Story angesehen und er wiederum kann sehen, dass ich unter den Viewern bin. Wow. Ein neuer demütigender Tiefpunkt, Alexander, du hast gerade alle Würde verloren, herzlichen Glückwunsch, viel peinlicher geht es ja kaum noch. Mir fällt nicht einmal eine Ausrede ein, alles ist einfach nur peinlich, wie sollte die auch lauten, es ist wirklich völlig offensichtlich und glasklar, was ich auf seinem Profil gemacht habe. Ich stelle mir vor, wie er genau das sieht und Jenny davon einen Screenshot schickt, guck mal, dein Ex spioniert mir hinterher, so peinlich, er hat auch einen Screenshot von dem Bild mit dir drauf gemacht. Ich hasse Social Media so sehr, hätte ich damals geahnt, dass so ein Forum ein Witz gegen die Hölle ist, die viele Jahre danach in Form eines blauen Fs auf mich und uns alle warten würde, ich hätte die Sache mit dem Forum weggelacht. Wie viele Millionen Menschen da gerade wie ich sitzen und immer wieder in die Suchleiste den gleichen Namen tippen, immer wieder mit dem Fake-Profil bei Instagram gucken, was der Ex macht und mit wem, was die Ex im Urlaub treibt, wie die Kinder der Liebe aussehen, die man nicht vergessen kann. Man muss so viel beachten, alles ist eine Botschaft, eine Message, auch, keine zu senden. Damals, als Thomas immer mehr verschwand und ich mitbekam, dass er sich über mich, den Irren, lustig machte, da dachte ich: Wenn die Schule erst mal vorbei ist, wird alles besser. Aber Facebook ist eine niemals endende Schule und es hört nie auf, das Beweisenwollen, dass man jemand ganz Tolles ist, dass man beliebt ist und Freunde hat und einen geilen Job, es hört nicht auf, es wird immer nur noch schlimmer, oder nicht? Eigentlich sind all diese Sozialen Netzwerke das Dorf, dem ich immer entfliehen wollte. Stattdessen mache ich Screenshots der Story eines fremden Typen und kriege Panik, ob der das sehen kann. Ich googele es mit zitternden Händen, lese mich durch Clickbait-Artikel und Nerd-Seiten, nein, okay, kann er nicht, wenigstens das, wenigstens bin ich so nur ein creepy Stalker, der seiner Ex hinterherspioniert, und nicht auch noch einer, der mithilfe von Screenshots Beweismaterial sichert. Und wenn wir schon mal dabei sind, googele ich auch noch ihn, Simon, diesen Lappen, der mir meine Freundin wegnimmt, die gar nicht mehr meine Freundin ist, aber trotzdem, es ist noch viel zu früh dafür, hat hier denn niemand mehr Anstand, das ist doch völlig ehrenlos, so schnell jemand Neues zu haben, es gibt doch so was wie eine Trauerzeit, die man einhalten muss, und das hier ist definitiv ja wohl sehr traurig, also wird hier verdammt noch mal auch getrauert und zwar mindestens drei Monate oder noch länger, denn wenn die nicht mit mir zusammen sein will, dann mit niemandem. Simon arbeitet offenbar als Biologe, schreibt ständig irgendeinen Scheiß bei Facebook über Spinnen und Käfer, mit denen er Menschen vergleicht, dieser einfallslose Typ. Außerdem mag er offenbar Katzen, und wenn es eine Art Tier gibt, die ich noch mehr hasse als Spinnen, Käfer und Hunde, dann sind das Katzen. Ich scrolle mich durch seinen Feed, schaue mir sein LinkedIn an, zurück zu Instagram, ich ersticke fast, es ist wie ein Zwang, als könnte ich so irgendwas über sie herausfinden, aber es ist natürlich einfach nur einfacher, IHN zu hassen statt sie, weil alles andere kaum zu ertragen ist, und dann atmet mein Körper mit einem tiefen Zug ein, es ist, als hätte ich für Stunden die Luft angehalten und er holt sich den ganzen Sauerstoff, der ihm gefehlt hat. Mit einem einzigen Atemzug komme ich wieder zu mir, begreife, was ich hier mache, wie völlig bescheuert das ist, wie wahnhaft. Typen, die stalken, dem Neuen der Ex hinterherspionieren, das ist noch nie gut gewesen, das ist einfach nur armselig und gefährlich, nicht er ist hier das Problem, sondern definitiv ich, weil ich mit diesem ganzen Irrsinn die Kontrolle zurückgewinnen will, die ich nicht habe, weil es sich für einen Moment so anfühlt, als wüsste ich, wo sie gerade ist und mit wem und was sie da macht, aber ganz ehrlich: Wozu denn? Das, was ich von ihr will, ist ja nicht, der Zuschauer zu sein, sondern der Protagonist, ich will bei ihr sein, nicht bloß zugucken. Und dann ist da noch mein wilder Kopf, der sich Stunden um Stunden durch Websites, Unterseiten und jedes Backend dieser Welt denken kann und genau deshalb eben auch durch alle Szenarien dieser Welt, alle Gedanken gleichzeitig da, dass sie den schon kannte, als wir noch zusammen waren, dass sie den heiratet, dass sie über mich lachen, weil ich gedacht habe, dass sie mich lieben könnte, wie damals bei Anna, all dieser Bullshit, der ist, als würde man sich mit jedem Gedanken ein Messer übers Herz ziehen, das sowieso schon komplett zerschnitten ist, aber erst, wenn es ganz kaputt ist, erst, wenn man's kaum noch aushält, kann man mit dem Denken aufhören, das ist wie ein Schalter, eine Art Notfallverriegelung, die sich selbst betätigt, wenn man sich wochenlang mit dem Insta-Feed und der Facebook-Seite des anderen gequält hat, so lange, bis man endlich kapiert: Es ist vorbei. Es ist nicht nur vorbei, sondern es wird auch vorbei sein, Futur zwei für immer.

Ich lösche meinen Instagram-Account und meinen Facebook-Account innerhalb von Minuten, mit der gleichen wahnhaften Konzentration, mit der ich kurz zuvor noch Simon gestalkt habe. Ich will das alles nicht mehr, ich will nicht lesen, was er schreibt, nicht sehen, was sie postet, ich kann nicht mehr, es geht nicht mehr. Nur ich kann ihren Arm aus meiner Brust ziehen, nur ich allein. Und mit jedem Bild von ihr, mit jeder Zeile, mit einfach allem, was mit ihr zu tun hat, ramme ich ihn mir erneut tiefer in die Brust zurück. Es sind jetzt Wochen ohne sie, ich weiß die genaue Anzahl der Tage, aber ich will sie nicht einmal mehr denken, denn das würde bedeuten, dass die ganze Zeitrechnung noch immer nur nach ihr ausgerichtet ist, x Tage n. J.

Aber DAS hier ist jetzt mein Leben und das wird es auch sein, zumindest so lange, bis ich mich zu Tode gesoffen oder so fest geweint habe, dass mir eine Ader im Gehirn platzt. Das hier ist mein Leben, das ich leben muss, with or without you, egal, wie sehr es schmerzt.

Und das hier wäre ein guter Moment, um eine abschließende Mail zu schreiben oder eine WhatsApp-Nachricht, irgendwas sehr Langes und sehr Pathologisches darüber, dass ich jetzt fertig mit ihr bin und mein neues Leben ohne sie anfange. Und dann würde ich unsere Beziehung reflektieren und sehr viel darüber schreiben, wie verdammt darüber hinweg ich bin, weil wir sowieso von Anfang an ein Fehler gewesen seien, und dann gäbe es ein paar Ferndiagnosen, die gerade trendy sind, so was mit Narzissmus oder Borderline, was sie beides hat, da bin ich mir sehr sicher, und genau deshalb kann die auch nie eine glückliche Beziehung führen, das hätte man ja an mir gesehen, weil ich ja so ein Supertyp bin, den man einfach lieben muss, das ist ja wohl klar, an mir hat das nicht gelegen, Jenny, an mir nicht! Und zum Schluss würde ich ihr alles Gute wünschen, weil ich das als Spitzentyp natürlich genau so meine, weil ich einfach so ein großes Herz habe und gar keinen Groll mehr in mir trage, weil ich ihr echt einfach nur das Beste wünsche, weil Liebe doch so funktioniert, da wünscht man sich immer nur, dass es dem anderen gut geht, am besten sogar, noch besser als einem selber, Hauptsache, du bist glücklich, mein Schatz. Schade, dass es nicht geklappt hat, so ein Jammer aber auch, aber na ja, Liebe ist ja kein Zustand, sondern eine grundsätzliche Beschaffenheit des Wesens, eine Eigenschaft, die einen Besitz beschreibt, der keiner ist, denn Liebe gehört einem nicht, man kann sie aber trotzdem verteilen, sie ist quasi die Umsatzsteuer des Herzens, ein durchlaufender Posten – geben, nehmen, dies und das.

Das Ganze endet natürlich mit einem passiv-aggressiven Satz wie: »Ich wünschte, es wäre anders gelaufen.« Was korrekt interpretiert selbstverständlich lediglich bedeutet: Dass es so beschissen gelaufen ist, ist nicht meine Schuld.

Was diese letzten, abschließenden Briefe, E-Mails und Nachrichten gemeinsam haben, ist: Sie alle sind Ausdruck davon, dass hier absolut gar nichts für einen von beiden abgeschlossen ist und dass man mit dem verzweifelten Versuch, etwas im Außen zu manifestieren, indem man es formuliert und in Pixel oder Tinte so lange hineinpresst, bis es doch wahr sein möge, eigentlich nur Geister beschwört, die wie eine Art Hologramm eine Welt abbilden sollen, in der man darüber hinweg ist. Aber man ist so lange nicht drüber hinweg, wie man noch Nachrichten schreibt oder sie auch nur im Geiste formuliert. Man ist nicht drüber hinweg, auch, wenn das so ein selten blöder Ausdruck ist, denn eine Trennung ist kein Hindernis, über das man springen kann, man kann gar nicht darüber hinweggehen, man muss sogar im Gegenteil mitten durch, durch die ganze Rotze, den ganzen Schmerz, die ganze Angst, die schlaflosen Nächte, dieser ganze menschliche GAU, der man dann ist, das muss man aushalten und sich durch die Trennung wühlen und kämpfen wie durch einen Berg Schutt und Asche mit einem Teelöffel.

Ich schreibe ihr nicht, weil ich noch immer hier stehe, mit dem Löffel in der Hand, weil ich gerade mal angefangen habe, den ganzen riesigen Berg abzutragen, und immer noch voller Angst bin vor dem, was dahinter auf mich wartet, mich immer noch lieber einfach zusammenrollen und heulen will, aber so läuft das nicht, ganz im Gegenteil und eigentlich auch: zum Glück.

#20

Die beiden Tage ohne meine Eltern im Haus verbringe ich damit, darüber nachzudenken, wie es weitergehen soll und wird. Mit mir und mit allem. Es ist ein unproduktives Laufen durch meinen Kopf, durch Erinnerungen und zarte Ideen von Dingen, die ich gleich wieder verwerfe. Ich weiß nicht, was ich will, und ich weiß nicht, was ich sein soll. Ich bin eigentlich nur aus Versehen Webentwickler geworden, weil mir das eben leichtfiel. Ich verstehe den Code von Websites, es ist, als hätte ich einen Sinn mehr, der in Zahlen und Befehlen denkt. Ich muss mich nicht anstrengen. Aber vielleicht ist genau das das Problem. Ich muss mich nicht anstrengen. Ich mache aber auch niemals das, was ich eigentlich machen will, und was das ist, weiß ich nicht, kann es lediglich ableiten aus dem Gefühl des Unwillens gegenüber den Dingen, die ich mache. So weiß ich, dass es ein Wollen geben muss, einen Willen, etwas anderes zu tun, jemand anderes zu sein, weil all das, was ich bin, mich nicht glücklich macht.

Ich glaube, das ist der ganze Sinn von Trennungen, wenn sie denn einen haben können: Sie sind wie eine Zwangsvollstreckung des eigenen Lebens, alles wird bewertet und bekommt Aufkleber, das hier ist gut, das ist nix wert, das hier kann man jemand anderem überlassen, der damit mehr anfangen kann. Am Ende steht man da und hat nur noch das Nötigste und kann und darf noch mal anfangen, darf noch mal versuchen, etwas aus dem eigenen Leben zu machen, das sich wertvoll anfühlt. Vielleicht wird noch eine Zeitlang alles gepfändet von der alten Zeit, das Schöne, ein bisschen Hoffnung, die Sekunde, in der man zum ersten Mal seit einhunderttausenddreihundertzweiundsiebzig Sekunden nicht an die andere Person gedacht hat, all das rinnt einem noch durch die Finger, aber dann, eines Tages kann man wieder Besitz aufbauen, man wird wieder was, man ist wieder wer. Ich habe keine Ahnung, wie lange das dauern wird, ich weiß überhaupt so wenig, aber was ich weiß, ist, dass es Zeit ist, eine Entscheidung zu treffen, nein, dass diese Entscheidung längst gefallen ist, weil sie es musste, weil ich muss und es eben manchmal so ist, dass eine Situation, ein Zustand eben, ein einziges Müssen erfordert, kein Wollen, keine Optionen. Natürlich haben wir alle immer zwei Optionen, zumindest solange wir am Leben sind: Es bleibt einem ja immer die Option zu sterben. Aber ich will das nicht, ich will es nicht.

Die Tage im Haus erinnern mich an mich, wie ich mal war und wie ich eigentlich nie wieder sein wollte. Ängstlich, schwach, klein und traurig, ein Mensch im ewigen Fluchtmodus.

Und eigentlich hatte ich nie damit aufgehört. Ich wollte so sehr geliebt werden von irgendwem, der der lebendige Beweis sein sollte, dass ich okay war, nicht der peinliche Vollidiot aus der Stufe, nicht der Panik-Alex, nicht das Weichei, nicht der Typ, der einem Mädchen SMS schreibt, das sich darüber vor allen lustig macht. Ich hatte mich betäubt, mit allem, was ich finden konnte, egal was, Koks ballern, saufen, arbeiten, Berlin, immer weiter, immer weiter, Hauptsache nicht fühlen, dass ich es kaum aushielt, ich selber zu sein. Dass ich niemandem sagen kann, was passiert ist, ist das Resultat aus all diesen Jahren des Fliehens davor, erwischt zu werden. Erwischt von meinem Vater, der endlich doch begreift, dass ich versagt habe, dass ich wirklich einfach nur Angst hatte und habe, nicht der starke Mann bin, nicht der erfolgreiche Sohn, sondern einfach nur Alexander, der vor lauter So-Tun-als-ob eigentlich gar nichts macht, nur eine Simulation des Machens abspielt, damit keiner und er erst recht nicht merkt, dass ich gar keine Ahnung habe, was ich da zum Teufel eigentlich treibe.

Die Großstadt war nicht das Problem und das Dorf nicht die Lösung. Das Problem ist, dass ich jemand sein will, der ich gar nicht bin, dass ich eigentlich noch immer hier wohne, in mir drin, dass ich nie weggegangen bin, weil ich noch immer versuche zu vertuschen, was mit mir nicht stimmt, so verzweifelt versuche, jemand zu sein, damit ich irgendjemand bin. Mir war alles recht gewesen, jeder Job, der einigermaßen gut klingt, jede Freundin, einfach damit ich regelmäßig sagen konnte, dass ich nicht Single bin. Ich war so sehr damit beschäftigt gewesen, zu beweisen, dass ich ganz anders war, als alle in Braus dachten, dass ich so viel mehr, so viel besser, so viel stärker war, dass all meine Kraft dafür draufgegangen ist. Ich habe mich die ganzen Jahre immer nur allein gefühlt, weil ich es war, weil ich mich selber ja nicht mal hatte. Ich bin der Versager, vor dem ich weggelaufen bin, das ist wie mit den Verlustängsten in Beziehungen: Je mehr Angst man hat, den anderen zu verlieren, desto merkwürdiger benimmt man sich, bis das eintritt, wovor man sich am meisten fürchtet. Was einzig befreit und erleichtern kann, was einzig bleibt, ist nur das: die Wahrheit.

Und so sitze ich ein paar Tage später mit meinen Eltern zusammen, es ist der Tag vor dem großen Fest meines Vaters. Sie sind seit gestern zurück und ich wusste, dass es Zeit wird, dass ich etwas sagen und tun muss, dass alles damit beginnt, dass ich damit aufhöre, etwas und jemand anderes als Alexander zu sein. Und ich erzähle ihnen alles, während wir im Wohnzimmer sitzen und Rotwein trinken, am Esstisch sitzend, weil man diese Art von Gesprächen an Tischen führt, die, in denen man alles sagt, sich befreit, sich endlich frei macht von jeder Last, die eine Lüge ist, selbst wenn das bedeutet, dass das eigene Leben die Last ist, die man abzuwerfen gedenkt, weil alles bloß gelogen ist. Ich erzähle ihnen von Jenny und wie sehr ich meinen Job hasse, die Stadt, alles. Wie verzweifelt ich seit Jahren versuche, jemand zu sein, den sie akzeptieren können, eine Art lebende Wiedergutmachung für all den Schmerz, den sie meinetwegen zu ertragen hatten. Ich will, dass sie stolz sind, dass sie mit mir vor den anderen angeben, vor den Nachbarn, vor sich selbst, vor einfach jedem. Ich will, dass sie sich nicht für mich schämen und alles, was ich bin, was ich will, ist, dass sie an mich denken und zufrieden sind. Ich will, dass sie jemanden sehen, damit ich jemanden sehen kann, eine endlose Projektion, die beginnt mit einer Lüge, mit einem Fake, mit mir und meinem traurigen Versuch zu verheimlichen, dass ich keine Ahnung habe, wie es jetzt weitergeht.

Sie hören mir zu, still, meine Mutter mit gefalteten Händen, mein Vater mit den Armen vor der Brust, den Kopf gesenkt, so, als sei ich eine Waffe, etwas, vor dem er sich schützen muss, aber vielleicht glaube ich das auch nur. Ich weine zwischendurch und meine Mutter steht irgendwann auf, um mir Taschentücher zu holen, und diese kleine Geste bringt mich noch mehr zum Weinen, weil ich so schwach bin wie noch nie, weil jetzt alles rauskommt, weil sie jetzt wissen, was für eine Enttäuschung ich bin. Und gleichzeitig will ich es aus mir herausschreien, allen in Braus sagen, ihnen erzählen, dass sie recht hatten, Anna, Timo, Thomas, alle, dass aus mir nichts geworden ist, das hatten sie sich doch so gedacht. Als ich mein Abiturzeugnis in den Händen hielt, sagte mein Direktor zu mir: »Na, das hätte ja niemand gedacht«, nur das, nur diesen einen Satz.

Niemand hatte an mich geglaubt, weil es auch keinen Grund dazu gegeben hatte – eigentlich. Ich hatte mich durch die letzten Jahre der Oberstufe geschummelt, hatte immer nur daran gedacht, wie es wäre, wäre ich endlich hier weg. Mein ganzes Sein war die Ablehnung von etwas, keine eigene Definition, sondern bloß immer Reaktion.

Und als ich aus Braus weg war, als der Antagonist fort und alles Kämpfen grotesk geworden war, war ich gar nichts mehr, nur ein Haufen Unsicherheit, ein Typ, der verzweifelt das Glück suchte, aber nicht fand, weil er einfach immer zu müde dafür war. Und weil ich nichts war, wenn ich nicht gegen etwas sein konnte, suchte ich mir das Imaginäre als Feind, das Vergangene, das ich in Zukunft bestrafen würde mit dem, was ich mal sein könnte. Ich wollte, dass sie alle ihren Fehler einsahen, verstanden, wie sehr sie mich missverstanden hatten, kapierten, wie großartig ich war, alles an mir, dass ich nicht ängstlich und klein, sondern einfach grandios war. Aber wenn ein Leben sich definiert durch das Gegen-etwas-sein, dann verliert es seine Grundlage, wenn das wegfällt, worauf es sich bezieht. Es kann nicht nur Schmarotzer sein eines Wirtes, den es ja eigentlich gar nicht mehr gibt. Braus liegt hinter mir, nicht vor mir, und das Leben ist natürlich ohnehin kein lineares Phänomen, keine Abfolge von Ereignissen, die hintereinander passieren, sondern nur Gegenwart, die die Vergangenheit betrachtet und sich die Zukunft ausmalt. Aber *mein* Leben war nur noch Rückblende und Betrachtung, ein Jetzt aus Vergangenheit und einer Zukunft, die nie wie gedacht war, weil die Zukunft ja auch nur wieder ein Jetzt war, in dem ich die Zukunft dachte und die Vergangenheit betrachtete.

Mein Vater steht irgendwann auf, um eine Zigarette rauchen

zu gehen, und meine Mutter bleibt sitzen und betrachtet mich stumm.

»Hätten wir irgendwas anders machen können?«, fragt sie schließlich wie eine Verurteilte, die schon den Richterspruch weiß, aber trotzdem die Hoffnung auf ein Wunder noch nicht ganz aufgegeben hat, vielleicht ist doch alles nicht so arg wie gedacht. Und ich springe auf und umarme sie, hier hast du dein Wunder, Mama, denn natürlich dachte sie, es ginge hier um Schuld, dabei ging es um Verantwortung und dass das für so viele das Gleiche ist, ist das ganze Problem. Verantwortung ist Schuld ohne Schuld, eine Feststellung, die wertneutral ist. Ich kann für etwas verantwortlich sein, auch für etwas Schlimmes, ohne, dass ich Schuld auf mich lade, ich kann einfach annehmen, dass es an mir war, etwas zu lösen oder zu ändern und genau das ist es, worum es hier geht: Ich allein bin verantwortlich, keine Mutter, kein Vater, kein Timo, kein Braus. Nur ich allein, Alexander der Kleine, der endlich begriffen hat, dass der Weg raus nur mittendurch führt, dass ihm keine Eltern helfen können, kein Umzug, kein Mensch, kein Ort.

Mein Vater setzt sich wieder dazu, die Augen gerötet, die Hände ein bisschen zittrig, es bricht mir das Herz ihn so zu sehen. Ich weiß nicht, wie lange wir hier schon sitzen und wie viel Zeit vergangen ist. Das Gespräch begann um halb zehn, als ich noch einmal in die Küche schlurfte, um mir etwas zu essen zu holen. Meine Mutter bat mich, am Esstisch Platz zu nehmen, und setzte sich dazu, mein Vater nahm seinen Wein und schloss sich uns an und irgendwie passierte es, dass ich plötzlich alles sagte, alles einfach auf den Tisch packte, wie man so sagt.

Es ist erstaunlich, wie lange man etwas für sich behalten kann, das einen so quält, das so zehrt an der Kraft, eigentlich alle Energie verbraucht, während man trotzdem einfach so weiterlebt, als hätte man noch einen geheimen Reservetank, der nur dafür da ist, zu funktionieren, wenn eigentlich gar nichts mehr geht. Und dann, eines Tages, in einem völlig unscheinbaren Moment, ist er aufgebraucht, dieser Reservetank und das ganze System versagt, alle Lichter aus, ciao.

Dafür hatte eine einfache Anmerkung meiner Mutter gereicht, die mich darum gebeten hatte, beim morgigen Fest die mobile Theke für ein paar Stunden zu übernehmen, weil der Cateringservice zwar das kalte Buffet, die Fässer und den Wein, die Gläser und Teller liefern würde, jedoch nicht das Thekenpersonal stellte. Timo hatte sich ohnehin bereit erklärt, mitzuhelfen, aber meine Mutter wollte nicht, dass er den ganzen Abend verpflichtet war und so fragte sie mich und ich sagte natürlich ja. Aber dann sah ich mich hinter dem kleinen Tresen stehen, inmitten all meiner Verwandten, meiner Familie, der Freunde meiner Eltern und die Scham überkam mich wie eine gigantische Welle aus Schmerz und Gedanken daran, dass hier absolut niemand wusste, wer ich eigentlich war. Dass ich so selten hier auftauchte, mich so viele Jahre versteckt hatte, dass alle nur wussten, was ich sie über meine Eltern hatte wissen lassen, dass ich der erfolgreiche Webentwickler war, der mit der schönen Freundin, dem aufregenden Leben in Berlin, eine Bier zapfende Lüge auf zwei Beinen, die eigentlich hätten so kurz sein müssen, dass ich es kaum mit dem Kopf über den Tresen schaffte. Der Gedanke daran, wieder einmal mitten unter ihnen allen zu sein, während ich gleichermaßen kein Teil von ihnen war – eine fast schon lächerlich präzise Metapher für alles, was ich war. Die Tränen kamen mir und ich schluchzte und ließ mein Besteck auf den Teller fallen, es gab ein lautes Geräusch, meine Eltern zuckten zusammen, starrten mich an. Und dann hörte ich einfach auf mit dem Lügen und mit der Angst, ich sagte ihnen alles, bis ich fertig war.

Mein Vater räuspert sich jetzt und sagt: »Ich verstehe das nicht, tut mir leid.« Und ich frage ihn, was er damit meint.

»Na ja, wir haben dir ja nie vorgeschrieben, irgendwas zu sein, wir haben ja nie gesagt, dass du nicht machen sollst, was für dich gut und richtig ist, was sich für dich wie Glück anfühlt. Oder?« Ich schüttle den Kopf.

»Ja, aber was ist es dann, was wir gemacht haben, dass du dachtest, du kannst nicht einfach du selber sein, dass du irgendjemanden imitieren musst, wie du das genannt hast.« Ich hätte so gern eine Antwort darauf, denke ich, aber genau das ist wohl dieser Weg, um den es jetzt geht, die Kündigung meiner selbst, das Rausschmeißen von Alexander, der Alexander befiehlt, jemand zu sein, der Alexander nicht ist und nie sein wird.

»Ich glaube, es hat etwas mit der Angst zu tun«, sage ich nach einer Weile, »mit dieser Scheißangst, die sich in mich reingefressen hat. Ich habe wirklich ständig Angst davor, Angst zu bekommen, seit dieser Sache damals. Ich habe ja gesehen, wie peinlich euch das war, wie enttäuscht alle waren, als es keine körperliche Krankheit war, sondern nur mein Gehirn, das verrücktspielte, und ich damit plötzlich einer von denen war, über die man sprach, einer von den Bekloppten, die keiner mehr ernst nehmen würde.« Mein Vater reißt die Augen auf, meine Mutter schnauft überrascht. »Keiner von uns hat sich für dich geschämt!«, sagt sie und ich schaue zu meinem Vater, der schweigt.

»Doch«, sagt er jetzt und blickt sie an. »Ich mich. Es wäre gelogen, wenn ich sagen würde, dass es anders war.« Meine Mutter kneift die Lippen zusammen, ich sehe es genau. Aha, denke ich, jetzt kommt hier also tatsächlich endlich mal die komplette Wahrheit heraus.

Ich sage: »Danke«, und sie verstehen nicht sofort. Aber dann nickt mein Vater, er sieht sie mir an, die Erleichterung, dass mein Gefühl nicht bloß ausgedacht, nicht nur Annahme gewesen war.

Mein Vater blinzelt jetzt schnell, während er sagt: »Es tut mir echt leid«, und ich denke gerade, dass das hier alles wirklich wie im Film ist, wie in einem Roman, der jetzt genau hier enden sollte, Vorhang, Schluss, aus, vorbei. Und dann gibt es einen Knall und ein Geschrei, jemand klopft gegen die Terrassentür und schiebt sie auf und brüllt: »Happy Birthday, alter Mann!«, und dann stürmt Timo herein, das verschossene Tischfeuerwerk noch in den Händen. Hinter ihm Marina mit der brüllenden Anni auf dem Arm, in der freien Hand eine Lichterkerze. Der ganze Raum ist plötzlich voller Licht und Lärm und mittendrin mein Vater, der von Timo umarmt wird und danach von Marina, von Mama, und als ich an der Reihe bin, drückt er mich so fest an sich, dass es wehtut, und flüstert mir ins Ohr: »Tut mir leid, wirklich.«

#21

Nach und nach kommen sie alle, all die Cousins und Cousinen, deren Ehepartner und Freunde meiner Eltern. Das Fest geht um neunzehn Uhr los, wir sind den ganzen Tag damit beschäftigt gewesen, das Zelt auf dem Rasen aufzubauen, das Buffet, die Theke, die Fässer anzuschließen. Die Stimmung ist gelöst, zwischen uns saust Anni hin und her (na ja, sie torkelt) und ich fühle mich so befreit wie seit Jahren nicht. Ich denke nur jede zweite Minute an Jenny und wie schön es wäre, wenn sie jetzt hier sein könnte, aber dann betrachte ich meinen Vater, meine nervöse Mutter, meinen aufgedrehten Bruder, wie sie dastehen und so tun, als würden sie sich streiten, aber bloß so zum Spaß, weil man sich eben ein bisschen neckt, weil das, wie wir ja alle wissen, heißt, dass man sich liebt. Ich habe das nie geglaubt, weil es so viele Variationen davon gibt, aber nur ganz Spezielle, die ausschließlich in Familien vorkommen. Es ist nicht das spielerische Necken zweier Verliebter, die herausfinden, wo die Grenzen sind, nicht das passiv-aggressive von zweien, die eigentlich miteinander Sex haben wollen, es aber aus irgendwelchen Gründen nicht können, und so eben die ganze angestaute Energie anders herauslassen müssen. Das Necken innerhalb einer Familie ist die Rückversicherung, dass man sich liebt, egal, was passiert, dass man so sehr um die Schwächen der anderen weiß und sich trotzdem ja schon immer damit arrangiert. Es ist das Necken von Menschen, die sich vertrauen, meistens jedenfalls, denn es gibt natürlich auch jenes aggressive Provozieren der immer gleichen Schwachstellen des anderen, weil das die Konflikte sind, die sich einfach nicht lösen lassen. Aber was ich hier sehe und fühle, das ist Vertrautheit und Zusammengehörigkeit, und als Timo meinen Blick bemerkt, den ich ihnen von meinem Platz hinter der Theke zuwerfe, brüllt er: »Bring mal drei Bier, Kellner!«, und ich weiß, dass auch ich jetzt dazugehöre.

Mein Vater hat viele Freunde und viele Bekannte, Kollegen aus der Firma, Menschen, die ich noch nie gesehen habe. Um einundzwanzig Uhr hält er eine Rede, die so ungelenk und aufrichtig ist, dass wir alle sehr gerührt sind. Er spricht darüber, wie dankbar er sein kann, dieses Leben zu haben, diese Frau, diese Kinder, diesen Job. Und ich sehe seinem vor Aufregung und Scham erhitzten Gesicht an, wie sehr er das so meint, und gerade die Unbeholfenheit seiner Worte verleiht ihnen das Gefühl, das jeder spürt und sieht: Dass mein Vater sein Leben wirklich liebt.

Ein komplett talentfreier DJ spielt grauenhafte Musik, die Gäste tanzen auf dem Rasen oder sitzen auf den Holzbänken und trinken, was man ihnen gibt. Die Stimmung ist so ausgelassen, so frei, alle Häuser in der Nachbarschaft stehen da mit verdunkelten Fenstern, weil jeder heute hier ist, weil mein Vater das Zentrum bildet einer Welt, von der ich gar nichts gewusst habe, all die Jahre. Jeder scheint ihn zu kennen und alle sind hier, selbst meine Tante Susanne, die so weit weg lebt, dass ich sie nur zweimal in meinem Leben gesehen habe. Gerade, als meine Tresenschicht begonnen hat, belausche ich Timo, der sich mit Sanne und Steffi unterhält. Die beiden wetten darum, wer mehr Flips in den Mund bekommt und rufen nach Thomas, der offenbar auch mittlerweile aufgetaucht ist. Sie laufen zum Buffet und Steffi bleibt bei mir stehen, schüttelt den Kopf, sagt: »Ach, immer das Gleiche mit denen«, und dreht sich dann zu mir. »Na, wie geht's? Hab gehört von eurer Reunion beim Fest letztens, schön.« Ich nicke, während ich Bier vorzapfe, das nur aus Schaum und Schaum besteht.

»Wie lange bleibst du noch?«, fragt Steffi und ich zucke zusammen. »Keine Ahnung«, sage ich, weil das die Wahrheit ist.

Seit dem Morgen hatte ich darüber nachgedacht, weil nun alles gesagt schien, alles erledigt, und die stille Frage in der Luft hing, was nun passieren sollte. Ich war am frühen Morgen zum Felsen gewandert und stand dann unschlüssig davor, weil ich spürte, dass ich gar keine Angst hatte, vor der ich weglaufen musste, dass ich keinen Berg besteigen musste, weil der Berg in mir endlich zerschlagen war. Ich spürte, dass ich den Schluchzer betrügen würde, wenn ich auf ihn stieg, denn es war ja alles klar, es lag ja alles offen vor mir, ich brauchte ihn gar nicht mehr. Ich versuchte, mit diesem Gedanken zufrieden zu sein, mich damit zu begnügen, aber alles, was ich spürte, war nur diese Leere, die jetzt in mir war.

In den Filmen resultiert aus dem Abstreifen der Last, aus der Einsicht, der Erkenntnis ein Handlungswille, die Motivation, nun forschen Schrittes voranzugehen. Aber in Wahrheit steckt hinter jedem Abwerfen einer Last ein Moment der Leere, der Orientierungslosigkeit. Nur, weil man etwas verstanden hat, kann man es nicht gleich ändern, man bekommt nicht als Preis den neuen Lebensweg überreicht, herzlichen Glückwunsch, das hier sind die nächsten Steps, einfach losgehen, die Schilder leiten dich. Man kriegt eigentlich nur ein bisschen Ruhe, weil man die auch braucht, die Leere ist zum Auftanken da, damit man sich dem stellt, was kommt. Dem Neuorientieren, dem Erahnen neuer Möglichkeiten, dem Folgen dummer Hoffnungen, dem Machen von neuen Fehlern, dem Ergreifen von Chancen, dem Erleben von großen Dingen und von ganz kleinen, die sich aber riesig anfühlen. Die Ruhe, um sich wieder zusammenzunehmen, alle Teile, die sich nun geordnet haben, aneinanderzukleben. Damit man weitermacht mit dem, was für einen eben Leben bedeutet, egal, ob das nun alles viel besser wird oder was Neues, noch viel Schlimmeres beginnt. Das kann man aufregend finden, ich jedenfalls empfinde eher Sorge, keine Angst, das ist es nicht, vielleicht Skepsis, weil da so viel passieren kann. Aber alles beginnt eben mit Entscheidungen und am Schluchzer entschied ich, einfach erst mal zum Haus der Eltern zurückzugehen. Heute kein Aufstieg und auch kein Fall, einfach nur durch den Wald laufen und mit einer ganz kleinen, vorsichtigen Freude ertragen, am Leben zu sein.

»Na ja, aber du musst ja auch irgendwann wieder arbeiten, oder?«, fragt Steffi und ich sage: »Ja, natürlich, muss ich, muss man wohl, ach, diese Arbeit, einfach nervig, oder?« Sie lacht nicht, sondern sagt erstaunlich ernst: »Arbeit ist doch das, was uns bleibt.«

»Wie meinst du das?«

»Na ja, du kannst nicht bestimmen, ob du gesund bist oder wie es deiner Familie geht oder ob jemand da ist, mit dem du zusammen bist. Aber du kannst halt was dafür tun, dass es alles irgendwie klappt. Dafür arbeiten eben. Und na ja, wenn alles andere echt scheiße ist, hilft es mir zumindest, zur Arbeit zu gehen.«

»Ich hasse meinen Job«, sage ich.

»Ja, dann musst du dir wohl einen anderen suchen«, sagt Steffi und lacht.

»Ja, vielleicht«, sage ich.

»Wenn man unglücklich ist, muss man was ändern. Oder zumindest so tun, als hätte man es geändert.«

»Das bringt nichts, habe ich versucht.«

»Weißt du, warum wir den Hund haben?«, fragt Steffi und trinkt ihren Wein in einem Zug aus. Sie beugt sich über die Theke, grinst schief, so, als würde sie mir gleich einen geheimen Plan offenbaren, ein Geheimnis, auf das sie fast ein bisschen stolz ist, weil es so dermaßen offensichtlich ist, dass keiner was gemerkt hat.

»Wir haben Bernd, weil wir keine Kinder haben. Ich kann keine kriegen. Und damit die Nachbarn endlich die Schnauze halten, haben wir gesagt, dass wir erst den Hund haben und dann irgendwann das Kind. Clever, oder?«

Ich starre sie an und muss furchtbar lachen.

»Wow, Steffi, was für ein Plan.«

Sie wird ernst und blickt mir direkt in die Augen, sie ist mir so nah, dass ich sie riechen kann, ich müsste mich nur vorbeugen und könnte sie küssen, es ist ein grotesker Moment der Nähe, wie ihn nur Alkohol und späte Stunden erschaffen können.

»Weißt du, was daran schlau ist, Alex? Dass ja nur Sanne und ich die Wahrheit kennen und das auch völlig reicht. Man muss nicht allen immer alles sagen, man kann auch heimlich man selber sein und währenddessen dafür sorgen, dass einen alle anderen in Ruhe lassen. Denk da mal drüber nach.«

»Okay, mache ich«, sage ich und grinse und sie auch. »Cool«, sagt sie und dann dreht sie sich um und geht.

Dezember

#22

Jenny sieht fertig aus, irgendwie abgemagert und total verbraucht. Ich höre ihr seit zwanzig Minuten zu und verstehe nur die Hälfte, weil es so laut ist in dieser Bar in Neukölln.

Ich weiß nicht, wie lange wir uns nicht gesehen haben, es scheint mir Jahre her.

Die Wochen nach meiner Rückkehr nach Berlin sind wie im Rausch vergangen. Sie begannen mit fünf verpassten Anrufen des Hauswarts, der mir schließlich auf die Mailbox sprach, dass es offensichtlich einen Wasserschaden gäbe, der aus meiner Wohnung käme. Ich hatte ihn panisch zurückgerufen und gesagt, dass er doch bitte in meine Wohnung gehen und nachsehen solle, was da vor sich ginge, aber er hatte sich geweigert, das dürfe er allein schon rein rechtlich nicht und außerdem tropfe da nichts, es sei nur ein großer Fleck in der Küche der Mieterin unter mir, und wenn da nichts tropfe, dann liefe da auch höchstwahrscheinlich nichts mehr. Die ganze Sache hatte mich trotzdem dermaßen beunruhigt und in Panik versetzt, dass ich kurzerhand meine Sachen gepackt hatte und zurückgefahren war. Ich meine: Alle warten immer auf ein Zeichen und deutlicher als ein Wasserschaden konnte meines ja nicht sein.

Ich hatte mich von meinen Eltern verabschiedet und sogar Timo angerufen, der persönlich vorbeigekommen war, um

Tschüss zu sagen. Ich weiß nicht, ob er das tat, weil er es höflich fand, seinen Bruder bis zum Auto zu begleiten, oder ob er einfach erleichtert war, dass eben dieser endlich wieder nach Berlin abhaute. In seinem Blick hatte ich so etwas wie Wehmut wahrgenommen, wie ein kleines Bedauern darüber, dass ich nun ging, aber vielleicht hatte ich mich da auch getäuscht, das wusste ich nicht und es war auch eigentlich egal.

Der Wasserschaden hatte sich als kleines Leck im Waschmaschinenschlauch entpuppt, aus dem das Stauwasser entlaufen war. Nichts Dramatisches also, nichts, das sich nicht schnell beheben ließ. Und dann, ich weiß nicht, wie, hatte ich mit diesem Leben weitergemacht, das eigentlich da erst anfing.

Ich hatte meinen Job gekündigt und darum gebeten, es so aussehen zu lassen, als sei ich gefeuert worden, damit ich Arbeitslosengeld bekam und nicht Monate gesperrt war. Ich hatte die Wohnung renoviert, endlich im Schlafzimmer die Tapeten der Wand abgezogen. Willkommen in Berlin. Ich hatte die Küche gestrichen, alles geputzt, allen Müll entsorgt, alles, das mich noch an sie erinnerte, weggeworfen. Das dauerte insgesamt eine Woche, danach hatte ich angefangen, wieder Sport zu machen, viermal die Woche, Hauptsache raus aus der Wohnung. Der Herbst war für eine Woche plötzlich in die Stadt gekrochen und dem Baum vor dem Küchenfenster fielen schon die Blätter aus. Ich ging ständig mit meinen Freunden weg, manchmal eskalierte alles, manchmal wankte ich schon um zwölf nach Hause. Ich nahm ab und an Drogen, heulte beim Runterkommen und tat mir selber leid, verbrachte den ganzen nächsten Tag im Bett, bestellte beim Lieferdienst und schwor mir, dass ab jetzt alles anders werden würde. Ich hatte meinen Facebook-Account nicht reaktiviert und versuchte, so angestrengt es ging, nicht an Jenny zu denken. Es gelang mir nicht. Der erste Schnee fiel und ich verbrachte den ganzen Tag im Bett mit einer Bekanntschaft, die ich bei Tinder aufgerissen hatte und die mir so egal war wie die Tatsache, dass ich kein Stück weitergekommen war. Aber aus irgendeinem Grund war mir das egal, ich hatte zum ersten Mal in meinem Leben gar nicht das Bedürfnis, etwas oder jemand Spezielles zu sein, es war mir schlichtweg egal, was passierte, ich empfand keine Schuld dabei und keine Verantwortung dafür, es reichte doch wirklich, einfach nur am Leben zu sein.

Als die ersten Flocken draußen gegen das Fenster wehten und das Mädchen neben mir gerade auf Instagram herumscrollte, wusste ich es. Ich wusste, dass es Zeit sein würde, dass der Augenblick gekommen war. Ich bat sie, zu gehen, sie war maulig, ich verstand das, aber ich wollte sie nie wiedersehen. Als die Haustür hinter ihr ins Schloss gefallen war, öffnete ich eine Flasche Rotwein und schrieb Jenny, dass es Zeit wäre, dass wir uns sehen. Wir hatten nicht mehr gesprochen, unsere Sachen nie ausgetauscht. Immer, wenn ich ihr schreiben wollte, fand ich einen Grund, es nicht zu tun. Ich wusste nicht, was ich sagen sollte, meine Gegenstände waren mir egal, sollte sie den ganzen Kram doch behalten oder wegwerfen, so wie ich ihren eben.

Jetzt, ein paar Tage später, sitzen wir in dieser Bar, die aussieht wie tausend andere in Neukölln, in Berlin, in den großen Städten dieser Welt. Es ist ziemlich voll für einen Sonntagabend, aber hier sind Wochentage ja sowieso egal. Jenny trinkt den dritten Wodka Soda, ich das zweite Bier. Sie redet und redet und ich versuche zu verstehen, was sie sagt, aber ich kann sie nur anstarren und nicht aufhören, mich zu fragen, wo die Frau geblieben ist, in die ich mal so absolut vernarrt gewesen war.

Sie erzählt, dass sie ihren Job geschmissen habe und jetzt erst mal in einer Bar arbeiten würde, sie hätte einfach keinen Bock mehr auf die Schichten im Krankenhaus, und ich halte den Mund

und sage nicht, dass das in Bars doch eigentlich auch gar nicht viel anders ist. Eigentlich sind wir alle Patienten an den Tresen dieser Stadt, unsere Medizin ist der Suff, das Ballern, das Labern auf Speed. Jenny ist jetzt nur eine andere Art von Pflegepersonal, sie versorgt uns mit Schnaps, der die Schmerzen lindert, die ein Leben macht, das sich hohl anfühlt oder viel zu voll, irgendwas ist ja immer.

Sie redet davon, vielleicht noch mal ins Ausland zu gehen oder doch endlich Medizin zu studieren, ständig erwähnt sie Namen von Leuten, von denen ich noch nie gehört habe und ich nicke alles ab, während ich versuche zu verstehen, was hier passiert.

Sie ist nervös, das sehe ich sofort, sie zittert ein bisschen, ganz unmerklich, vermutlich nicht mal mehr als sonst. Aber ihr Blick ist fahrig, sie kann ihn kaum länger als ein paar Sekunden fokussieren, ihre Haare sind unordentlich, ihr Gesicht ist gleichzeitig eingefallen und aufgedunsen, ich vermute, dass sie komplett zugedröhnt ist.

»Und wie geht's dir so?«, fragt sie endlich und wendet sich mir zu, ohnehin scheint sie mit jedem Glas näher zu kommen, noch eines mehr und sie sitzt auf meinem Schoß, denke ich.

»Geht so«, antworte ich.

»Wie läuft der Job?«

»Hab gekündigt«, sage ich.

Sie reißt die Augen auf und gibt einen Schrei von sich, ein paar Menschen drehen sich zu uns um, alles sehr unangenehm. Seit wann ist sie so überdreht und laut, denke ich, war das schon immer so?

»Du? Du hast gekündigt? Na, dass ich das noch erlebe.« Sie reißt schon wieder ihre Augen so merkwürdig auf. Im Dämmerlicht der Bar sieht das Blau wie Schwarz aus, als seien ihre Augen nur noch schwarze Löcher, in die nie ein Lichtstrahl fällt.

»Warum nicht? Ich hab den Job doch immer gehasst.«

»Ja, schon deshalb ja. Ich wundere mich.«

»Was verwundert dich denn dann daran, Jenny?«, frage ich eine Spur zu aggressiv und auch sie spürt meinen Groll und richtet sich auf, macht den Rücken ganz gerade, rückt ein Stück von mir fort, sodass sie mich direkt ansehen kann.

»Na ja, ich dachte immer, du brauchst das. Dass du was machst, was du eigentlich hasst. Damit du nichts machen musst, was dir gefallen könnte. War ja mit mir auch so.«

»Haha, was?«, frage ich und begreife wirklich nichts von dem, was sie da sagt.

»Wir haben überhaupt nicht zusammengepasst. Du brauchst viel mehr, als ich dir geben kann. Mehr Aufmerksamkeit, mehr Verbindlichkeit, mehr Stabilität. Ich habe es echt versucht, aber dass das nix ist, das haben wir ja wohl beide gemerkt. Und eigentlich war das genauso wie mit deinem Job. Du brauchst das irgendwie, was zu machen, was dir eigentlich nicht gefällt. Damit du immer was hast, was dich beschäftigt, was zum Jammern und so. Damit du nicht herausfinden musst, was du wirklich willst.«

Fast möchte ich applaudieren, weil das ja wirklich eine schöne Zusammenfassung ist, hätte ich ihr gar nicht zugetraut, dass sie sich überhaupt so viele Gedanken gemacht hat. Ich grinse und schaue ihr dabei zu, wie sie den letzten Rest aus ihrem Glas trinkt. Sie schaut mich an und fragt: »Wir nehmen noch eines, oder?«, und ich nicke mechanisch, obwohl ich weiß, dass es viel besser wäre jetzt zu sagen: »Nein, ich will nicht, danke sehr.«

Wir trinken und reden, die Zeit vergeht wie im Flug und mit jedem Bier wird sie schöner und alles kommt zurück, die ganzen Gefühle, die Sehnsucht, das Begehren, ich bin so ein Trottel, ich bin ihr noch immer verfallen und ein Teil von mir will sie noch immer zurück. Als wir kein Geld mehr haben, schlägt sie vor, zu ihr zu gehen, sie wohnt um die Ecke und hat Wodka und Koks zu Hause, »wie früher«, lallt sie und ich kann nur daran denken, wie es wäre, sie endlich wieder nackt zu sehen. Draußen ist es kalt, es schneit wie verrückt, ich steige ins Taxi ein, sage »Brüsseler Straße, Wedding«, der Fahrer startet den Motor, das Radio spielt einen von diesen beschissenen Popsongs. Ich will schreien, will aussteigen, will doch zurück, aber ich bleibe einfach sitzen, der Wagen dreht und ich sehe Jenny vor der Bar stehen, frierend, die Arme um sich geschlungen, schwankend, im Licht einer Laterne, verloren und so unendlich müde sieht sie aus und ich beiße mir die Unterlippe blutig und summe, ohne es zu merken, leise das Lied im Autoradio mit.

And I'd do anything to make you stay
No light, no light
(No light)
Tell me what you want me to say

Through the crowd I was crying out and
In your place there were a thousand other faces
I was disappearing in plain sight
Heaven help me I need to make it right

You want a revelation
You want to get it right
And it's a conversation
I just can't have tonight

No light, no light

In your bright blue eyes.

Danksagung

Ein »Danke« reicht nicht aus dieses Mal. Denn dieses Buch ist unter sehr schwierigen Umständen entstanden und hat mir alles abverlangt. Für die Menschen, die mir durch diese schwere Krise geholfen haben und mich vor allem nicht aufgegeben haben, reicht kein Dankeschön dieser Welt. Solche Freund*innen zu haben, so einen Verlag im Rücken und so eine Agentur und auch solche Follower*innen und Leser*innen hinter sich stehen zu wissen – das kann ich nur jedem wünschen. Ich bin unendlich dankbar und jede*r der folgenden Personen hat einen fucking Orden verdient. Danke, dass es euch gibt, danke, dass ihr mir durch diesen Sommer geholfen habt, durch dieses Jahr, danke, dass ihr immer an meiner Seite seid, danke, so sehr, so, so, so sehr.

Ich danke Jan Schipmann, Eva Horn, Raphael Raue, Julia Brinker, Nina Fabricius, Anika Meyer, Tina Adams, Dirk Wilberg, Ronja von Rönne, Laura Karasek, Max Fraenkel, Rebecca Richter, Niklas Kossow, Linda Vogt, Daniel Mursa, Sarah Maria Deckert, Erich, Edith und Jan Gerd Weßling sowie meiner großartigen und tollen Verwandtschaft, die viel zu riesig ist, um sie alle hier aufzuzählen, dem Ullstein Verlag und insbesondere Barbara Laugwitz, all meinen Follower*innen und Leser*innen bei Instagram, Twitter und Facebook, die mich immer wieder ermutigen und an mich glauben.

Nicht zuletzt, aber natürlich zum Schluss danke ich mir selber, dass auch ich mich nicht aufgegeben habe, dass ich es durch dieses Jahr, durch diesen Sommer und durch all die Krisen, den Irrsinn geschafft habe.